集英社オレンジ文庫

異世界歯医者はいそがしい

～運命の患者と呪われた王国～

森　りん

本書は書き下ろしです。

CONTENTS

異世界歯医者はいそがしい
~運命の患者と呪われた王国~

プロローグ

クレスト王国　首都クレス

城の外は、雨が降り続いている。季節外れの長雨はもう一週間も続いていて、国のあちこちから、被害の報告が届いていた。

（父上は、大丈夫かな）

この国の王子であり、十歳になるマヨは、窓を眺めながら、ナッツに飴《あめ》をからめたお菓子を口に放り込んだ。窓にはひっきりなしに雨粒が伝い、外の様子はとても見づらい。それでも、雨雲が垂れ込めて、日の光の及ばない空の下、白い石で出来たクレスの城下町が広がっているのがぼんやりと見えた。

父親である国王ジョゼは、ブラン川にかかっていた橋が、増水により流されかけているというので、その視察に向かっていた。一時期よりは雨足は弱まったけれど、危険であると家臣たちは止めた。しかし、父王は、橋に何かがあっては交易に支障を来《きた》すと出かけていったのだ。

飴を奥歯で咬《か》むと、ごりっという嫌な音と、ずきんとした痛みが走って、マヨは思わず顔をしかめた。

このところ奥歯が痛い。子どもの歯の多くは、溶けてしまって咬むことができなくなっている。しかし、生えてきた大人の歯のおかげで、ここ数年はご飯も美味《おい》しく食べられていたが、最近はその歯すら痛くなってきている。治療師に、病《やまい》が治るという魔法をかけてもらい、歯に空《あ》いた穴には、薬を詰めてもらってからは、だいぶ落ち着いていたのだが……。

「マヨ様」

声をかけられて、マヨは振り返った。マヨの世話係でもあり、魔術師でもあるヨルンが、きびしい表情で立っていた。

「……ヨルン、どうしたの？」

「国王陛下が崩御《ほうぎょ》されました。橋を見に行った折の、事故です」

マヨは、すうっと頭の奥が冷えていくような気がした。それは、奥歯の痛みさえも消えていくような感覚だった。

マヨに母の記憶はない。物心がつく前に亡くなったからだ。けれども、父王がマヨのことを深く愛してくれていたので、寂しくはなかった。

その父がもうこの世にいない。マヨは急に世界に一人きり取り残されたような気持ちになった。

「……父上が……」

ヨルンは目を閉じると、マヨの足下に跪《ひざまず》いた。

「マヨ様、あなたが新国王陛下です。もちろん、それに反対する向きもあるでしょうが……」

ヨルンの声は震えている。マヨはヨルンを見下ろした。

「あなた様にこそ、この国を治める資格があるのです」

第一章

葵、異世界に召喚されて大いに戸惑う

『ごめん、別れよう』

という、実に端的、かつ、わかりやすいメッセージが葵《あおい》のスマートフォンに表示されたのは、仕事帰りに電車に乗っているときだった。

夜九時の電車は、座れるほど空《す》いてはいないが、立っている隣の人と触れるほど混んではいない。入り口近くの袖仕切《そでしき》りにもたれかかって、車窓から見える夜景を眺めていたとき、スマートフォンが小さく振動した。

仕事の疲れでぼんやりしていた葵は、最初それが章夫《あきお》からのものだとは思わなかった。

メッセージは続いた。

『好きな人が出来たんだ。葵には悪いと思う。でもこれ以上一緒にいられない。君の今後の幸せを祈っているよ』

「……は？」

葵は思わず声を上げていた。隣に立っていた人が、葵をちらりと見たが、すぐに目線をそらした。

章夫とは、付き合ってもう四年になる。元は葵の仕事上の先輩でもあり、今は別の職場で働いている。確かに最近は仕事で疲れていて、なんとなく会う頻度《ひんど》も少なくなっていたけれど……。

葵は慌ててメッセージを送った。どういうこと、よくわからない、と。しかし、既読にはならなかった。

自宅近くの駅までは三駅あったが、次の停車駅で降りて電話をかけた。コールを待つまでもなく、スピーカーからは女性の機械的かつ丁寧《ていねい》な声が聞こえてきた。

『この電話は、お客様のご希望によりお繫ぎできません』

着信拒否されている、と、気づかないほど、葵は鈍感ではなかった。

（そうか。わたし、フラれたのか……）

葵はぼんやりとそんなことを思うのだった。


葵が地元に戻って暮らし始めたのは、約十年ぶりのことである。

大学進学を機に都会で一人暮らしを始め、六年の学生生活を経《へ》て（歯学部は六年制なのである）、一年間大学病院での研修をし、それから大手歯科医院に勤めて四年。気づけば葵は二十九歳になっていた。

「お年頃だよね、わかる気がするわー、揺れるその気持ち」

そう言って、真穂《まほ》はふふふと笑った。

市ノ瀬《いちのせ》真穂は、葵の中学時代の友人である。小柄で、少しぽっちゃりしているが、表情に愛嬌《あいきょう》があって、可愛らしい、という言葉がぴったりだ。盆暮れは地元に戻っていたので、時々は会っていたが、葵の帰郷を知ると、大いに喜んでくれたのだった。

葵の地元は、東北地方の一都市であり、寂れた商店街の近くに実家がある。葵が地元を出る前くらいは、いわゆる典型的なシャッター商店街だったのだが、今や古い店舗は取り壊され始めていて、櫛《くし》の歯が抜けるように、空き地になっていたり、駐車場になったりしている。とはいえ、中には代替わりをして、新たに事業を始めている店もぽつぽつとある。

葵と真穂がいるのもその一つで、こぎれいにリフォームされたカフェだった。

「真穂ちゃんはもう結婚して子供もいるじゃない」

真穂は地元でさっさと結婚して、一人息子の涼《りょう》は幼稚園に通っている。子供が幼稚園に行っているから、今、葵と会うことができるのだ。

「あたしは身の丈《たけ》を知ってるの。そそっかしいから仕事しても世の中の役に立たないってことは、わかってるもん。だったらさっさと結婚して子育てするのが、八方上手《はっぽううま》くいくってもんよ」

とはいうが、真穂の夫は学生時代からずっと付き合っていた幼なじみで、打算で結婚したわけではないのは、葵も知っている。

「でも、葵は何年も都会で頑張ってたんだから偉いと思うよ」

「そう言われれば嬉しいけど……、この年になると、色々考えることは出てきてね……」

若い店員が持ってきてくれたカプチーノには、シナモンスティックがついてきた。なかなか凝《こ》っているなあ、と思いながら、砂糖をサラサラと入れてかき混ぜる。

「なんで都会で彼氏が出来なかったんだろうねえ。葵は性格悪くないのに」

真穂は不思議そうに言う。葵は苦笑した。本当は、フラれたのがきっかけで、全部嫌になって戻ってきたのである。

「忙しくて出会いもないし、疲れるもの」

葵はとりあえずそう答えた。

「ふうん。歯医者さんって、疲れるんだねえ。座ってるだけかと思いきや」

「毎日疲労困憊《こんぱい》よ。肩凝るし、腰も痛いし」

葵は、歯科医師としてはまだまだ若いと言えるが、それでも一日働くと、目はしばしばするし、腰や肩は重く凝って仕方がない。なんとなれば、人間の口の中は暗くて狭い。その口の中の病《やまい》……多くは、いわゆる虫歯や歯周病であるが……を治療するわけだから、それはそれは大変なのである。歯を削るタービンは、毎分三十万回転はする。ガラスよりも硬い歯を削るタービンは、一種の凶器とも言えるわけで、正確に扱わなければ大変なことになる。そういう中で患者さん一人一人を診《み》るのは気を遣《つか》うし目も使う。

「でも、患者さんとかの、出会いはないの」

「ないないないない」

葵は手を振った。

「場所柄も有るだろうけど、わたしの勤めてたところには若い人は大して来なかったわ。メインの患者さんは五十代以降。ていうか、仕事にそういうの求めてないし」

葵が勤めていた歯科医院は、結構大きな医療法人で、オフィスビルのワンフロアを占めていた。お給料はそこそこだが、院長が勉強熱心であるから研修も充実しているし、面倒見のいい先輩もいるので、歯科医師として成長していくならば、環境は悪くない。

しかしである。朝はお弁当を持って七時半に家を出る。診療が終わるのは午後七時であるけれども、大抵治療は長引くし、その後カルテを見返したり、治療方針を院長や先輩に相談していると、結局医院を出るのは午後八時半を回る。その後部屋に帰って、家事をしたり、翌日のお弁当の仕込みをしていると、一日はおしまいである。

「要するに、キツいし、出会いはないしで、仕事辞《や》めて、地元に戻ってきたのかー」

「そう言われると、身も蓋《ふた》もないけどね……」

葵は、はあ、と息をついた。キツいだけではない。治療方針の相違もあった。

勤めている医院は、治療がメインであるが、重要なのは虫歯予防ではないか、と葵は近頃思うようになっていた。一通りの治療ができるようになり、わかってくるのは、虫歯のない口腔《こうくう》内をキープすることこそが、一番の治療である、ということだった。虫歯が出来たから削り、そこに詰め物をする。あるいは、歯を抜いてしまったから、その後に入れ歯を入れる、というのは、虫歯が出来た結果の後始末なのである。その点を院長に提案し、もう少し予防に力を入れてもよいのではないか、と伝えたのだが、現時点では、治療の方に全力を尽くしたい、ということだった。

それは間違ってはいない、と思う。けれど、思い通りにいかないこの環境に、葵は疲れてきていた。

だが、辞める大きなきっかけは、やはり章夫の例のメールだった。

章夫は、最初に勤めた大学病院で知り合った先輩である。卒業したてで何もできなかった葵に様々なことを教えてくれた頼りになる人だった。しかし、葵が大手の歯科医院に就職し、忙しい日々を過ごし始めると、当然ながらすれ違ってくる。平日は疲れて一緒にご飯という感じでもないし、休日に一緒に出かけることはあっても、翌日を考えると、あまりのんびりはしていられなかった。

（……だから、邪魔になったのかな。わたし、別に美人ってわけでもないしね……）

葵の見た目はごく普通であると自認している。激務ゆえにやせ気味ではあるが、平均身長であるし、取り立ててスタイルがいいわけでもない。顔はそれこそ特徴がないのが特徴で、友人の結婚式に参加するため、メイクアップをしてもらったときに、『化粧のしがいのある顔ですね』、と褒《ほ》められているのかけなされているのかよくわからない言葉をもらったことがある。仕事柄、眼鏡をかけているが、そのせいか真面目《まじめ》に見られているようだ。すとんとロングにしている髪の毛だけは、大して手入れもしないのに、扱いやすいのは、得をしているな、とは思う。

別れのメールの後、章夫がどうしているのか、葵は知り合いに尋《たず》ね回ってようやくわかった。メールに書いてあった通り、章夫は新しい彼女が出来たらしい。葵より年下の、事務職の女性だそうである。葵ほど忙しくもなく、頻繁《ひんぱん》に会っているという。

なかなか会ってもくれない葵よりは、年下で、時間もある新しい彼女の方がいいに決まってる。でも……。

とにかく、葵の中の何かがぷつんと切れたのは確かだ。

自分は、何をしたいのだろう。このまま、仕事だけをして、年を重ねていくのだろうか。好きな人と共に時間を過ごすこともできないのに……。

葵がそんなことを考えていると、真穂が尋ねてきた。

「忙しかったから、辞めて戻ってきたの？」

「あっ、うん……。そうなんだけど、もう一つ、ちょっと不思議な縁があってね」

「縁？」

真穂は聞き返してきた。

章夫からのメールを受けて、完全に轟沈《ごうちん》していた葵のもとに、義理の兄から、突然連絡があったのだ。姉の夫である古見雄太《こみゆうた》とは、盆暮れに実家で共に過ごすことはあるけれど、普段は特に交流があるわけではない。何事かと謎に思いながら話を聞くと、地元で歯科医院をやらないか、という連絡だった。

詳しく聞いて納得した。

雄太の大叔父《おおおじ》で、歯科医院を経営していた人がいたのだという。もともとは大叔父が診療を行っていたのだが、加齢で事実上引退してしまった。代わりに、女性の歯科医師を雇って院長を務めてもらっていた。しかし、二年ぐらい前に失踪《しっそう》してしまい、診療所が閉院状態らしい。失踪とは穏やかではないが、古い歯科医院であるし、場所も不便であるから、大叔父はその診療所を手放すべきかどうか悩んでいるという。今更大叔父が診療するつもりもないのだが、愛着のある建物であるし、機材ももったいない。場所代は払わなくていいので、誰かが診療してくれれば……ということなのだった。

その話を聞いて、雄太は葵の顔が浮かんだらしい。閉院状態ではあるが、タダ同然だというなら、資格がある葵が引き継いだらどうか、という話であった。

とはいえ、葵は即答できなかった。

条件はかなりいい。当然であるが、開業しようと思えば、かなりのお金がかかる。もしも一から始めるのであれば、相当の借金をしなければいけないし、細々《こまごま》とした新規開業の手続きも保健所にしなければならない。まさに不退転の覚悟で事に臨《のぞ》む必要があるだろう。

それに比べれば、ほぼ廃院状態ではあるとはいえ、一応大叔父が書類上の院長のままであるから、葵は雇われの身という形で医院を引き継ぐことができる。

ではあるが、それでも及び腰になったのは、率直に言ってしまえば、そのときは、歯科医師そのものを辞めてしまいたいとまで考えていたからだ。

葵の逡巡《しゅんじゅん》を知ってか、アドバイスしてきたのは姉だった。主婦をしている姉の碧《みどり》には、仕事が大変であるということを、時々電話で愚痴っていた。章夫のことは匂わす程度にしか話していなかったが、碧なりに何かを察知したのかもしれない。

今すぐに引き継ぐ必要はないけど、そろそろこっちに戻ってきてもいいんじゃない、というのが姉の言い分だった。

『いきなり例の歯科医院を引き継ぐっていうのは、さすがに大変でしょう。でも、こっちにだって歯科医院はあるんだから、パート歯科医師の働き口も探せばあるんじゃないの？

とりあえず非常勤で週に何日か勤務医をして勉強は続けて、残りの時間でゆっくり開院の準備なりすればいいんじゃない？　なんだったら、最初はその医院を拠点《きょてん》に訪問診療でもしたらどうかなって思うんだけど』

訪問歯科診療というのは、様々な事情で歯科診療所に通院できない方に対し、歯科医師が自宅や介護施設、病院等に訪問し、歯科診療や専門的口腔ケアを行う制度だ。今は家庭に入っているが、碧もかつては歯科衛生士として働いていたので、業界の事情には通じていた。

『古見の家の方だって、何が何でも引き継いでほしいっていうわけじゃないみたいよ。そのまま閉院しちゃうともったいないから、できたら使ってくれると嬉しいな、っていう感じなのよ。建物や機材のローンは遥《はる》か昔に終わってるし、土地も古見のものだから、家賃もかからないしね。でも、建物でも機械でも、使わないで放っておくとどんどん傷《いた》むものでしょう？　だからまあ、最終的にどうするか決めるまで、風を通しに来てくれるだけでもありがたいみたいなのよ』

葵は曖昧《あいまい》ながらも、仕事を辞めてしまいたいと考えている、ということを話すと、ふいに碧が優しい声をかけてきた。

『葵さ、ずっと働き通しだったものね。一息ついてもいいかもしれない。でも、五年も頑張ってきたんだから、すぐに決断を下してしまうのはどうかと思うわ。せっかくこういう話が来たんだから、ゆっくりしながら考えてみたら？』

碧の話は、理にかなってはいた。

というわけで話はまとまった。葵は、四年勤めた歯科医院を辞め、長く一人暮らしをした都会のマンションを引き払い、実家に戻った。パートについては、もう少し考えてみるつもりだ。

「ふうん、そういう感じなんだね。たしかに変わった縁だわ」

「まあ、そうは言いつつ、結構やることあるけどね。これから医院のメンテをしていかないといけないし。二年も誰も使ってないから、結構傷んでるところもあるんだ。工務店か電気関係の業者さんに見てもらわなくちゃ」

葵がカプチーノを一口飲むと、真穂はぽん、と手を叩いた。

「あ、じゃあ、『電器のみきや』に頼むといいよ」

「みきや？」

「覚えてない？　中学の時の同級生、三木彰《みきあきら》くんがやってる電器屋さん。実家に戻ってきて、お父さんと一緒にみきやで働いてるんだよね」

葵は考え込んだ。うっすらと記憶にある。同じクラスで、男の子なのに、体を動かすよりも本を読むのが好きなタイプだった気がする。成績は悪くないけれど、飛び抜けてよいわけでもない。悪さやいたずらをするわけでもなく、地味に普通に過ごしていた男の子。

「サービスいいよ。故障があれば、すぐ修理に来てくれるよ。それに、地元にツテがあるから、工事が必要だったりしたら、職人さんに声かけてくれたりするし」

家電量販店があちこちにある今、いわゆる『町の電器屋さん』も必死なようである。

「これからこっちに住むつもりなら、信頼できるお店があると安心だよ」

話はとんとんと進むのだった。

二日後の金曜日、昼過ぎに、葵は件《くだん》の歯科医院に向かった。ジーンズにグレーのパーカという軽装である。

近所のおばちゃんの義歯の調子が悪いらしい。せっかく戻ってきたんだから見てあげてよ、と母に頼まれたので、一応往診《おうしん》の準備をすることにしたのだ。

その歯科医院は、山裾《やますそ》の集落の外れにある。『こみ歯科医院』と書かれた看板の脇に立つ建物は、瓦《かわら》屋根のごく普通の民家といった趣《おもむき》である。ただし、入り口だけはガラス張りになっていて、そこから患者が出入りできるようになっていた。

二年前に雇われ院長が失踪したということで、舗装されていない外構《がいこう》の隙間《すきま》には草が生え、雨樋《あまどい》は落ち葉が溜まって、雨が降ると水が詰まるようになっている。春先だからまだマシなのだろうが、夏になったらどうなるのだろう。なるほど、人の手が入らないと、こういうところから建物は朽《く》ちていくのだ。訪問診療の拠点でもいいから、誰かが建物を使ってほしい、というのはあながち方便でもないようだった。

こちらに戻ってきてから、義兄《あに》の雄太とその大叔父に建物を案内してもらい、鍵を渡してもらった。中のものは何でも好きに使っていいよ、と言われている。それから何度か訪れて機材や建物の傷みを見て回り、必要な材料を注文して受け取ったりもしていた。

（さて、本格的に手を入れないとね）

葵が建物を眺めていると、通りの方から軽トラがやってきて、駐車場に停車した。トラックの荷台には、『電器のみきや』と書かれている。中から現れたのは、まだ若い男である。背は高め、細面《ほそおもて》の顔はまあまあ整っていると言えたが、かけているオーバル型の眼鏡がちょっとずれていて、残念感を醸《かも》し出している。ベージュのチノパンに、鮮やかな緑のジャンパーという姿で、その胸には店名の書かれた大きなワッペンが縫い込まれていた。

「こんちは。市ノ瀬さんに声をかけてもらった三木です」

男はぺこりと頭を下げた。ぼそぼそと言う。

「ええと、永田《ながた》さん。久しぶり……」

「あ、うん。三木くん。今日はありがとう」

そう言いつつも、中学の時の面影《おもかげ》はすでに遠く、目の前の男はまったくの初対面といった感じだった。同級生といっても、言葉を交わしたことがあるかも記憶にない。

「久しぶりすぎて、変な感じだね」

葵が言うと、三木は口元を引きつらせた。どうやら笑みを浮かべているようだ。

（大丈夫かな、この人……）

と思いつつ、葵と三木は、歯科医院の中に入った。

古い歯科医院である。敷地だけは広く、建物も、葵が今まで仕事をしていた都会の医院に比べればゆとりのある設計だ。ただし、どこもかしこも年季が入っている。靴を脱いで上がる六畳ほどの待合室の先に、二十畳はある診療室がある。白い壁はシミが浮いているし、三台並べられた歯科ユニットの座面は、革が破れて中ワタがはみ出ているところもある。しかし、どれも電源系統が壊れていないのは幸いだった。

葵は案内しながら、気になるところを三木に伝えた。すると、先ほどの挙動不審な印象はさっと消えて、三木は、控え室の古い洗濯機や、エアコンの様子をチェックし、水回りや、ガタつく扉もテキパキと調べてくれた。

「エアコンは替えた方がいいかな。室外機の圧縮機がやられてる。これだと夏になっても全然冷えないよ。修理しても高くつくから、新しくしちゃった方が早いし、安いし、節電になると思う。洗濯機は古いけど使えてるから大丈夫。水回りのパッキンは替えた方がよさそうかな。もしよかったら、業者紹介するけど」

三木は早口ながらも頼りがいのある口調で語った。

「本当？　助かるよ。ありがとうね」

葵が言うと、三木は急にちょっと視線をそらした。

「まぁ、親の代から付き合ってる業者だからね」

どうやら、得意なことや、興味のあることは自信を持って話すようだが、それ以外のしゃべりは苦手なようだ。だが、むしろ嘘はつけなさそうなところは悪くない、と葵は感じた。

「なんかすごいね。地元に根を張って生きてる感じ。ずっとこっちにいるの？」

三木はもごもごと言った。

「まあ……。一度は都会に出たけど……」

「でも戻ってきて、お父さんと一緒に仕事してるんでしょう？　真穂ちゃんも褒めてたよ。それって素敵じゃない？」

葵の言葉に、三木はしばし黙り込んでいたが、ふと吹っ切れたように早口で言った。

「俺は、こっちの方が性《しょう》に合ってるってわかったんだ。知らない人だらけのところで働くより、親父と一緒になじみの客を相手にする方が楽しいし、個人店は色々やりようもあるからね」

三木は葵の方を見た。

「永田さんの方がすごいだろ。帰ってきてからすぐに開業の準備なんて」

「……そういう風に見えるのかな」

葵は曖昧に呟《つぶや》いた。

「わたし、自分がこの先どうしたいのか、よくわかんないんだよね」

三木にその声が届いたのかどうかわからない。彼はすでに別の機材へと目を向けていた。

歯科医師になったのに、深い理由はない。葵が受験生だったときに、すでに姉の碧は歯科衛生士をしていた。そして、ぽろりと言ったのだ。葵は成績が悪くないから、歯学部もいいんじゃない？　と。葵の父は普通にサラリーマンをしていて、母は会計事務所で事務をしている。金銭的に私立は無理でも、公立ならば十分に通うことができた。そうして、受験したら、本当に歯学部に合格してしまった。それ以来、レールに沿って、勉強をし、就職をして、仕事をしてきた。

（でも、重い仕事だよね……）

勉強して、練習して、実際の診療を重ねて手が動くようになればなるほど、治せない症例もわかってくる。たかが口の中、たかが歯、と人は言うかもしれない。だが、その歯一本が、患者さんの人生のクオリティを大きく変えることがある。口の中の健康を損《そこ》ねた後も、人生は続くのだ。現代社会では、歯が原因で死ぬことは稀《まれ》だろうが、歯が原因で不幸になることは十分あるのだ。

葵の中に迷いがある。

次の誕生日には、もう三十歳だ。年齢が上がっていくにつれて、なんとも言えない焦《あせ》りがひたひたと心の底に漂っていくのがわかる。それには様々な意味合いがあるが、その中でも大きなウェイトを占めるのは、結婚にまつわるあれこれである。真穂の言う通り、その点ではまさにお年頃である。でも、しばらくは恋愛についてはもういいや、という気分であった。そもそも、自分は結婚したいのであろうか。

章夫と付き合っていたときは、結婚して、いつか小さな歯科医院を一緒にやることができたらいいな、と、考えていた。けれども、思い描いていた未来図は白紙になった。

振り返ってみれば、見えない流れに乗るように生きてきた。けれど、そこに葵の強い意志があったかというとそうではなく、特に不具合がないからそのまま生きてきたのだ。

章夫と別れ、仕事も辞めたことで、図らずも、自分の空《から》っぽさ具合に気づいてしまった。

（わたしはいったい、これからどうしたいんだろう……）

葵はそこまで考えて首を振った。どうしたって今すぐ答えが出る問題ではない。

三木が機材を見ている間に、明日の往診に必要になりそうなものを先に探すことにした。

（おばちゃん、義歯の調子が悪いんだっけ）

必要そうなものを、移動用のボックスに詰める。滅菌《めっきん》した基本セットに、消毒用のアルコール綿、グローブ、咬合紙《こうごうし》、リベース材、フィットチェッカー……。

（うーん、麻酔とか他に薬剤もいるかなあ。歯周病がひどかったら抜歯《ばっし》もするかもしれないし。それを言ったら印象材もいるか。結局全部欲しいなあ）

葵は、材料を揃《そろ》えるために、準備室に向かった。ロッカーにものが入っていそうだが、あいにく鍵がない。

「永田さん、どうしたの」

「あ、ロッカーに材料がありそうなんだけど、鍵がなくて。大先生《おお》のところに借りに行かないといけないけど、時間がないかなあ……」

葵が思案していると、三木がぼそりと言った。

「あの……俺でよければ開けられるけど」

「え、なんで……？」

「や、じつは、鍵師の資格を持ってて」

「えええ?」

三木曰《いわ》く、大学のときに、一時期鍵屋でバイトしていたことがあったのだという。そのときに、鍵師の資格を取ったらしい。一応、今の仕事に役立つこともあるらしいし、みきやで合鍵も作っているという。

三木は、自動車に道具を取りに行くと、すぐに戻ってきた。細いピックをいくつか使い、あっさりとロッカーを開けてしまう。

「ええーすごいねえ、鍵まで開けられる電器屋さんなんて、重宝《ちょうほう》されそう」

と答えつつ、鍵を開けられるのはちょっと怖いかな、とも思う。それが表情に出ていたのか、三木は慌てて早口に言った。

「もちろん、むやみやたらに開けたりしないよ。鍵師は信用が第一なんだ」

それはその通りである。そう大きくはない町では、問題があれば電器屋を続けていくのは難しいのだから。

三木は、話題を変えるように言った。

「あの、もしエアコンを取り替えるつもりがあるなら、店からカタログを持ってくるけど」

「本当?　助かる」

「もし他にお客さんがいたら、遅くなるかもしれないけど、いいかな」

「うん、今日はここの掃除とか、器具の準備とかしたいから、夜までいると思う。気が向いたときに来てくれたらいいよ」

三木が出ていった後、葵は改めて往診の準備をした。

ある程度のものを詰めてから、葵は往診用のマイクロエンジンがないことに気づいた。

歯科用のマイクロエンジンに、ハンドピースという回転切削器具《せっさくきぐ》をつけると、歯を切削したり、あるいは義歯や技工物を削ったりすることができる。歯科医院にある、歯をガリガリ削るアレのポータブルバージョンである。これは往診には必須《ひっす》だ。

以前、義兄の大叔父に、往診用のマイクロエンジンがあることは確認していたが、どこにあるかがいまいち不明だ。あちこち探した後、きちんと確認できていない部屋があることに気づいた。院長室という名の狭い部屋があるのだ。

中を覗《のぞ》くと、元の持ち主がすこし外出しただけ、とでもいうような状況だった。

失踪した以前の院長は、東千晶《あずまちあき》という名の女性だったらしい。三つ並んだ細長いロッカーのネームプレートに名前が書いてある。院長室は綺麗に整頓されていたが、持ち帰り忘れた冬物のコートが壁の出っ張りに引っかかっている。机の上には、ノートがきちんと並べて置かれていたが、その隅の小さな地球儀はほこりをかぶっている。

広くない部屋の中を探してみたが、見つかったのはバッテリーだけで、目的のものは見当たらない。スチールの細長いロッカーは三つとも鍵がかかっていた。

（あの中にありそうだけど、鍵がないなあ……）

いざとなれば、また三木に開けてもらうこともできるだろうが、まずは鍵を探すことが

先決である。バッテリーが使いものになるかわからないので、とりあえず充電してみつつ、
葵は机の引き出しをあさった。文具の他にビロード素材のポーチが見つかった。中を見て
みると、金色の、アンティーク調の鍵が入っている。細かい装飾の施《ほどこ》された鍵は、緑色の
石まで塡《は》め込んだ見事な造りで、どう考えても安っぽいオフィス家具のスチールロッカー
の鍵ではなさそうだった。
それなのに、葵がその鍵をスチールロッカーに試してみたのは、探しものに疲れ始めた
からだった。他に鍵はないし、マイクロエンジンも見つからない。冗談半分でも試してみ
ようかな、と思ったのである。

「……あれ？」

なぜか、金の鍵はスチールロッカーの鍵穴にするりと入った。右に回してみると、かす
かな抵抗の後、カチリと鍵が開く感触がする。

葵は、スチールロッカーの鍵穴に差さっている芸術品のような金の鍵を見た。アンバラ
ンスな眺めだ。前院長の趣味なのだろうか……？

葵はロッカーを開けた。

そうして絶句した。

「……え……」

ロッカーの向こうに、緑の草原が見えた。ススキを思わせる細長い葉の植物が、一面に
広がっている。その脇に、舗装されていない白い道が見えた。道は青空の果てまで続いて

いる。

葵は反射的にバタンとロッカーの扉を閉めた。

（……えっと、今のは何？　ロッカーの向こうに、太陽さんさんのススキ野原？）

葵はおそるおそるもう一度ロッカーを開いた。よく見ると、ロッカーの下にマイクロエンジンが転がっている。しかし、その向こうにはやはり緑の草原が広がっていた。さっきとは違い、太陽が傾いて見える。

葵は、マイクロエンジンをそっと取り出すと、またロッカーの扉を閉めた。

（外に繋がってた……よね？）

葵はロッカーの後ろを調べた。ロッカーは壁にぴったりとくっついていて、動きそうもない。

葵はにわかに胸がばくばくしてくるのを感じた。千々《ちぢ》に乱れる心を抑えるために、あえてマイクロエンジンに充電したバッテリーを装着してみる。マイクロエンジンは正常に作動した。

（なんなの、あれ。子どもの頃読んだ話にあったよね。クローゼットの向こうが別の国ってやつ）

別の国。もしくは異世界。

自分で考えておきながら、その言葉の響きにドキリとする。

（いやいやいや、そんなわけないし。三木くんが来たら、一緒に確認してみよう。ただの

目の錯覚かもしれないし）

とりあえず、葵はエンジンをボックスに詰める。こういう単純作業をしていると心が落ち着くものである。

（ポスター……。そっか、ロッカーの中にポスターが貼ってあるだけかも。それをわたしが見間違えたのかもしれない）

葵はボックスを手に立ち上がると、もう一度ロッカーを開けてみる。今度は、ロッカーの向こうは暗く見えた。やはり、さっきのは気のせいだったのだろうか。葵はロッカーの奥に手を伸ばした。

すると。

何かに手を引っ張られた。葵はぎょっとしたが、引っ張る力は強いものだった。抵抗する暇《ひま》もなく、葵は気づくとロッカーの向こう側へと引きずり込まれていた。


そこは暗かった。引っ張る力がふいと消えたので、葵はつんのめるように地面に膝《ひざ》をついていた。持っていたボックスがごろりと転がり、砂利《じゃり》が音をたてた。

「やっとおいでになられたな」

低い声が頭上から降ってきた。

そこに立っていたのは、黒っぽい服を着た男だった。マントのようなものを羽織っている。声の感じからして、それなりに若そうだ。それでも、変な格好だな、とは思う。マントとは、まるでコスプレではないか。

(てか、なんでここはこんなに暗いの)

よく見れば、空には満月が皓々《こうこう》と輝いている。先ほどロッカーの手前から覗いたように、道の左右にはススキのような草が生えていて、緩《ゆる》く風が吹くと月光に照らされた葉が波のようにそよいだ。つまり……。

「……夜、なの。なんで」

葵は昼間の医院にいたはずである。しかしここは夜。

「あちらとこちらで時間の流れが違うらしいのは、知られていることだがな」

葵の呟きに、目の前の男が答えた。

「時間……?」

ぽかんとして聞き返すと、男は葵の前にしゃがみ込んだ。月光に照らされ、間近で目にした男は、葵よりも少し若いように見えた。少し癖《くせ》のある黒髪が顔に影を作っていたが、それが全体の彫りの深さをより明らかにしていた。鋭いまなざしの三白眼《さんぱくがん》が、ひたり、とこちらを見てくるので、ドキリとしてしまう。

「まあ、戸惑《とまど》うのも無理はない。これまで訪れられた聖人たちも、最初は戸惑ったらしいからな。聖女殿、ここはゼルテニア大陸。そして、この国はクレスト王国。聖女殿から見れば、異世界に来られたのだよ」

そう言いながら、男の表情は少しながら面白がるように緩《ゆる》んだ。

葵は思わず呟いた。

「……異世界⁉」

いや、確かにロッカーの中を覗いたときに、異世界というワードが脳裏をかすめたのは事実である。だからといって、はいそうですかと答えられるわけがない。だいたい、異世界というのは、一回死んでから生まれ変わって来るのが定石《じょうせき》ではないのか。

「……や、あの、わたし、そういうの興味ないし、そもそも聖女とかいうのでもないので、帰りますね」

葵は思わず後ずさった。いくらイケメンだとて、おかしなことを言う人間とはお近づきになりたくなかった。

「そうはいかんな。私とて、危険を冒《おか》してこの国に入り込んだ以上、そなたを連れて帰らぬという手はないよ」

「……えと、それ、そちら様の都合ですよね？　わたし、不法入国に関与した覚えはないんですが……」

「つれないな。扉が出現したと聞いて、待っていたというのに」

男はふっと笑みを浮かべた。

「扉……」

葵は後ろを振り返った。ススキ野原の端に、安っぽいスチールロッカーが立っている。ロッカーの向こうは院長室のはずだったが、ぼやけてよく見えなかった。

「あのロッカーが、出現したんですか」

「そうとも。待ちわびていたよ。このときをな」

男は葵の腕をがっちりと摑んできた。滅多《めった》にお目にかかることもないイケメンに、待ちわびていたなどと言われるシチュエーション。ある意味夢見ていた場面ではあるが、こちらの意見を聞く気がない人はお断りである。

葵が思わず手を振り払おうとしたそのとき、違う気配が暗闇の中から近づいてくることに気づいた。男がにわかに身をこわばらせるのを感じる。

「気づかれたか。早いな」

え、何が、と葵が聞き返すまでもなく、男は腕を引っ張ってきた。

「私と共に来い」

「嫌です、なんであなたと」

「来ればわかる」

それならちゃんと説明してよ、と葵は思った。

と、目の端に、何かちらりと光が閃《ひらめ》くのがわかった。

(夜なのに、何?)

脳裏に疑問が浮かんだとき、男と葵の間をまばゆい光が走り抜けた。強風が吹きつけたのはその一瞬後だ。突然の強い風に、葵は体が突き飛ばされるような衝撃を受けた。よろめいた葵を男が支えたが、結局二人とも一緒に地面に倒れ込んでしまう。

男から離れようと葵は慌てて立ち上がった。

男は座り込んだままため息をついた。が、ふっと自嘲するような笑みを浮かべた。

「分《ぶ》が悪いな。今回は引き下がろう」

男はゆっくり立ち上がると、葵に視線を送った。

「私はガルスト。いずれまた」

そう言って背後のススキ野原に消えていく。

去り際《ぎわ》まで唐突だった。

(何だったの、あの人……)

一人取り残されて、ようやく息をついていると、今度は白い道の向こうに、何か行列のようなものが近づいてくる。それを見て、別の意味で唖然とした。

それは、亀のような巨大生物と、それを取り巻くように歩いてくる人の列だった。謎の生物は、明らかに象よりも大きい。大きさの割に音もなく、震動もなく歩いているのは不思議である。亀の甲羅にあたるところに、何か屋台のようなものがくくりつけてあるようだった。中からは、ほんのりと光が漏《も》れている。

(要するに、あの亀っぽいのは乗り物なのかしら……)

葵が呆然とそんなことを思っていると、行列は動きを止めた。そうして、行列の中から一人、これまた騎士のコスプレのような格好をした人がこちらに向かってくる。

葵は、さっきのガルストとかいう男の行動を思い出して、嫌な予感がした。

（なんだかよくわからないけど、面倒そうだからさっさと帰ろう）

葵は背後のロッカーに向かおうとした。ところが、それを察したのか、騎士っぽい人が走り出した。

「聖女様がお逃げになろうとしているぞ！」

その声を皮切りに、行列からわらわらわらと人がこちらに向かってくる。

葵はぎょっとした。大人数である。明らかに、葵を目指してやってきている。目的はわからないが、さっきのガルストとかいうイケメンと同じく葵を捕まえようとしているに違いない。

葵は踵《きびす》を返してロッカーに向けて走り出した。どう考えても逃げるが勝ちである。

あと一歩でロッカー、というところで、葵のパーカのフードが引っ張られた。あっ、と思ったときにはまたしても地面にひっくり返っていた。

ふと上を見ると、騎士コスプレの男たちがずらりと葵を取り囲んで見下ろしている。つまり、捕まってしまったも同然だった。

「……なんなのよ、もう……」

葵は泣きそうになりながら呟いた。


蒸し暑くて目が覚めた。

薄いカーテンがそよいで風が吹き抜けると少しだけ涼しさが頬をかすめた。

(うーん、暑い。いま春なのに、この暑さ……。日本の温暖化もここに極まれりだなあ……)

ぼんやりとそんなことを考える。寝床は、一定のリズムで揺れていた。何かの乗り物に乗っているように……。

「そうだ！」

葵は跳ね起きた。昨日と同じ、パーカにジーンズという格好のままである。

「ようやくお目覚めか、聖女殿」

と、声をかけられて、葵は目をぱちくりさせた。向かいにぞろりとした黒い法衣《ほうえ》のようなものを着た男が座っている。三十前後であろう。こちらを見てくる一重《ひとえ》の目は、よく言えば切れ長、言葉を飾らなければ単純に細いだけという感じである。ただし、全体の顔のパーツの配置がいいので、印象としては整って見えた。しかし、そんなことより何より、目を引くのは、ピーコックグリーンの髪の毛である。眉毛やまつげまでグリーンで、いったいこの人のメラニン色素はどうなっているんだ、と葵は考えてしまう。

「ええと……」

どなた様でしたっけ、と葵が聞く前に、男が言った。

「我が名はヨルン。昨日は疲れたであろうな」

「うあ……」

葵は昨夜のことを思い出して盛大にため息をついた。

昨夜、捕まってしまってひどい目に遭《あ》わされるのかと思いきや、葵が連れてこられたのは、この小部屋だった。象より大きい亀型巨大生物の背に据え付けられた、屋台のような部屋である。白木を組んで作った小部屋の中には大きな窓がついていて、薄いカーテンが外と中を分けている。中の広さは二畳くらいで、そこにふわふわに綿が詰められた座面が向かい合わせに備え付けられていた。中には誰もいないし、何も説明はないし、部屋は結構高いところに据え付けてあるので、飛び降りるというわけにもいかない。

巨大亀もどきはのそのそ歩く。その分、揺れは少なかったが、スピードは遅い。周りは真っ暗だし、座った椅子はふわふわで、亀が歩く震動がいつしか心地よくなって、葵は寝てしまったようだ。

そうして、今が朝である。今も亀は移動を続けているようだ。

（ああ……一晩、なんだか訳のわからない世界で過ごしてしまった……。三木くんに何も言ってないから困ってるよね。ていうか、わたしも失踪扱いになっちゃうのかしら……）

葵は頭を押さえながら思った。ふと脇を見ると、ロッカーを開けたときに持っていた、移動用の往診ボックスも置いてある。どうやら一緒に運んでくれたようだ。

「あれ、わたし、こんな異世界にいるのに、どうして言葉がわかるんだろう」

葵はふと呟いた。こんな亀がいるところが、日本と言葉が同じとはとても思えない。

「うむ。言葉か。そなたが持っている翻訳機があるではないか」

「翻訳機？　そんなもの……」

「それだ」

ヨルンが葵のパーカのポケットを指さした。中には、例の金の鍵が入っていた。

「この鍵が……」

「随分《ずいぶん》魔力を感じるぞ」

「はあ……」

なんだかよくわからないが、たしかに別の世界に来て言葉が通じるのはありがたい話である。逆に、もしかしたらこの鍵がなければ、帰れなくなったり、会話できなくなってしまうのだろうか。仮説に過ぎないが、それは困るので、葵はすぐに鍵をしまった。なくさないようにしなければならない。

「聖女殿」

ヨルンが声をかけてきた。

「朝飯を食べぬか」

「あさごはん」

ふいに、葵は空腹を覚えた。そういえば、昨日は何も食べずに寝てしまった。

「あるんですか?」

「あるぞ」

そう言って差し出されたのは、大きな葉っぱの上にのったおにぎりだった。海苔《のり》も巻いてない素《す》の三角おにぎり。葵は目を丸くした。異世界で見るにしては、あまりになじみ深い食べ物である。勝手に西洋風の世界を連想していた葵は面食らった。

「そなたの世界にもあるのだろう。そもそも、米は、そなたらの世界からこちらに来たものであるしな」

ということは、この世界と、日本はそれなりに交流があるということであろうか。

葵は居住まいを正してヨルンに向かいあった。

「あのう、昨夜は訳がわからないままここに放り込まれてしまいましたけど、なんでヨルンさんはわたしがあそこにいるってわかったんですか？　それになんでわたしを捕まえてるんですか？」

「当然の質問だな」

ヨルンはおにぎりを手に取った。

「異界との扉が出現したとの報告が上がってな。まあ、畑に突然見たことのない扉が出てくれば誰でもわかるだろう」

「あのロッカーですよね……」

「今から三百年ほど前から、この大陸に時々扉が出現するようになった。扉は異世界に通じている。異世界からやってくる人間は、我らに幸か災いか、いずれかを運んでくる。ゆえに、その出現を察知したら、いずれかを見極めるために、我らが派遣されるのだ」

「ええ……。中間はないんですか。毒にも薬にもならない人もいると思うんですが……」

葵の呟きを、ヨルンはまったく無視した。

「もしそなたが災いをもたらすならば、それこそ野放しには出来ん」

「だったら帰ります。ご迷惑をかけるわけにはいかないですから。もう来ません」

「聖女の可能性もあるであろう。であれば、帰すわけにもいかないのだ」

「それ、そっちの都合じゃないですか」

「この国に足を踏み入れた以上、この国の掟《おきて》に従ってもらう」

「そんな、無茶苦茶な……」

葵はげっそりしながら呻《うめ》いた。

「まあ、別に永遠にここにいろというわけではない。時が来れば戻ればよい」

（そうはいってても、その間わたしは向こうにいないことになっちゃうじゃない。近所のおばちゃんの歯も診《み》られないし、頼んでた材料の受け取りだって……あああああ）

葵は頭を抱《かか》えた。せめてもの救いは、例の歯科医院の仕事は準備段階でしかなく、葵がいなくなっても大して人に迷惑はかからないだろうということだった。もちろん身内は心配するだろうが……。

葵がどう思おうと、どうやら勝手に物事は進められてしまいそうである。あれこれ言うのも疲れて、とにかく朝ご飯でも食べようか、と葵はおにぎりを見た。

「その、それもわたし以外の聖女様が持ってきたんですか」

「今から百年ほど前だ。聖女ササキ殿がこちらにもたらしたひとつかみの種籾《たねもみ》が、ゼルテニア最初の米作りの始まりだ」

「はあ……。その聖女様は、明らかに日本人ぽい名前ですね……」

自分以外にこちらに来た人間も、日本人なのだろうか、と思いながら空腹に耐えかねておにぎりにかぶりついて、その味にぎょっとした。

(なんなの、この砂糖をまぶしたような甘さのおにぎりは!!)

「口に合わんか。こちらも聖人ユウキ様がもたらした砂糖が入っている。そちらの世界にもあると聞いたがな」

そう言いながらヨルンは甘いおにぎりを平らげてしまう。

「砂糖がとれるってことは、サトウキビが育つの?」

「そうだ。そなたが昨日現れたのは、サトウキビ畑だ」

では、あのススキ野原は、サトウキビ畑だというのだろうか。葵はひとまずおにぎりを葉っぱの上に置くと、カーテンをペラリとめくった。

朝の太陽の光が目に飛び込んでくる。初夏の日差しだ。昨夜はわからなかったが、田植えを終えたばかりなのか、水を張った田んぼが輝いて見えた。間には、民家もぽつぽつと窺《うかが》えた。石造りの家だった。

薄いカーテンがひらめいて、涼しい風がそよいだ。パーカを着たままの葵は少し暑く感じた。ここは南国なのだ。

そう思って改めてヨルンを見れば、長いローブのような衣装も、黒ではあるが、麻《あさ》のような薄手の素材だ。この部屋だって、竹のようなものを組んで編んだもので、風通しがすこぶるいい。下を歩く兵士も、鎧《よろい》らしきものは身につけているが、涼しげな素材である。

（ここ、本当に異世界なんだわ……）

いまいち半信半疑であったが、日本人だったらおそらくしない味付けである、甘いおにぎりの存在は、妙に葵を納得させた。

これは和菓子、と自分を騙《だま》して甘いおにぎりを食べる。ヨルンは、飲み物も渡してくれたが、これまた甘い。

信じる信じないはともかく、現実として、このよくわからない国にいて、帰ることができないのは事実である。であれば、それを受け入れて、これからどうするか考えるしかない。そして、今のところ葵に危害を加えようという気はないようである。

まあ、災いをもたらすと判断されたらどうなるかわからないが、どう考えたって、葵一人ができる悪さなどたかがしれているので、そっちのほうにはならないだろう。

（だとすれば、そんなに悪い扱いじゃないはずよ。まずはなんとか生き延びて帰る手立てを考えなきゃ）

葵がそんなことを考えている向かいで、ヨルンは薄いカーテンをめくり、外を眺めている。

「アオイ殿、この国が呪いに覆《おお》われていると言ったら、信じるだろうか」

甘ったるい朝食を食べ終えた葵は、ヨルンの言葉に首をかしげた。カーテンの向こうはのどかな田園風景が広がっている。

「……それは、わたしがここに来たことと関係あるんですか」

「あるかもしれんな。呪いは、ここに来た異世界人によってもたらされたわけだから」

ヨルンは物憂《ものう》げにピーコックグリーンのまつげを伏せた。

「……その、どうにもよくわからないんですけど、わたしの住んでる日本から、時々人がやってくるっていうことですよね、この国に。でも、日本にはたくさん人はいますけど、呪いだの、幸いだの、そんな力を振るえる人なんていませんよ」

詐欺師は別だけど、と葵は思う。

「まあ、そうだろうな。人としての力は我々と変わらんだろう。むしろ、我々は魔術が使えるわけだから、そなたらよりも優れているかもしれん」

「ま、術!? 魔法が使えるんですか!?」

そういえば、あのガルストとかいう男と揉《も》めていたときに、強風が吹いた。

「わたしがここに来たとき、変な人にからまれたときのアレ、もしかして魔法ですか」

「あれか。一応な。扉が現れると、こちらのことがまだよくわかっていない異世界人を使って一儲けしようというけしからん輩《やから》が現れがちなのも事実だ。だから追い払ったわけだが」

「あの男の人は、そういう狙いがあったのね。でも、魔法が本当にあるなんてすごい！」

ヨルンは苦笑いを浮かべた。

「ところでそなた、向こうでは何をしておった」

「……一応歯科医師を」

「シカイシ?」

この国には、歯医者さんはいないのだろうか。

「虫歯とかを治す医者ですね。まあ、まだ駆け出しですけど」

「ほう……。なるほど、そなたがここに来たのも意味があるようだ」

ヨルンは含みのありそうなことを言う。

「……はあ?」

「城まではまだ時間がかかる。そなたに話すべきことは多そうだ」

ヨルンによると、このクレスト王国は、ゼルテニアと呼ばれる大陸の南西の端にある小国だという。東の方にはノンタナ共和国という国が、山脈を越えて北東に行けばガルデア帝国という大国が隣接している。

このゼルテニア大陸に、異世界から聖人、もしくは魔人と呼ばれる人々が訪れるようになったのは、今から三百年前だという。

時折扉が開かれて、こちらへとやってくる。彼らは、忽然《こつぜん》と現れ、別世界から見知らぬ技術や知識を携《たずさ》え、そうしていつの間にかいなくなる。彼らが現れると、ゼルテニアに大きな変化が起きる。

「この国に米や砂糖がもたらされたのもそうだな」

「お米が……?」

毎日食べているお米がどうして変化に繋がるのか。

「米がもたらされる前にクレスト王国で生産されていたのは麦だ。麦は米に比べれば収穫量が少ないし、連作もできない。が、米は違う。麦の五倍は収穫できるし、毎年同じ耕作地に作付けすることができる。この国で人が飢えることはなくなったし、隣国に輸出もできるようになった。砂糖も換金性が高い」

そういえば、学生の時に、社会の授業で、三圃制《さんぽせい》農業とか、連作障害とかを学んだような気がする。まあ、そもそもこれだけ暖かそうなら、麦よりは米の方が向いていそうだ。

「お米ってすごいのね。でも、それと呪いが何か関係あるの？」

「そもそもの国の成り立ちを話そう」

ゼルテニア大陸には、人は住んでいなかった。というか、住めなかった。海の彼方《かなた》にあったこともあるが、そこに住む邪悪で強力な生き物たち……便宜上《べんぎじょう》魔物と呼ぶ……に、人間がまったく敵《かな》わなかったからだ。

だが、あるとき大陸に流れ着いたゼルテニアと名乗る女性が運命を変える。彼女は、大陸に住む魔物と意思疎通ができたという。魔物と一口に言っても、高い知性を持つものも、低いものもいるし、人間を害するものもいれば、人間と共存できるものもいたのだ。

ゼルテニアは、人間と共存できる魔物を率いて、悪《あ》しき魔物を駆逐《くちく》した。大陸は平らかになり、人が満ちるようになった。これがゼルテニア大陸の始まりである。

「我がクレスト王国は、聖獣を戴《いただ》く由緒《ゆいしょ》ある王国だ。小さい国ではあるが……」

謎のワードが出てきたぞ、と葵は思った。

「聖獣ってなんなんですか」

「ゼルテニアが魔物を駆逐したのち、彼女自身は、自《みずか》ら姿を聖獣に変えて、この大陸と一つになったと言われている。聖獣は、そのゼルテニアの子孫たちだ。様々な獣に形を変えてはいるが、幸いを国にもたらすと言われる。実際、呪いが国を覆うまでは、クレスト王国は平和な国だった」

伝説とか、神話の類《たぐ》いだなあ、と葵は思う。獣がいるだけで平和が訪れるなんて、都合よすぎではなかろうか。それにしても……。

「その呪いって何なんですか？」

ヨルンは物憂く答えた。

「……病《やまい》だよ。我が国の民《たみ》、ほぼ全員が悩まされる、病だ」

「……他の国にはないんですか？」

「たまにはあるが、全員とは聞かんな」

「ただの風土病じゃなくて？」

「米と砂糖がもたらされてから起きたことだ。それ以前にこの病はなかった」

葵は首をひねった。

（それって、食生活の転換による栄養の変化で起きてるんじゃないのかな。江戸時代に参勤交代で江戸に行くと、白米ばっかり食べるから、脚気《かっけ》になったとかいうし……）

「……あの、その病って……」

葵が聞きかけたとき、ヨルンが顔を上げた。

「ああ、見えたぞ。我らが王がおいでになる屋敷だ」


巨大亀から降りるなり輿《こし》に乗せられて連れていかれたのは、白く高い塀に囲まれたお屋敷だった。直方体を並べて造ったようなお屋敷は、白い石壁で出来ていて、風通しよく開かれた扉や窓枠はすべて濃い緑色、建築には詳しくないが、なんとなく中央アジアか中東の建物を連想させた。中に入るとひんやりと涼しく、渡る風もさわやかだ。

しかし、ヨルンはここに王がいると言っていた。一般人が住むには十分広く立派な建物だが、一国の王が住むにしては少々手狭な気がした。おまけに人の姿がまったく見えない。こんな寂しいところに暮らしているのだろうか。といっても、葵は『王様』と呼ばれるような身分の人間に会ったことはないので、正確なことはわからないのだが。

葵は小さな部屋に通された。これまで案内をしてくれたヨルンはさっさと部屋から出ていってしまって、一人残されてやることもない。

窓の外にはさんさんと太陽の光が降り注いでいて、低木の椰子《やし》の木や、モンステラに似た大きな葉の植物が庭に並んでいる。地面に近い方にはシダの葉が茂り、ここが雨の多い地域であることを感じさせた。

（……南国風だなあ……）

することもないので、窓の外を眺めていると、ふと風に乗って声が聞こえたような気がした。

呻き声のような、泣き声のような、なんとも辛《つら》そうな声。しかも、子どもの声だ。

(えっ、何?)

葵は窓から身を乗り出して、声のする方を見た。棕櫚《しゅろ》っぽい木の下、シダの葉の間に、人影がある。しゃがみ込んでいるのは、まだ子どものようだった。しくしくと泣いている。怪我《けが》でもしたのだろうか。

人がいないかと葵は周りを見たが、誰も見当たらない。

(いいや、行っちゃえ)

別に部屋から出るなと言われたわけでもない。泣いている子どもを放っておく気にはなれなかった。葵は窓から飛び出ると、子どものもとへと歩き出した。

「ねえ、どうしたの?」

葵が声をかけると、しゃがみ込んでいた子どもはぴくりと肩を震わせて、振り返った。

男の子だった。しかし、とてつもなく可愛い。さらさらの黒髪はおかっぱ風に切られていて、形のいい顔の輪郭《りんかく》がはっきりとわかる。ぷっくりとしたほっぺたはつやつやしているし、澄んだ目はきらきらと美しい。美少年、という言葉がまさにふさわしい。だが残念ながら、その顔は涙で濡れていたし、表情は苦しげに歪《ゆが》んでいたけれど。

「だれだ!」

意外にも、少年の口から出てきたのは厳しい言葉だった。

「ここが王の庭と知ってのろうぜきか」

王の庭。だからここには誰もいないのだろうか。

「それは知らなかったけど……。泣いてたら助けになってあげようって思うのが普通じゃない？　ねえ、どうして泣いてるの？」

「……ぼくが泣いていたと誰にも言わないか」

「言わないよ。何があったの」

葵の言葉に、少年は声を詰まらせた。

「歯が……」

「歯？」

「歯が痛い。痛くて死にそうだ」

「あー……」

なるほど。それは辛いだろう。職業柄、歯が痛くて泣いてくる子は何人も見てきた。

「ねえ、わたし、実は歯医者なんだけど、よかったら見せてよ。少し楽にできるかも」

葵の言葉に、少年は眉根を寄せた。

「ハイシャ？」

ヨルンも言っていたが、どうやらこの世界には存在しない職業のようだ。

「痛い歯を治すお医者さんのこと」

「治せるの！」

少年の目が輝いた。

「まあ、道具が足りなかったら治せないこともあるけど、とりあえず見せてよ」

「うん」

少年は口を開いた。

「……うわあ」

葵は思わず声を上げた。

（すごい。久しぶりに見たわ、こんなにう蝕《しょく》だらけの口の中……）

年齢が年齢だけに、乳歯と永久歯が混在している混合歯列期の口腔内である。上下の前歯は、萌出《ほうしゅつ》したばかりの永久歯だからか、まだう蝕になっていないが、俗に言う六歳臼《きゅう》歯《し》は、みるからに痛そうな黒い虫歯の穴が広がっている。そしてひどい有様なのが、乳歯だった。ほとんど歯冠《しかん》が崩壊していて、原型をとどめていない。

（これは痛いわよねえ……。泣きたくもなるわ）

「どう、治せる？」

「どの歯もひどいけど、今の痛みの原因になっている歯は一つだと思うの。だから、それを特定しないといけないけど、痛すぎると何もできないよね。とりあえず痛み止め飲もう。確か持ってきてると思う」

「薬……。……まずい？」

不安そうに少年は葵を見上げる。

「錠剤だから、ゴクンと飲んじゃえば大丈夫。おいで」

葵と少年は、窓から部屋に入り込んだ。ヨルンが一緒に運んでくれた往診用の鞄が役に立つとは……。いや、しかし、この世界と、葵の世界の人間の体の造りは一緒なのだろうか。魔法も使えるような輩のいる世界である。もしかしたら見た目は似ているが、中身が全然違う可能性だってあるのではないか。

（ああ、もう、そんなこと言ってたら何も話は進まないわよ）

葵はともかく鎮痛剤を少年に差し出した。白色の小さな薬の粒を、少年は胡乱《うろん》げに眺めたが、結局葵の言う通り薬を飲み込んだ。

「治らないよ」

「すぐには効かないわよ。もう少し待って」

少年は部屋にある長椅子に座って丸くなると、深いため息をついた。

「痛みが治まらないと、歯を抜くって、治療師に言われたんだ。やだ。そんなことはしたくない」

一応、治療師なるものはいるようだ。

「まあ、子どもの歯は抜いてもいいかもね……、どっちにしろ生え替わりの時期だし。でも永久歯の奥歯を抜くのは大変だし、そんなことしなくても治療すれば治ると思うけど。これからはしっかり歯磨きをした方がいいと思うよ」

「ハミガキ？　何それ」

「歯を綺麗にするのよ。歯ブラシで、歯の汚れを落として……」

「ハブラシ？」

少年は不審そうに葵を見た。

葵はハッとした。この世界にはもしかして歯ブラシというものがないのか。つまり、歯磨きという概念《がいねん》もない。おにぎりに砂糖を入れるぐらい、甘いものが普及しているのに、一切歯磨きをしないとしたら、とんでもないことになっているのではないか。

そこで葵は思い至った。

（……呪い）

もしかして、ヨルンが言っていた呪いとは、虫歯のことではないのか。それまで米も砂糖もなかった国である。口腔衛生の観念がほとんどないところで、山のように砂糖が作られ、人口に膾炙《かいしゃ》したら……。

葵の脳裏には、う蝕で歯列が崩壊したいくつもの口腔内がリアルに思い浮かんだ。

呪いだ。これはとんでもないことだ。

「……な、なんて恐ろしい国……」

葵は思わず呟いた。

すると、少年はムッとしたように葵をにらみつけた。

「ぼくの国に対して恐ろしいとはなんだ。この国をぶじょくするなんてゆるさないぞ」

少年の剣幕に、葵は面食らった。

「や、その、侮辱するつもりはないけど」

「したよ。歯が痛くてあまり気にしなかったけど、おねえさん、よく見ればこの国のひとじゃないね。なんでぼくの館にいるのさ」

「なんでも何も、無理矢理連れてこられたんですけど……」

しかし、この建物が、この少年の館？　先ほどからの会話を総合すると、この少年は、もしかしてやんごとない身分なのだろうか……？

と、声が聞こえたのか、ヨルンが部屋の中に飛び込んできた。

「アオイ殿、なにごとか……、や、陛下、どうしてこのようなところに」

葵は少年を見た。

（陛下）

つまり、この男の子は……。

「アオイ殿、陛下に何をなさったのだ！」

「ええと、薬をあげただけですけど。あの、この子は」

「クレスト国の国王、十歳にして即位されたマヨ三世陛下であるぞ！」

「国王!?」

（いやいや、そんなのわかるわけないでしょうが）

なんで一国の国王陛下が庭なんかでうずくまっているのだ。しかも、子どもではないか。

「ヨルン、このぶれい者はだれだ!」

「陛下。先日もお話ししました、異世界から来たという人間です。聖女か、魔女かはまだ判別しておりませんが」

「そうか。この者は我が国をぶじょくしたぞ。異界からきた悪いやつではないのか」

「陛下、そうと断定するにはまだ……」

「では、聖女だって証拠を見せてよ!」

少年……マヨ三世は断固たる口調で葵に言った。葵より遥かに年下であるが、人に命令し慣れているのがよくわかる。

しかしである。ここに至ってようやく葵は腹が立ってきたのだ。昨日から葵を勝手に攫《さら》おうとしたり、この館に連れてきたりしたのは、彼らである。迷惑なら帰るとこちらから申し出たのに、それは却下《きゃっか》しておいて、こんどは訳のわからない証明をしろと言う。いくらなんでも都合がよすぎるのではないか。

「わたしは聖女でも、魔女でもありません。ただの人間です。それに、ここに来て一日で、よくわかってないことだらけだから、侮辱も何もないです。ただ、歯を磨かない人だらけなのはとんでもないことだって言っただけ。それにねえ、きみ、人から薬をもらっておいて、その態度はないでしょう。お礼ぐらい言えないの」

葵の言葉に、マヨは一瞬ひるんだ。だが、マヨが何か言うより先に、ヨルンが血相を変えて口を挟んだ。

「アオイ殿、薬とはなんだ。陛下に異界のものを差し上げたとでもいうのか！」

「ただの痛み止めです。それも子供が飲んで大丈夫な、そんなに強くないものです」

葵がヨルンにそう言ったとき、マヨがうっ、と呻いて右頬を押さえた。

「痛い……」

「へ、陛下、まさか毒が……!?」

虫歯が大きすぎて、薬が効かないようだ。

「歯が痛いんです。あんな虫歯だらけでは、痛くて当然です」

「へ、陛下……！　アオイ殿、やはりそなたの毒のせいであろう、なんとかせよ」

「だから、毒じゃなくて鎮痛剤で……」

「王をお救いせよ。でなければ、我が国に仇《あだ》なす存在ということで、こちらにもそれなりの対応をさせてもらうが」

「えええ、そんな、無茶苦茶な……！」

「……痛い……」

葵が抗議の声を上げた時、目の前の少年がか細い声で呻いた。

「痛い……。もうやだ。こんなにいたいなら、もうしにたい……」

とうとうこらえられなくなった、というように、少年は泣きだした。身も世もないといわんばかりに、顔を歪めて涙を流す。

葵も、そして、隣にいるヨルンもハッとしたように顔を見合わせた。

「アオイ殿っ、と、とにかく王のお苦しみをなんとかして差し上げられんのか！」

「でも、この国の治療師さんとかいらっしゃるんじゃないですか。わたしが勝手なことをして……」

「治療師ではどうにもできず、歯を抜くと言うのだ。陛下はそれが嫌だというので離宮《りきゅう》に逃げておる。だいたいあの治療師らは、まったく呪いを解呪できないくせに幅を利《き》かせておって、けしからん。歯科医師であるそなたがこの国に来たのも、ゆえあってのことであろう。歯が痛いと何日もお苦しみで、お食事も召し上がれないのだ！」

ヨルンも必死の形相《ぎょうそう》である。葵はさすがに姿勢を正した。

歯が痛い。

これは人類にとって最も辛い苦しみの一つだ。歯科医師として、さほど長い臨床経験を持っていない葵であっても、その苦痛に悩まされる人を何人も見てきている。そして、葵は一応、それを解決する知識を持ってはいた。

往診のための最低限の道具は、幸いにして今、手元にある。しかし、あくまで最低限のものなので、対応できないこともあるだろう。

（でも、こんなに痛そうな様子じゃ、放置なんてできないし……）

葵は腹をくくった。

「わかりました。できるだけのことはしてみます」

葵は長椅子を窓際《まどぎわ》に運ぶと、そこにマヨを寝かせた。暗くて見えないのでは何もできないので、せめて明るい窓際に移動したわけである。

まずはどこが痛みの原因かを特定しなくてはいけないので、とにかく今どんな感じで痛いのかマヨから色々聞き出した。問診である。それから歯をピンセットの背で一本一本叩いてみる。口の中がほぼう蝕で崩壊気味である。どれが痛みの原因となってもおかしくない。

（うーん、やりにくい……）

ミラーやピンセットといった基本セットは持っていたが、レントゲンもないし、唾液《だえき》や水を吸う吸引器もない。歯科医とは文明の利器に支えられている職業だな、とつくづく思う。しかし、やるしかないのである。

温かいものでしみる。冷やすと痛みが楽になる。ずきずき痛い。叩いたらめっちゃ痛がる。そして、ものすごく大きなう蝕がある……。

「左下第一大臼歯の急性化膿性歯髄炎《しずいえん》、か」

葵は独りごちた。ヨルンが尋ねてくる。

「なんだそれは」

「歯っていうのは、全部が硬いわけじゃなくて、真ん中には歯髄があるのね」

「シズイ？」

「まぁ、簡単に言うと、痛みだけ感じる神経みたいなものかな」

「……ふむ」

「で、虫歯が進んで、歯に穴が広がっていくと、その歯髄にたどり着くの。さっきも言ったけど、この歯髄が、あらゆる刺激を痛みとしか感じないのね。国王陛下は、左下の奥歯がその状態になっていて、歯髄が炎症を起こして、痛くて痛くて仕方がない状態」

「な、なるほど……！　治せるのか!?」

「治せますが……」

葵は考え込んだ。一般的には、鎮痛薬を飲んでもらって、痛みが引くまで何日か待ってもらう。それから改めて、麻酔をして、う蝕を取り除きつつ、歯髄処置をするのが現代のセオリーなわけだが……。

(悠長に何日も待たせてもらえないわよね。それに、歯髄処置のための道具は持ってきていない。これだけ痛いと鎮痛薬も大して効かないだろうし、その間にきっと魔女判定されちゃう)

そうなると、その後の治療はともかく、痛みを取ってあげなければならない。

(……とすると、いにしえのあの方法しか……)

葵は眉根を寄せた。

かつて新人だったとき、今のマヨ三世と同じような状態で、歯が痛いとやってきた五十過ぎの男性患者がいた。葵は教科書通り、鎮痛薬を渡して、落ち着いてから来るように指示を出した。しかし、彼は納得しなかった。これだけ痛いのに、薬を出すだけで帰れとは何事だ！　と葵にくってかかってきたのである。今ならわかる。痛くて仕方がないときに、見るからに経験の少なそうで何もしない若い女に診療されたら、腹が立っても仕方がないと。

葵が受付で詰め寄られてあたふたしていると、章夫がやってきて、男を中に入れた。そして、一発で痛みを取ってしまったのである。男はにこやかな表情で帰っていった。

何をしたかというと、根管開放《こんかん》、という処置である。

昔はよく行われたというが、今はあまり推奨《すいしょう》されていない。葵も章夫が処置して初めて見た。確かに劇的に痛みから解放される。

虫歯が進んで深い穴が空いてしまうと、歯髄が炎症を起こしてしまう。歯髄が収まっている歯の中の狭くて細い空間を歯髄腔《しずいくう》というが、この中で炎症を起こすと、内圧が高まって痛みが収まらないのだ。ではどうすればいいかというと、歯を削って歯髄まで通じる穴を空けて内圧を下げればよいのである。ただし、痛みは取れるが、歯髄まで穴が空いてしまうので、そこから細菌感染するリスクが高まる。また、穴を空けるまで、削る振動が歯に伝わるので、すごく痛い。では、痛くないように麻酔をすればよいではないか、という話ではあるが、麻酔は万能ではない。炎症が激しいときは、麻酔はたいてい、全然効かないのである。ちょっと触るだけでも痛い歯を、無麻酔で、ガリガリ振動するタービンで削るわけであるから、その瞬間はそれはもう痛い。そこは覚悟しなければならない。

それでもなお、根管開放という処置が行われているのは、とにかく痛みが一発で取れるからである。痛くて夜も眠れない患者さんにとっては、願ったりの治療法なのである……。

幸いにして、バッテリー駆動のエンジンはあるので、治療は可能である。歯というのは人体でも最も硬く、削るには超高速回転するバーを使う必要がある。今回はそれに対応する器具も持ってきているので問題はない。

「痛みは治まります。でも、それで虫歯が治るわけではないので、ちゃんと治そうと思ったら、日をあけて何回か治療をしていく必要があります。ここには道具も薬も限られたものしかないから、今回の処置が終わった後に取りに戻らないといけないけどいいですか」

「そなた、逃げる気ではあるまいな」

ヨルンが渋い声を上げた。

「患者さんをほったらかすようなことはしません。それから、かなり荒療治《あらりょうじ》になります。結構痛いです。いいですか」

「荒療治だと。そなた、陛下になんという……！」

「わたしだって普通だったらやりません。でも、すぐに痛みを取るにはこれしかないです。魔女判定されるの嫌ですから！」

葵の膝の上のマヨ三世が、涙目でこちらを見上げてくる。

「わかった。いいひとかわるいひとか、試してみればいい。ぼくが死んでも国が助かるならそれでいい」

そんな大げさな、とは思うが、マヨ三世の表情はきわめて真剣である。まだ子どもだというのに……。

葵は支度《したく》をした。ボックスから基本セット、消毒用のアルコール綿、ヨードグリセリンを用意し、さらにバッテリー駆動のエンジンにコントラアングルとバーをつける。

「じゃあ、始めますよ。最初だけ痛いけど、急に口を閉じないでね。すぐに終わるから」

葵はそう言って、エンジンの電源を入れた。


（……ああ疲れた）

葵はぐったりと長椅子にもたれて天井を仰いだ。

無事にマヨ三世の治療が終わったのは何よりであるが、まあ、大変であった。覚悟は決めたとはいうものの、回り始めたエンジンとその音を聞いて、ヨルンは隣で文句を言うし、マヨ三世もおよび腰になるしでなかなか治療を始められない。しかし、葵も一応プロである。これまでも、泣きわめく子どもを取り押さえて治療をしたことは何度もある。うだうだ言われて治療を進めないよりは、頭を腕でホールドしてでもさっさと治療をしてしまう方が上手くいくことが多いのである。まあ、もちろん同意を得た上でのことだが。

はたして、マヨ三世は、歯を削るところで声を上げたものの、その後、歯髄まで穴を空けてしまうと、中から膿《うみ》がたっぷり出てきた。排膿《はいのう》させてしまえば、痛みはそこですっぱり消えてしまう。後はおとなしく口を開いていてくれたので、できるところまで軟化象牙《ぞうげ》質《しつ》をとって、ヨードグリセリン綿球《めんきゅう》で一応仮封《かふう》しておしまいである。

（しかし、吸引器がないのは大変だわー。仕方ないから何回もうがいしてもらったもんね。

まあ、あるものでなんとかなってよかった）

色々道具がない中ではあるが、痛みから解放されたマヨ三世は大喜びである。

疲れた葵一人を残して、マヨ三世とヨルンは部屋を出ていった。

それにしても、異世界に来てまで仕事をしなければならないとは因果《いんが》なものである。

ともあれ、王様を救った訳だから、そうそうひどい目に遭わされることはないだろう。

（それにしても、王様ですらあの口の中なんだから、一般市民はどうなってるんだろ）

葵は天井を見ながら思う。窓からは涼しい風が吹いてきて快適である。少しばかり気が緩んで、睡魔がすっとやってくる。

次に目覚めたときは、夕方だった。雨がさらさらと降っていたが窓の外はまだ明るく、雨雲も薄く、夕焼けの赤が透けて見えて綺麗だった。庭に生えている植物も雨に濡れて、緑がいっそう濃く感じられた。

（……はあ。わたし、どうなっちゃうんだろう……）

葵は空を眺めながら思う。現実の日本でも自分の進むべき道は悩ましいが、異世界では土台の常識が違うので、生きていられるだけでも喜ぶべきなのか。

ふと、大きな風が起こった。雨粒が巻き上がり、きらきらと夕映《ゆうば》えに輝く。

葵が窓から空を見上げたときに、大きな影が視界を横切った。

（……鳥？）

それは巨大な鳥に見えた。象よりまだ大きそうな緑色の何かが、空を覆うように飛んでいく。

（違う、羽根の生えた……狼!?）

目をこらして、葵は腰を抜かしそうになった。犬なのか、ハイエナなのか、狼なのか。とにかく、緑色の巨大な獣が、雨も気にせず、背中の羽根をはためかせ、悠然と空を旋回しながら飛んでいる。一瞬、地面を眺める狼と、目が合った気がした。知性を感じさせる赤い目だった。

だが、それも一瞬だった。地上の人間のことなど気にもしない、といった様子で、羽根の生えた狼は、すうっと空の彼方に消えていく。

葵は呆然と空を眺め続けた。

いや、巨大亀がいるわけだから、巨大狼がいてもよいのかもしれないが、それにしたって、空を飛ぶというのは、どうなのだろう。

（でも、いいなあ……）

葵はぼんやりと思う。地上の些事《さじ》など気にすることもなく、どこにでも行ける翼を持つ狼が、葵はなんだか羨《うらや》ましく思えたのだ。

「聖女様」

声をかけられて、葵は振り返った。マヨ三世がちょこなんと椅子に座っている。空飛ぶ狼は見なかったのか、先ほどまでの余裕のない様子とは違い、落ち着いた風情《ふぜい》である。

「先ほどはごめんなさい。ぼくも余裕がなくて、あんな態度になってしまって……」

これまでと違う殊勝《しゅしょう》な物言いに、葵は手をぱたぱたと振った。

「いえ、歯が痛いとあまりまともに考えられないですよね、わかります、そういう人たくさん見てきましたから」

「聖女様の力は本当にすごいです。ありがとう」

きらきらと輝く目でこちらを見られて、葵はずきゅんと胸を打ち抜かれたような気がした。

（やだ、なに、可愛い……！）

葵はショタではないが、この美少年ぶりはすごい。思わず愛《め》でたくなる可愛らしさだ。

「や、そんなに大したことでは……。それにわたしは聖女なんてものでもないし」

年下の子にときめいてしまった自分にやや動揺しつつも、葵は言った。

「それにしても、ここは全然人がいないのね。王様なのに、こんな寂しいところに暮らしているの？」

「うん……。ずっと歯が痛くて、でも泣いてるところを見られたらいけないから、この離宮に来ることになったんだ」

「あー……」

そういう理由で、この館に人がまったくいないわけだ。

「ねえ、王様」

「ぼくはマヨだよ」

「じゃあ、わたしのことも聖女じゃなくて、葵って呼んでくれる？」

「うん！」

　素直な返事もまた可愛い。

「この国の呪いって、やっぱり、虫歯のことなの？」

　葵の質問に、マヨは憂鬱《ゆううつ》そうに頷《うなず》いた。

「葵の言うムシバかどうかはわかんないけど、みんな、ぼくみたいに口の中が病気なんだ。これは、むかしこの国に来たわるいひと、チアキのせいらしいけど……」

「いやー、それはチアキさんが気の毒では……。虫歯の原因って、まあ、色々あるけど、やっぱり砂糖がメインだもの」

「……砂糖？　砂糖がいけないの？」

「まあね。たぶん、砂糖を食べてない人には虫歯はないと思うわよ。それ以外にも、歯磨きする習慣とか、だらだら食べ続けないとかもあるけど……」

「……そんな……！」

　マヨは明らかにショックを受けた表情になる。

「でも、原因がわかったなら、対策も立てられるわよ、大丈夫、大丈夫」

「そうかな……。ぼくにはなんにもできないから……」

「マヨくんさ、みんなのことを心配するのもいいけど、きみの虫歯だって治ったわけじゃないのよ。今は痛みがないだけで、ほっといたらまた悪くなっちゃうから、ちゃんと治療は続けようね」

「うん！」

マヨは素直に頷く。

「ねえ、いっそのこと、日本の医院に来ない？　そこなら道具も薬も全部あるわ」

「……こちらの人間は、あちらの世界には行けないんだ。以前、試した人がいたみたいなんだけど、扉をくぐり抜けられないんだ」

「そうなんだ……。そうすると……、一度道具を取りに戻らないと、治療の続きはできないかなあ……」

するとマヨは心細そうな表情になった。

「そんな、帰るなんて。もっといてほしいのに」

（なんていい子なの！）

一国の国王に対して抱いていい感情ではないような気がするが、可愛いんだから仕方がない。

「あのね、わたし、急にここに呼び寄せられたから、家族も心配してると思うの。マヨくんだって、何も言わずにお城を出たらみんな心配するでしょう。わたしだって同じよ」

「……そうだよね」

「大丈夫、少なくともマヨくんの治療が終わるまではちゃんと通います」

ぱあ、っとマヨの顔が明るくなった。

（マヨくんみたいなのが王様なら、国も幸せよね……）

葵は少年王の姿を見てしみじみと思う。まあ、子どもなのだから、実際に実権があるわけではないだろうが、王様の見目が麗《うるわ》しいのは、国民としても嬉しいのではないか。

「待っている家族がいるのは、いいことだよ」

「マヨくんにもご家族はいるでしょう？」

すると、マヨは少し寂しそうな顔をしてから答えた。

「国の民《たみ》がぼくの家族です」

葵はハッとした。マヨ三世と名乗っているぐらいだから、先代は亡くなっているに違いない。それに、十歳で王様である。普通、もう少し年長の親戚がいればそちらが王様になりそうなものだから、家族といえるような存在はいないのではないか。

十歳でありながら、王様として気張っているのかと思うと、少し不憫《ふびん》に思えた。子どもは診療でも時々接するが、思春期前の十歳ぐらいの男の子は、よく言えば天真爛漫《てんしんらんまん》、悪く言えばなんでも思ったことをやるし、言う。開けっぴろげなことが多い。それに比べれば、マヨのなんと思慮《しりょ》深いことか。

「……ねえ、マヨくん、歯磨きしない？」

「さっきも言ってたよね。それなに？」

「言葉通り、歯を磨くの」

ブラッシング指導に使うので、歯ブラシはいくつか持っていた。新品の歯ブラシを取り出すと、マヨに見せる。マヨは興味深く歯ブラシを見た。

「小さいブラシだ」

「本当に歯を磨かないの?」

「柳《やなぎ》の枝で歯をこすったりはするよ」

(爪楊枝《つまようじ》みたいな使い方かなあ……)

どちらにしても、あまり歯磨きをする習慣はないようである。

「初めてなら、わたしがやってあげるね」

うがい用のコップと洗面器と水差しを持ってきて、寝台横の卓子に載せる。寝台の上に葵が座ると、マヨは仰向けになって彼女の膝の上に頭を乗せた。

(しかし、すごい虫歯……)

美少年なのに、この口は、本当にいただけない。

(治療するなら、まずう蝕の第一大臼歯をなんとか抜かずに治して保存、乳歯は残根《ざんこん》状態だから全部抜歯、その後、永久歯が生える隙間をキープするために保隙して、永久歯萌出待ちかなあ……。もちろん、新しくう蝕が出来ないように歯磨き指導は継続、と)

無意識に治療計画を立ててしまう。

(いやいや、でも綺麗な永久歯に生え替わって、虫歯がなくなれば、前途洋々だよ。頑張れマヨくん)

歯磨きを終えて、うがいをすると、マヨは不思議そうな顔をした。

「なんだか……不思議な感じがする、歯がつるつるしてる」

「いや、それが歯の本来の姿だから。マヨくんもこれから自分で歯磨きしてください。この歯ブラシはあげます」

「わあ」

マヨは嬉しそうに歯ブラシを受け取った。

それから二人で歯磨きの練習をして、虫歯がなんなのかについて話した。ブラッシング指導は、これまでさんざんやってきたものだが、マヨが真剣に取り組む姿は非常に微笑ましく、またやりがいがあるものだった。こんなにブラッシング指導が楽しいと思ったのは初めてである。

「葵はすごいね、こんな難しいことをしってるなんて……！」

「え、特別なことじゃないよ。まだまだ勉強すること多いしね。それにブラッシング指導なら歯科衛生士さんや、助手さんの方が上手いよ。ていうかマヨくんは国王様なんでしょ、そっちの方がすごいじゃない」

葵がそう言うと、マヨは悲しそうな表情になった。

「ぼくが国王になったのは、ぼくが選んだわけじゃないもん。それに、即位してからも、歯が痛くて、何もできてないし……」

「大丈夫だよ、これから治していけば、痛くなくなるし。王様としても、ちょっとずつできることを増やしていけばいいと思うよ」

話しながら、葵は自分が新人だった頃のことをふと思い出した。国家試験に合格して、知識だけはあるものの、手が動かなかった時期。あの頃に章夫に出会った。抜去歯《ばっきょし》で歯を削る練習を見てもらったりしながら、一つずつできることが増えていった……。

今はもう、その章夫もそばにいないけれど。

「葵も歯が痛いの？」

マヨの思いがけない言葉に、葵はハッとした。

「なんだか辛そうだよ」

葵は何か言おうとして口を閉じた。

(そうだよ、辛いよ。だってフラれたんだもの。わたしなんてもういらないって)

仕事を始めてから積み上げてきた全てのものを投げ出したくなるくらい、辛かったのだ。

マヨの手が伸びてきて、葵のほっぺたを撫でてきた。

「葵の痛いのも飛んでいくといいね。葵も一緒に歯磨きしよう」

小さな手は温かかった。葵はなんだか泣きたいような気分になった。

マヨが葵の事情を知っているはずもない。けれども、マヨは葵の心の痛みを感じ取って、それを癒《い》やそうとしてくれた。

ただ、それだけのことが葵には嬉しかったのだ……。

葵はすこし笑って、うん、と答えた。

その後、葵とマヨは、ヨルンの元に向かった。一度治療に必要な道具を取りに戻りたいという葵の言葉に、ヨルンは顔色を変えた。

「帰る？　そんなわけにはいきませんぞ。異界から人が来るのは滅多にありません。ましてやアオイ殿は聖女と判断してもいい。これからこの国で役に立っていただかねば」

ヨルンは相変わらず一方的な物言いである。

「アオイ殿のあの手技《しゅぎ》はすごい。我が国は呪いで悩まされる人がたくさんいる。アオイ殿の力が是非必要なのです！」

「あー……。まあ、歯科医療の知識ゼロの世界みたいだから、まあ、わたしも微力ながらできることはあるでしょうけど……。でも、そうはいっても、道具がなければ、わたしができることなんてほとんどないですよ」

「道具がなければ作ればいい。我が国の……」

「無理ですよう。ＬＥＤライトとか作れます？」

「……える……？」

「口の中は暗いですから、光で照らさないとよく見えないんですよ。光源になるのがＬＥＤライト。作れないでしょう？　わたしだって仕組みはよくわかってないし作れません。作れたとしたって、ハイテク技術の粋《すい》を凝らしたものですからね、何百年も先の話ですよ」

「む……」

「だから、何にしても一度材料を取りに行かないといけません。今回だって、たまたま往診の道具で事が足りたけど、最終的なところまで治療をすることはできません。国王陛下の治療を中途半端にしていいんですか」

「そんなことはできない。我が国にある材料でなんとかしてもらわねば」

「だーかーらー、無理なんですよう。滅菌消毒の概念もないところで何をやれっていうんですか。ラバーダムあるんですか。次亜塩素酸ナトリウムは。水酸化カルシウムは。それに、ガッタパーチャなしでどうやって根充《こんじゅう》しろと」

葵の剣幕にヨルンは一歩身を引いた。

「なんという……。それは呪文か」

「ヨルン、葵は戻ってくるっていうんだから、信じようよ。それに、葵にだって家族がいるよね。葵が急にいなくなったら悲しいよ」

マヨが口添えしてくれる。

「陛下……。さすがお考えが深い」

ヨルンはしばし考えると、深くため息をついた。

「少々お待ちください。検討して参ります」

ヨルンはそう言って下がっていった。

結局葵は取り残されてしまったわけだが、マヨが背中をつついてきた。

「大丈夫だよ、ヨルンもわかってくれる」

「だといいけど……。ヨルンさんは検討するって言ってるけど、他にも誰かいるの？」

「城の魔術師たちと相談するんだ」

電話みたいな通信手段があるのかな、と葵は思う。

果たして、ヨルンはしばらくしてから二人のもとにやってきた。葵を信頼するので、一度戻っても構わない、ということになったらしい。またあの巨大亀に乗ってのそのそ行くのかと思っていたら、帰りはもっと早い移動方法があるらしい。例のロッカー近くには川が流れているので、船で下るのだという。

とはいえ、雨が降っているので、移動は次の日となった。

出発の日、マヨは離宮の中で手を振って葵を見送ってくれた。

移動のお供は例によってヨルンである。

「聖獣が出現したので、こちらとしては忙しいのですがね」

「聖獣？」

「さよう、見ませんでしたか。聖なる碧狼《へきろう》が天翔《あまか》ける姿を。あれはクレスト国には滅多に姿を見せない偉大な聖獣です。聖獣にも色々ありますが……、中には大陸と命を共にするとも言われる聖獣もいます。それかもしれない」

「ああ、あれが聖獣なの」

知性を宿した赤い目を思い出しながら葵は呟いた。

「ところでアオイ殿。本当にお戻りいただけるのですな」

「戻ってくるわよ。だってマヨくんはあのままじゃ、そのうちまた歯が痛くなるもの」

「マ……！　陛下に向かって何という口の利《き》き方……！」

ヨルンは目を回しそうな勢いである。葵はあまり気にせずに続けた。

「それにしても、ちょこちょこ話題に出てきたこの国の治療師って、いったい何なの？」

ヨルンは少々面白くなさそうな顔をした。

「文字通り、治療を行う者のことです。我ら魔術師の魔法とはまったく違う系統の魔法を併用して怪我や病気を治すのです」

「へえ、どういう仕組みなのかしら。怪我は治せるのに虫歯は治せないの？」

ヨルンによると、この世界では、病というものは、何らかの強い呪いを受けてなるものらしい。したがって、治療師は、病や怪我をした人に、解呪の魔法をかけ、かつ人の持つ治癒力《ちゆりよく》を増幅させて治すのだという。

「治療師の面々は否定するでしょうが、彼らの魔法というのは万能ではありませんからな。外傷などに関しては、比較的治療結果はよいのですが、病となると、手が出ないものも多い。例の呪いに関しては、まったく無力で、ひどくなったら歯を抜くことで治療しております」

日本でも医療は当然万能ではない。外傷は治せるとなると、代謝を高めるような魔法でも使うのだろうか。であれば、虫歯を治すのは当然無理だろう。

「わたしが戻ってこないと、マヨくんの治療は、その治療師がやるわけ？」

「うむ」

「それ、危険よね……。何かあったら、マヨくんの歯が抜かれちゃうってことでしょ？戻らないわけにはいかないわよね……」

葵の言葉に、ヨルンは諦《あきら》めたようにため息をついた。

「そのような不敬な口の利き方が許されるのは、そなたが聖女だからですぞ」

「マヨくん、いい子よね。きっと立派な王様になるわ」

葵が言うと、ヨルンは少し表情を緩めた。

「さよう、陛下は優れた方です。それなのに、子どもだからと侮《あなど》る者が多いのがけしからん」

あれだけ幼くて王ということであるから、それなりに問題は抱えているようだ。

行きは一晩かけて離宮にたどり着いたというのに、川の流れに乗って進めば、船は二時間あまりで目的地に到着した。船を降りて、サトウキビ畑に囲まれた白い道を進むと、例のロッカーが見える。来たときは野ざらしだったロッカーは、急ごしらえらしい柵に囲まれていた。一応、異界への扉は極秘情報らしく、人に知られても、触られてもよくないという。

「できるだけ早くお戻りくだされ」

ヨルンは言った。

安っぽいロッカーの存在に、葵は心底ほっとした。帰れるのは単純に嬉しかったが、二日も家を空《あ》けたことを家族にどう説明したものか、ちょっと迷う。

（いいわ。それは後から考えようっと）
葵はロッカーの扉を開けて中に入っていった。

第二章

葵、異世界で聖獣に懐かれる

ロッカーの扉を閉めると、当然真っ暗である。狭いロッカーの中で葵《あおい》は少し考えた。来るときは向こうから手を引っ張られたが、帰るときはどうするのであろう。

(考えても仕方がないか)

葵がもう一度ロッカーの扉を開けると、そこは例の院長室だった。葵はほっとしたが、ふと視線を感じて横を見ると、三木《みき》が葵を凝視《ぎょうし》していた。

「……三木くん」

「永田《ながた》さん、なんでロッカーから出てくるんですか」

「えっ、や、それは、事情があって……」

あまりにも色々あったので、何を説明したものか、葵は間《ま》の抜けた声を上げた。しかし、すぐに気を取り直した。

「っていうか、三木くん、二日も空《あ》けちゃってごめん。また来てくれたの?」

「……二日? 一時間ちょっとしか経《た》ってないけど……」

三木はいぶかしげな表情である。そう言う手には、エアコンのカタログが握られている。葵がロッカーの中の異世界に行く前に、取りに行くといっていたエアコンのカタログ。

「一時間? だって、わたし、異世界に二日もいたのに」

葵はそう言いながら、ふと、思い出す。クレスト国に入り込んだとき、葵を攫《さら》おうとしたガルストとかいう男が言っていた。あちらの世界とこちらでは、時間の流れが違う、と。

葵がそんなことを思い出していると、三木が思いもかけず真剣な表情で声を上げた。

「永田さん、いま、異世界って……」

「ええと、そう、ロッカーの向こうが異世界で……」

と、言いかけてから、ハッとした。異世界に行ってきたのは事実だが、そんなことを話したところで、変人扱いされてしまうのは目に見えている。まして、一時間しか経過していないならば、わざわざ面倒な説明をしなくてもよいのではないか……。

「異世界って、マジで！　剣と魔法とドラゴンの」

三木がいきなり葵の話に食いついてきた。

「……え、えと、ドラゴンはいなかったけど、剣と魔法は……あった、ような」

「エルフとかドワーフとかスライムとかもいるわけ、ダンジョンがあって、王様がいて」

「うーん……王様はいたけど、異種族っぽいのは、いないかなあ……。大きい亀はいたけど……」

ちょっと前までの、挙動不審な三木の様子とは大違いである。目を輝かせる三木に、葵は思わず一歩引いた。

「うわっ！　じゃあ、あのロッカーの中に入れば俺も行けるのかな。ちょっと試してみる」

「えっ、やめといた方がいいよ！　向こうに行ったら捕まっちゃうかも、わたしも……」

葵は三木を引き留めた。が、三木は葵の制止など気にもかけずにロッカーの扉を開けて中に突進した。

しかし。

ガタンっ、という音と共に、三木の呻《うめ》き声が聞こえた。どうやらロッカーの奥の壁に頭をぶつけたようだ。

「三木くん!」

「……異世界なんて、ないじゃないか……」

三木は狭いロッカーの中でうずくまっている。

「えっ、そこのサトウキビ畑に行けない?」

「サトウキビ? ただのロッカーの壁だよ……」

葵には、ロッカーの向こうにサトウキビ畑が見えているのだが……。

とりあえず二人は狭い院長室を出て、待合室に移動した。

三木は異世界に興味津々《しんしん》である。常識的に考えて、とても現実のこととは思えないので、葵は最初話したくなかったのだが、三木はしつこく聞いてきた。やむなく話し始めたが、三木は葵の話を至極真面目《しごくまじめ》に聞く。葵としては渋々話しだしたのだが、言葉にすると、自分の中で消化しきれていなかったことがなんとなくまとまってきて、やはりあの世界に行ってきたんだよな、という気になる。

「すごいな。異世界に行って帰ってくるなんて、すさまじく羨《うらや》ましい……!!」

「……普通は、異世界ってところに疑問を差し挟まない……?」

「なんでさ。洋の東西を問わず、昔から異世界に行って帰ってくる話は山ほどある。ガリバー旅行記然《しか》り、桃源郷《とうげんきょう》然り。その中に一つや二つ本物が混じっていても不思議はないだろう？　永田さんが異世界に行ったってなんの問題もない」

「……なるほど、そういう考え方も、あるといえばあるのね」

「ていうか、なんで俺は行けないんだ！　俺だって行って、異世界でスローライフしたり、文明の利器、電気の力でチートしたいのに!!」

この人、マンガの読みすぎか、アニメの見すぎなんではないか、と葵は思う。が、三木は本気で心底悔しそうである。

（初対面のときと、全然違うなぁ……）

というか、こちらが素《す》の三木なのであろう。人は世の中で円滑に過ごすために、猫をかぶるものである。葵は思わず苦笑いを浮かべた。

「しかし、面白いな。日本人ばかりが異世界に行くのか。そのササキとかユウキとかいう人たちは、今はどうしてるんだろう」

「その辺は、聞いてないなあ。考えが及ばなかったし……」

「永田さんの話を聞いた感じだと、時間の流れが違うってことだよな」

「そうね。あっちに行ったのが夜中で、満月が頭の上に昇ってた。ということは夜の十二時とかそれぐらいよね。で、亀の上で一晩、マヨくんのお屋敷で一晩。あっちのロッカーをくぐったのがお昼過ぎ」

「ということは、ざっくり三十六時間くらい向こうにいたってことだろ？　一方、俺がこの医院を出たときに永田さんが向こうに行ったとすると、こちらで経過した時間は一時間十分くらい。ということは、向こうの方が時間の流れが三十倍ぐらい速いってことか」

「三十倍……！」

葵は声を上げた。

「じゃ、向こうに行ったら、三十倍年を取るのが早くなるってこと？」

「可能性はあるかな」

葵はぞっとした。三十倍も速く時間が流れるなら、あんまりのんびり向こうに行っているのは危険である。浦島太郎ではないが、帰ってきたらおばさんでした、ということだってあり得る話だ。ただでさえ、微妙なお年頃なのである。

「ああ、でも、マヨくんの歯を治療する約束しちゃったしな……」

「永田さん、またその異世界に行くの？」

「うん、王様と約束しちゃったしね。治療も途中だから……。って、あれ、のんびり話しているあいだに、もう一時間ぐらい過ぎてる？　向こうで二日過ぎてるってこと？　まずい！」

葵は立ち上がった。

マヨの治療はあくまで一時的な処置である。放っておけばまた細菌感染して痛くなってしまう。おまけに他にも虫歯はたくさんある。

「行かなくちゃ！　あっ、その前に、道具の準備もしないと」

「行くのか!?　俺も協力するよ、充電ならできる」

葵は大慌てで在庫をかき集めた。

（あああ、リーマーとファイルを滅菌《めっきん》する時間がない！　基本セットも全部使用済みだし、いざとなったら現地で煮沸《しゃふつ》消毒するしかない！）

二人はあわあわと院内を駆け巡って準備をした。それから、例の金の鍵をなくさないように、チェーンで吊るして首からさげた。言葉が通じなくなったら大変である。

「じゃ、行ってくる」

葵は往診《おうしん》用のボックスを手にロッカーに向かう。

「三木くん、今日はありがとう、忙しいだろうから今日はもういいよ。帰りがいつになるかわからないし。わたしの正気を疑われちゃうから、できたら異世界云々《うんぬん》は黙っててほしいけど」

どういう理屈か、葵しか向こうには行けないようなので、ロッカーのことが公《おおやけ》になっても大したことにはならないであろう、という考えである。

「もちろんだよ、こういうのは秘密っていうのがセオリーだろ」

何のセオリーだ、とツッコミたくなったが、まあ、黙っていてくれるのはありがたい。

葵は重たい往診ボックス片手に院長室に向かうと、ロッカーの扉を開けた。

ロッカーをくぐり抜けたが、そこは以前のサトウキビ畑ではなかった。ロッカーの置き場所を移動したということであろうか。

（あれ……、ここ、どこ？）

葵は周囲をきょろきょろと見渡した。以前マヨと会った離宮《りきゅう》の庭に雰囲気が似ている。が、以前よりも広く、高い壁に囲まれていた。城の中庭、という雰囲気だった。

ロッカーはその中庭の真ん中のタイル張りの床の上に置かれていた。よく手入れされた南国風の緑が色濃く風にそよいでいる。

勢い込んできたものの、見知らぬ土地に知る者もいなければ、何のために来たのかわからない。

と、地面が突然揺らいだ。

（え、地震!?）

葵が驚いてロッカーにしがみつくと、地震はすぐに収まった。

（異世界でも地震あるのかぁ。大変だな……）

特に被害があったわけでもなく、マヨ三世の歯のことを思いながらあちこちを眺めていると、ふと棕櫚《しゅろ》の木の陰に動くものが見えた。それは犬っぽい生き物だった。〝っぽい〟、というのは、色が緑色だからである。ちょっと渋い薄緑……わさび色である。

（この国の生き物の色素はどうなってるのかしら……）

ヨルンのピーコックグリーンの髪の毛を思い出しながら葵は思う。犬っぽい生き物は、葵を窺《うかが》っているようである。見た目もサイズもスピッツにそっくり、ふわふわの毛がわさび色なところだけが違和感満載だ。

「わさびくん、おいで」

葵が声をかけると、わさび色の犬はちょこちょことこちらにやってきた。葵の足下をくるくると回ると、きゅいきゅい、と不思議な鳴き声を上げた。鳴き声からすると犬ではないようだが、可愛い。

「この世界は小さいものが可愛いね。きみはここに住んでるの？」

わさび犬（仮称）は葵の言葉がわかるかのように首をかしげた。

しかし、こんな中庭で突っ立っていても仕方がない。ぼんやりしていると年を取ってしまう可能性がある。ヨルンと別れたとき、また戻ってくるようにと念押しされたわけだから、ロッカーの移動先はヨルンかマヨ三世の近くにあるはずだ。

葵は周囲を見渡して、建物の中に通じていそうな扉へと向かう。わさびが後ろにちょこちょことついてくる。

と、扉がぱたりと開いて、七、八歳ぐらいの女の子が飛び出してくる。涼しげな素材のゆったりした上下を着ていた。まるっとした顔は幼さ一杯で、髪の毛は見たことのあるピーコックグリーンをしていた。

「聖女さま、来てくれたんですね」

「……ええと……？」

「ノエっていいます。聖女様が来たから、お城で合図の音がしたんだよ。もうすぐお父さん来ます」

「おとうさん……？」

葵が面食らっていると、扉からヨルンが現れた。

「こら、ノエ。勝手に入っては……。やや、アオイ殿！　すぐ来ると言っていたのに、随《ず》分《ぶん》遅かったではないですか！　言葉を疑うところでしたぞ！」

「……こっちにも事情があるんです。それにしても、お父さんって……？」

「私に娘がいてはいけないか」

葵は驚いてヨルンとノエを見比べた。そう言われれば、二人の髪の毛は同じピーコックグリーンだ。

（ヨルンはわたしと同じぐらいと思っていたのに……。でも昔の人ってだいたい早婚だもんね、娘がいても不思議はないか）

「ここはどこなの？」

「うむ、さすがにサトウキビ畑の真ん中に扉があるのはよくないのでな、城に移動させてもらった」

「お城……って、マヨくんのいるところ？」

「さよう。マヨ様がお待ちであるぞ。さあ中へ」

ヨルンとノエは壁の扉に手をかける。葵もそれに続いたが、わさびはついてこなかったようだ。

廊下を抜けて、建物の中に入ると、ヨルンが口を開いた。

「アオイ殿、協議の結果、私がそなたの世話係を務めることになった。こちらでのことは何でも私に聞いてくだされ」

「……ヨルンさんが」

「ご不満か」

「いえいえ」

葵は首を左右に振ったが、ヨルンはちょっと上から目線なんだよな、という気持ちがあるのは事実だった。

こちらの建物は、以前の離宮とは違ってちゃんとした王宮のようだった。白い石造りであるのは変わらないが、ずっと広く、時々使用人と思われる人や、身分の高そうな人ともすれ違う。ヨルンはそういった人とも気後《きおく》れせずに堂々と挨拶《あいさつ》をする。思ったよりも偉い人なのかもしれない。

「ねえねえ、ノエちゃん、ヨルンさんって、お城でなんの仕事をしているの？」

葵の横を歩くノエに聞いてみる。

「お父さんは、お城で働く魔術師なの。まあまあ偉い人かな」

ノエは心なしか誇らしげに言う。

「王族の魔術師が、名誉職で一番偉いことになってるから、お父さんはそのいくつか下だよ」

「魔術師ってお城に何人くらいいるの？」

「いっぱいいるよ。三十人くらい働いてるのかなあ」

（ふうん、そう考えると、若き出世頭《がしら》ってところなのかな）

「ノエちゃんも魔法が使えるの？」

「んーん、あたし勉強中。王様のお役に立てるように頑張るの。頑張ったら、ラムリンの葉っぱをもらって、魔法が使えるようになるんだよ」

「らむりんの葉っぱ……？」

　またまた知らない単語が出てきた。葵が首をかしげているとヨルンが説明をしてくる。

「ラムリンの葉というのは、我々が魔法を使うときの魔力の供給源です。火を点《つ》けるときに石炭が燃料となるように、ラムリンの葉は、魔法の源泉となる」

「ふうん、バッテリーかガソリンみたいなもの？　あれ、じゃあ、人間がマジックポイントみたいな魔力を持ってるわけじゃないんだ」

「……アオイ殿、そなたの言葉は時々難解だな。まじぽいんがなんだか知らんが、人ならざる力を使うのであれば、外から力を持ってくるのは不思議なことではないと思うが」

　面白いな、と思う。どういう葉っぱか知らないが、要するに魔法を使うためのエネルギー源があるわけだ。物理法則が適応されているのだろうか。

「じゃあ、もしかして魔法の葉っぱをどこかで栽培してたりするの？　その葉っぱがあれば、わたしも魔法を使えるの？」

　ヨルンはフン、と鼻で笑った。

「貴重なラムリンの葉が、手軽に栽培できるわけなかろう。それに、素人《しろうと》が呪文を唱えればいいというものではないぞ」

こちらは何も事情を知らないのだから、そんな言い方をしなくてもよいではないか。

葵がそんなことを思っていると、ノエがヨルンの背中をつんつんとつついた。

「お父さん、またえらそうになってるよ。お母さんにいつも言われてるでしょ」

「……む、そうか……。気をつけねばな」

ただでさえ細い目を、ヨルンはさらに細めた。なんとなく、ヨルンの家庭内での様子が想像できるような気がした。

ヨルンによると、ノエは魔術学校で勉強中、年が近いので、王になる前から時々マヨの相手をしているのだという。いわゆる幼なじみというものらしい。

「葵！　来てくれたんだね！」

王様の私室に通されると、マヨが嬉しそうに葵に対して声を上げた。

部屋は広く、少々の家具と、大きな机が置いてあった。マヨは机に向かっていて、そばには学者のような風体《ふうてい》の老人が本を手に、何かを教えているようだった。壁の三方は、天井から全面に白いカーテンが吊ってある。開いた窓からの風で、白いカーテンがさわさわと揺れると、後ろに人影があるのが見えた。なるほど、離宮とは違ってお付きの者がカーテンの後ろに控えているらしい。

ヨルンが聖女の到来を告げると、老人と、カーテン裏に控えていた人たちが部屋を出ていく。マヨは、老人が出ていくのを確認した後、椅子を蹴る勢いで立ち上がると、葵のもとへと走ってきた。

「葵、歯が痛くなくなったよ、ぼく、毎日歯磨きもしてるんだ！」

マヨは葵の前で立ち止まるとニコニコしながら言う。

（可愛いなぁ）

目の中に入れても痛くないとはこのことだろうか。マヨと離れていたのは、葵の体感時間としては一時間ほどなのに、再会できたのが素直に嬉しい。

「王。そのように気易《きやす》く接しては……」

ヨルンが苦言を呈《てい》したが、マヨは口を尖《とが》らせた。

「だって今誰もいないからいいじゃないか。それに葵は聖女様なんだよ？　ぼくの歯を治してくれるんだよ。ね、葵」

「それはもう、もちろん」

葵は頬が緩《ゆる》むのを感じた。歯医者になってよかった、と葵は心の底から思う。

「アオイ殿。王の歯はお痛みがなくなったのだ。本当にまだ治療が必要なのか」

ヨルンが二人を見ながら面白くなさそうに言う。

「前も話したんですけど、歯の治療って、一回で終わるものは少ないんですよ」

ヨルンには、理詰めで説明して納得させるのが一番よさそうだ。賢い人なので、理解さえしてくれればこちらのすることも認めてくれるとは思うのだが。

葵は説明をする。

今回の処置は歯内療法と呼ばれるものだ。歯というのは、とにかく硬いものだと思われがちだが、内部はそうではない。内部はおおざっぱに三層構造になっていて、真ん中は歯髄腔という細くて狭い穴があり、その中は歯髄《し》という軟らかい組織で満たされている。そして、虫歯で歯に穴が空いて、歯髄まで到達してしまうと、細菌感染してしまう。こうなると炎症を起こして痛い。ものすごく痛い。マヨでなくとも泣いてしまう人はたくさんいる。ただし、歯髄が完全に壊死《えし》してしまうと、痛みはすとんとなくなってしまう。痛くなくなる。そこで放置してしまう人もいるのだが、これはよくない。歯随腔は、顎骨《がっこつ》にもつながっているので、そのままでは、顎骨も細菌感染してしまう可能性もある。虫歯の穴から、体の内部への、細菌の侵入ルートが出来てしまうと言ってもいいだろう。これによって死に至ることもあり得るのだ。

マヨは、前回、歯髄が炎症を起こして痛みが最高潮、という状態で、あえて歯随腔に大きな穴を空け、排膿《はいのう》させた。これによって炎症は治まったが、同時に歯に大きな穴を人工的に空けたわけで、それが原因で歯髄が壊死した状態である。

ではこれからどうすればいいかというと、この歯髄腔内を消毒して、無菌状態にする必要がある。そして、再感染しないように、空洞になった歯髄腔を、歯科用のセメントとガッタパーチャポイントと呼ばれる樹脂できっちりと充塡《じゅうてん》しなければならない。少しでも空間があると細菌が繁殖するスペースとなるため、歯根《しこん》の先端までしっかりと充塡するのがキモである。まあ、これが難しいのであるが。

そこまできたら、後は土台を立てて、上にかぶせものを作って、ようやく咬《か》める歯となり、治療は完了なのである。

「というわけで、何回かに分けて治療が必要なんです。おわかりですか」

ヨルンは渋い顔である。

「アオイ殿、一つ質問だが。サイキンとはいったい何なのだ？」

「あー……そっか、細菌の概念《がいねん》ってないのか。顕微鏡もないんだよね、きっと」

葵は少し考えた。一から伝えるのも大変そうなので、適当な言葉で言い換えてみる。

「魔精霊？　みたいな？」

「ま、魔精霊がマヨ様の口の中に!?」

ヨルンは衝撃を受けたように声を上げた。マヨとノエはきょとんとしている。

「見えないけどね。マヨくんだけじゃないよ。ヨルンさんの口の中にもいるし、ノエちゃんにもいる。だいたい、全人類の口の中にはいるんじゃないかな。その魔精霊は、砂糖を食べて増えるのよ。だから、砂糖生産国で、砂糖消費量の多いクレスト国は虫歯が多いんでしょうね……って、聞いてますか」

「な、なんと……！　我が国はそのような恐ろしい魔精霊に呪われていたのか……!!」

葵の説明もよそに、ヨルンは一人地獄の淵に落とされたような有様である。

「聖女様、その魔精霊はやっつけられるの？」

ノエが尋《たず》ねてくる。

「大丈夫。今回はそれ用の道具と薬剤をちゃんと持ってきたの！　まず、このKファイルと次亜塩素酸ナトリウムで根管内《こんかん》を綺麗にすれば、魔精霊はさよならよ。その後、水酸化カルシウム製剤を貼薬《ちょうやく》して、きっちり仮封《かふう》して数日おけば、魔精霊退治は完璧！」

「すごーい！　さすが聖女様！」

ノエは大喜びである。

「とはいっても、治療した歯にかぶせものが入るまで、日を空けながら何回か治療は続けないといけないけどね」

ヨルンは気を取り直したように顔を上げると、葵に尋ねてきた。

「アオイ殿、それで本当にマヨ様は助かるのですな？」

「レントゲンはさすがに持ってこられないから、確認が難しいっていうのはあります。でも、やるしかないですから」

「……絶対確実であってほしいのだがなあ……」

ヨルンはぶつぶつ言う。マヨが口を挟んだ。

「ヨルン、葵はせっかく来てくれたんだよ？　それにぼくの歯が痛くなくなったのは本当だもん。治療師の魔法でも、ヨルンの魔法でも治せなかったじゃない」

ヨルンは黙り込んだ。

「葵、よろしくお願いします」

王様なのにこの素直さ。可愛い。

（絶対治しますとも。わたし、もしかしたらこのために歯医者になったんじゃないかしら）

葵はそんなことを思いながら、マヨと連れだって歩いた。


マヨの治療はそれほど時間がかからずに終わった。痛みの原因は取り除いてあるので、マヨにも負担なく作業ができたし、今回は必要なものは持ってきていたので、さほど苦労はせずに済んだ。水酸化カルシウム製剤が、根管内に残存している細菌を根絶するには日数が必要なので、日を置いてまた治療は続けていく必要はあるのだが。

ついでというわけではないが、ヨルンとノエの口腔《こうくう》内も検診した。それから、ヨルンの部下だというジルという青年と、警備のために扉の前にいたチアゴという名の兵士も診《み》る。この国が呪われているとまで言われる虫歯の現状を少しでも知りたかったからである。ヨルンは嫌がったが、マヨが「王命だ」とまで言ったのでしぶしぶ口を開いた。マヨもひどかったが、ヨルンの口の中もかなりのものであり、ノエもまた虫歯だらけであった。他の二人も同様である。

（想像通り、とんでもない状況だわ……）

葵は考え込んだ。サンプル数が五とはいえ、この感じでは、他の人もひどいことになっているのだろう。もう少し調べなければならないだろうが……。

「ねえ、葵、今日はもう少しいてくれない？　葵が帰っちゃうと、またデシオ先生が来て勉強しないといけないんだ」

そこまで言ってから、慌てて言い直した。

「あの、普段はちゃんと勉強してるんだけど。ちょっと休憩したい日もあるんだ」

どうやら先ほどまでいた老人は、マヨの教師だったようだ。マヨの言い訳が可愛らしくて、葵は自然と笑みが浮かぶのを感じた。

そういうわけで、葵はその日、マヨのお城に宿泊することになった。あまりこちらに長居をするとそのぶん年を取ってしまう可能性はあるが、一日二日ならまあいいかな、という気がする。三木の計算が正しいのであれば、戻れば一時間も経過していないはずである。

マヨは素直に喜んでくれて、お城のあちこちを案内してくれた。

城は、窓からは明るい光が差し込み、風もよく通る空間である。中はとても広い。最初に連れていかれたのは床に大理石のモザイクを美しく敷き詰めたホールで、そこから見事な図書室や、ゆっくりできそうな応接間っぽい部屋が繋がっていた。どれも木と籐《とう》で出来た素晴らしい調度品が揃《そろ》えてあり、居心地はよさそうだった。広い中庭もあり、こちらは真ん中に椰子《やし》の木っぽい背の高い木が立っている。ヨルンによると、こちらは王家の私的空間であり、反対側には政務を行う建物もあるのだという。

案内されていると、廊下を歩く人が葵を物珍しげな目で見てくる。

年の近いマヨとノエは仲もよいらしく、二人で遊び始めた。国は違えど、子どもの遊びというのはどこか似るものらしい。誘われて、ボーリングそっくりな、ピンをボールで倒すゲームを葵もしたが、これが結構楽しい。その後も、コマを回したり、竹馬をしたりし（これは、葵の方が下手《へた》であった）、あるいはルールを教えてもらってカルタのようなカードゲームもした。二十は年が離れている子どもたちと遊んで楽しいというのはどうなのか、という気もしたが、せっかく時を過ごすなら、つまらないよりは楽しい方がいいものである。

子ども二人と遊ぶのも疲れて、出してもらったミックスジュースのようなものをちびちびと飲む。甘くてとても美味《おい》しいが、歯磨きなしにこれをクレスト国の人が飲み続けているなら、虫歯的にヤバいなあ、と思う。

ふと、視線を感じる。少し遠くの柱のあたりから、身分の高そうな女性が数人、葵の方を見てひそひそと話している。話題の聖女様を見物しているらしい。見世物にでもなったようで正直気分はよくないが、それだけ注目されているということなのだろう。

「……こんな特徴のない女が聖女で、拍子《ひょうし》抜《ぬ》けよねー、きっと……」

葵は独りごちる。

と、そのうちの一人が葵のほうへと歩いてくる。葵と同い年ぐらいの女性だが、段違いに美人だった。イチゴみたいな赤い色をした髪を綺麗に結い上げている。整った顔立ちに施されたメイクは、異国人である葵であっても気合いが入っているなあ、とわかる。体の線がわかる白い衣装には、青や赤の刺繍《ししゅう》が細かく入っていて、こちらもまたおしゃれなのがわかった。ジーンズにパーカという適当な格好をしているのが恥ずかしくなる感じだ。

「聖女様が出現なさったとは聞いておりました。お城においでくださったのですね」

彼女は言った。涼しげな声である。

「はあ……。あの、どちら様で……」

「わたくし、宰相《さいしょう》の妻、アリーンと申します」

宰相の妻というのは、なかなか身分が高そうである。にこりと笑って見えた前歯は、きれいな白さを保っていて、こちらの世界ではなかなかレアな感じだ。

「聖女様、呪いを解く技をお持ちだと伺《うかが》いました。わたくし、それには興味津々で」

アリーンはゆるりと言った。

「この世界の魔法を使わなくても解呪できるなんて、素晴らしいわ」

「アリーン殿」

突然、ヨルンの声が割り込んできた。

「聖女殿になにかご用ですか」

「あらヨルン」

アリーンはにっこりと微笑んだ。

「聖女様にご挨拶していただけよ。なにしろ、わたくしたちを呪いから解放する力があるかもしれないんですもの。でも、ヨルンはそれも気に入らないのかしらね」

「……そういうわけではありませんが」

「ここは退散しますね。聖女様、ごきげんよう」

アリーンは、美しい衣装を金魚のヒレのように揺らめかせながら去っていく。

葵はヨルンとアリーンを交互に眺めた。二人の間にはなんとなく緊張感がある。

「あのう、ヨルンさん……」

「お気になさらず。アリーン殿は、マヨ様の叔父《おじ》であるテオ様の奥方でしてな。城に上がるには一風変わった経歴の持ち主で」

ヨルンによると、マヨの父、ジョゼ王は去年の暮れに、急死したのだという。増水によって流された橋の修復の下見に行ったところ、そのまま川に流されてしまった。まだ三十七歳だった。自分からぐいぐいと引っ張っていくタイプではなかったが、周りとよく話し合い、協調しながら国を率いていたという。健康にも問題がなく、まだまだこれからというときの事故死であり、誰もが意表を突かれることになった。問題はだれが跡を継ぐかである。クレスト国は基本的には一夫一婦制であり、また長子相続である。そうなるとマヨが第一候補であったが、なにぶん幼い。ジョゼ王の弟であるテオも候補に挙がったが、様々なやりとりの末、結局マヨが王となった。

「……どこの国でも、似たような話ってあるのねえ」

「マヨ様は、即位されたばかりで、まだ実際に政務に就《つ》かれたわけではありません。が、叔父のテオ様とその取り巻きが、面白くないのは想像がつくでしょう。まあ、用心するに越したことはないのですよ」

「アリーンさんも？」

「あの方はまた少し違いますかな。元は裕福ではない没落貴族の出身なのですが、魔法の才とあの美貌でテオ様に見初《みそ》められて輿入《こしい》れなさった方なのです」

「ははあ……」

つまり、上昇志向が強いということだろうか。そこに右も左もわかっていない聖女が出てきたわけだから、ちょっとでもツテを作っておこうというわけか。場合によってはテオが王になっていたかもしれないのだから、マヨのことを邪魔だと考えている可能性もある。

「なんか、厄介そうな人ね……」

ヨルンは、葵の問いに、まっすぐには答えなかった。

「……マヨ様は、お母上も亡くしておりますし、兄弟もおりません。私をはじめとして、王をお支えする者もいますが、所詮《しょせん》他人で、年も上です。まだ十歳であらせられるのに、けなげに頑張っておられる姿を見ると、心が痛むことも多いのですよ」

葵も、中庭でノエと遊んでいるマヨに目を向けた。ノエと遊ぶ姿は、ただの子どもにしか見えなかったが、そういう話を聞くと、相当無理をしているのだろうな、とは思う。

「アオイ殿がマヨ様の治世で現れたのは、意味のあることだと思うのですよ。アオイ殿がもしもこの国の呪いを解くことができたならば、それはマヨ様の徳のおかげと誰もが思うでしょう。現に、ササキ様やユウキ様の現れたキコ王は、クレスト国中興《ちゅうこう》の祖として今でも語り継がれております。確かに、米や砂糖といった作物の栽培方法を広げるよりは難しいことだとは思いますが、まあ、すこしでも考慮に入れていただけるとありがたい」

ヨルンがマヨのことを大事に思っているのは、葵にもわかった。

「これまでの聖女や聖人はどうだったの？」

「米をもたらした聖女ササキ様は、こちらで稲作に成功してから国に帰られた。聖人ユウキ様は、サトウキビの栽培、そして砂糖の精製までを行われた後、人々の前から姿を消した」

「なるほど。わたしがそれなりの手柄を立てれば、マヨくんにとってもプラスになる。一段落するまではこちらに来てほしいってことか」

葵はため息をついた。この世界では絶対に手に入らない知識を持っているわけだから、それが欲しいというのはわかる。ましてや、この国の宿痾《しゅくあ》ともいえる虫歯を治す手段を持っているのだ。ようするに、この国を覆《おお》っている（と思われる）虫歯の大洪水をある程度解決しなければならないのだろうか。

（うーん……厳しいなあ……。これだけ砂糖があふれかえっているのに、歯磨きの概念がないっていう世界だもんねえ……）

「簡単に、イエスと言えるような話じゃないですよ、はっきり言って。この国に何人の人がいるかわからないですけど、全員をなんとかするのは一人では無理です。材料だって道具だっているだろうし、全部が全部、わたしのところから持ってくるわけにもいかないし、お金だって足りないし……。マヨくん一人なら、治せる、と言えるけど、それ以上は、はっきりとしたことは言えないです」

「まあ、そうでしょうな」

ヨルンも、それが難しいことであるのはわかるようだ。

葵は少し考えた。

「ヨルンさん、わたしが実際に患者さんを診たのはお城の中だけなんだけど……、外の人たちの状況を見ることはできる？」

葵が尋ねると、ヨルンは少しばかり思案《しあん》した。

「可能ではありますが……、楽しいところではありませんぞ」

「一般の人たちがどんな状況なのか知りたいの。お城の中にいるのは、なんだかんだ言って特別な人たちじゃない？　国の呪いを解くんだったら、やっぱり普通の人の状況も知っておきたいの」

「……では、手はずを整えます。少し日を置いた後になりますがよろしいか」

「もちろん」

その晩は、ヨルンとノエに請《こ》われてマヨと一緒に食事をした。またしても甘いものだらけなのかとびくびくしたが、魚の塩焼きや豆のスープのようなものが出てきて、ご飯にも合うし、普通に美味しかった。洋風とも言えないし、和風と単純に言うこともできない料理で、あえて言うならエスニック料理の、風味が違うバージョン、といったところだろうか。しかも、普通に箸《はし》を使う。これは米をもたらした聖女が残した文化だという。ただし、デザートは想像通り甘かった。揚《あ》げ団子《だんご》に砂糖をまぶしたもの、シロップに白玉《しらたま》のような餅《もち》と果物を沈めたもの、果物のゼリー寄せ、おまんじゅうのようなもの、とにかくどれもこれも甘い。ヨルンによると、砂糖はクレスト国の富の象徴であり、特に客人には甘いものを山ほど出すのが礼儀だという。

（とすると、金持ちや階級が高い人ほど虫歯が多い可能性があるってことか……）

葵は、ナッツに飴《あめ》をからめたお菓子を食べながら思う。かなり美味しいが、歯に飴が張り付いて、ものすごく虫歯リスクが高いのがわかる。

（こんなの毎日食べていれば、そりゃマヨくんの歯が虫歯だらけなのは当然だわ……）

してみると、アリーンの前歯が白くて綺麗なのは、これまであまり砂糖を摂《と》っていなかったということなのだろうか。

食事を終えて、中庭を散歩しながらそんなことを考えて部屋に戻ると、マヨが机に向かって何かをいじっている。

机の上に見かけたことのない葉っぱが積んである。そして、マヨはこぶし大の木彫りの像を手にしていた。葉っぱを一枚手に取ると、何かぶつぶつ言った後に、葉っぱが手の中で燃えるように光り、それから木彫りがぴゅっと削られ、うさぎの形が現れた。

「マヨくん、何やってるの」

声をかけると、マヨは顔を上げた。売り物になるようなレベルではないが、十歳の男の子が作ったならば十分上手といってよい。

「……ぼくの趣味なんだ。本当は、魔法をこういうのに使うのは贅沢《ぜいたく》って言われるんだけど、好きだから」

「魔法で作ったの？　すごい」

「……うん。難しい魔法じゃないんだけど、こうやって、いろんな形を作れるんだ」

「へぇえ、魔法で木彫りができるんだ。こういうの好きなの？」

「うん。ぼく、工作が好きなんだ。しばらくできてなかったけど、歯が痛くないから、また作れるようになったんだ」

　彫刻といえば、学生時代に石膏《せっこう》で歯の模型を何本も彫らされた。歯の解剖学的形態を頭にたたき込むためだが、やってみるとこれが難しいのである。だから、マヨが魔法とはいえ、うさぎを彫っているのは素直にすごいなぁ、と思う。それに、たとえば魔法で歯を削れたら、タービンもエンジンもいらないのではないか、と思う葵である。

「葵、今日は一緒にいてくれてありがとう。ご飯美味しかった？」

「ごちそうさまでした。そうね、美味しかったです。マヨくんと食べられたから、余計に美味しかったよ」

「本当？　ぼくも久しぶりにみんなでご飯食べたから楽しかったよ」

「……いつもは一人なの？」

「……うん。父上が生きていた頃は一緒に食べたけど……」

「王様って、いろんな人とご飯食べたりするんじゃないの？」

「大人になったらね。ぼくはまだ子どもで勉強中だから、ちゃんと色々できるようになるまでは、一人で食べるんだよ」

「そっか……。わたしは一緒に食べてもいいのかな」

葵も一人暮らしをしていたときは、寂しく食事をしたものだ。だから、友だちや章夫《あきお》とご飯を食べるのは楽しみだった。でも、成人してから一人で食べるのと、まだ十歳で一人で食べるのは訳が違うだろう。

「葵は聖女様だから特別なんだって。ヨルンが言ってる」

「ねえ、マヨくんはだいたいこのお城にいるの？　外にはあんまり行かないの？」

葵の問いに、マヨは頷《うなず》いた。

「……うん。王になったから、外にはあんまり行っちゃいけないんだって。父上みたいに何かあったらいけないし、危険がいっぱいだから」

確かにこの生活領域は広いが、いつもノエがいるわけではないようであるし、十歳の男の子がこんなところで大人に囲まれているのは、精神的な健康にとってどうなのであろう……と思ってしまう。

（十歳って、小学校四年生よね？　それなのに……）

葵はマヨの頭を撫でた。

「じゃあさ、わたしがマヨくんの治療に来たときは一緒にご飯を食べようか。一人で食べるより楽しいでしょう」

「ほんとう？　じゃあ、葵の世界の話を教えてよ。色んなこと聞きたいな」

マヨがそう言ったとき、ふと足下に柔らかいものが触れてきた。

「あら、わさびくん」

ロッカーのある中庭で見かけた、わさび色の犬が、葵の足にすり寄っている。中庭を出たときにいなくなったと思ったが、どこから現れたのだろう。

「葵は犬も連れてきたの？」

マヨがわさびを見ながら聞いてくる。

「まさか。緑色の犬はわたしの世界にはいないよ。ここで飼ってる犬じゃないの？」

「ちがうよ」

葵は首をひねった。どこかから迷い込んだのだろうか。

しかし、緑色の犬は、心なしかふらふらしているようだ。葵の足にすり寄っては、何かを訴えているようにも見える。

「どうしたの？」

緑の犬は、きゅうん、と鳴いて口をぱかっと開いた。

葵はぎょっとした。

（え、なに？　犬の見た目なのに、人間と同じ歯!?）

当然であるが、犬と人間では、歯の数も形も何もかも違う、はずである。しかしながら、前歯から奥歯まで、サイズは違えど、人間の口腔内と同じなのだ。いくら異世界でもこんなこと、あり得るのだろうか。

そう思いつつ、興味を惹《ひ》かれて口の中を見ると、黒い穴が奥歯に空いている。

「虫歯……、え、わさびくん、虫歯が痛いの？」

わさびは頷くようにきゅうんと鳴いた。

「虫歯？　ほんと？」

マヨも一緒になって緑の犬の口の中を覗《のぞ》いた。犬はおとなしく口を開いている。

「マヨ様、アオイ殿。そろそろ夜の……やや！」

ヨルンが大きな声を上げた。

「あ、あ、アオイ殿、その聖獣は……」

ヨルンの目は、わさびに釘付けである。

「聖獣？　このわさび犬が？」

そういえばこちらに来た当日に、そんなようなことを言っていたような気が……。

「犬ではございませんぞ！」

ヨルンは血相を変えて言う。

「ちょっと色がおかしいけど、犬にしか見えないよ？」

「高貴なこの碧玉《へきぎょく》色をおかしい色だなどと、失敬な！」

ヨルンは真剣な表情である。葵は、足下にまとわりついているわさび犬を見た。聖獣と言われても、何がどうすごいのかさっぱりわからない。

「……聖獣がいると何かいいことがあるんですか？　光合成しているとか」

「いいことも何も、聖獣がいるからこそ、ラムリンの葉が出来るのです！」

「……はあ……」

聖獣とラムリンの葉の関連性がどうして出てくるのだろう。葵の顔にクエスチョンマークが飛び交っていたようだ。ヨルンは重々しく言った。

「ラムリンは特殊な植物なのです。聖獣の抜け毛の上にのみ、どこからともなく茂るのです」

「……抜け毛の上」

それはまた変わった植物だ。

「聖獣あってこそのラムリン、ラムリンあってこその魔法なのです」

「じゃあ、ヨルンさんが魔法を使えるのも、元を辿《たど》れば、聖獣がいるからこそ、ってこと？」

「そのとおり。聖獣がいる国は、それだけで国が栄えると言われるのはそういうことです」

ただ単に幸福の象徴、というわけではないようだ。

「だから、このお城で飼っているの？」

「聖獣は人智を超えた存在です。飼うなどと、恐れ多い。気まぐれに現れ、気まぐれに去る。ただ、ラムリンの葉のみが、存在を確かに示している、そういう生き物なのです。ゼルテニア大陸にいる聖獣は、大地と一つの生命体のようなもの。聖獣が滅びれば大陸も滅ぶと言われているのですよ」

「じゃあ、なんで、ここにいるの？」

「それがわからないから驚いているのではないですか。お城に聖獣が現れるのは実に五十年ぶりですぞ」

それならば、マヨが聖獣のことを見たことないのもうなずける。

わさび犬は、きゅう、と鳴いて、葵の足にすり寄った。葵はわさびを抱き上げた。ヨルンがあっ、と慌てたような声を上げる。

「可愛いわね」

わさびは、ヨルンの慌てようなど意に介さずに、おとなしく葵に抱かれている。

「アオイ殿！　そのように聖獣を手荒に扱って、何かがあっては困りますぞ！」

「手荒なことなんてしてませんよ。ねえ、わさびくん、いやじゃないよね」

葵の言葉に、わさび犬は涼しい顔をしている。緑色の毛はふさふさしているが、少々暑そうではある。葵はふと思いついたことを言ってみた。

「このままじゃ暑そうだし、この毛を刈って、その辺に撒《ま》いたら、ラムリンの葉が生えてきたりしないかなあ？」

「アオイ殿、なんという罰当たりなことを！　そんなことをして聖獣がいなくなるようなことがあれば、国の重大な損失です」

「ふうん、誰もやったことないんだ……」

「アオイ殿！　間違ってもおかしなまねはなさらないように！」

やってみたい気もしたが、その場合ヨルンとの間に面倒事が起きそうなので、やめておこう、と思う。しかし、そう言うヨルンにしても、聖獣に巡り会うのは初めてなのだろう。細い目の下で、明らかに好奇心の光が輝いている。

「しかし、これが聖獣ですか。なんとも神々《こうごう》しい」

ヨルンがうっとりと言う。

（そっか、聖獣……。よくわかんないけど、それなら、口の中だけ人間ってこと……あるのかな……）

いったい、進化の系統はどうなっているのだろうか。

（まあ、わたしたちの世界とは違うわよね、だって、前に翼のある狼を見たし。それにしたって、骨格とかどうなってるのよ。犬には犬の歯があるでしょうに……）

「このわさびくんだけど、虫歯があるっぽいのよ」

「な、なんですと!?」

ヨルンが聖獣を見た。

「聖獣って、砂糖を食べるの？」

「それは、わかっておりませんが……もちろん旨《うま》きものゆえ、聖獣が食べても不思議はないと思われます」

「なるほど……」

葵はわさびを見た。聖獣でも、砂糖の魅力にとりつかれるのだろうか。

虫歯というのは、あまり他の動物では見られない。犬も同様で、それはなぜかというと、犬の口内がアルカリ性で虫歯菌が繁殖しにくいこと、また、唾液《だえき》にアミラーゼが含まれていないので、糖が口腔内にたまりにくい、というのは聞いたことがある。

だが、砂糖を食べまくり、口腔内のpH《ペーハー》が下がれば、話は別だろう。

「聖獣まで呪われていては困ります。アオイ殿、是非聖獣にも治療を……」

と、突然わさび犬は葵の腕の中でもがきだし、さっと地面に降りると、たかたかと走って部屋から出ていってしまった。

「アオイ殿！　どうして逃がしてしまったのですか！」

「だって、捕まえてるわけでもないし。ヨルンさんが物欲しげな目で見たから、怖くなって逃げたんじゃないですか」

「物欲しげ……」

愕然《がくぜん》と呟くヨルンを見て、マヨがくすくすと笑う。

「また来てくれるよ。この国からいなくなるわけじゃないし」

ヨルンによると、聖獣はゼルテニアの全ての国にいるわけではないらしい。聖獣のいない国では当然ラムリンの葉は見つからないので、魔法が必要であればよその国から買うことになる。北の隣国ガルデア帝国は、このラムリンの葉の一大産地であり、すなわち、聖獣を擁《よう》する国でもあるという。一方、東の隣国ノンタナ共和国は聖獣がいないので、ラムリンの葉は産出されない。ゆえに、あまり魔法は発展せず、代わりに発明品や手工業、商業で発展しているのだという。

（なんにしても、今回の滞在は、前回よりは順調だった気がするな）

ロッカーのある中庭に移動しながら、葵は思った。ロッカーの前まで、マヨとヨルン、それにノエが見送りに来てくれた。

「また来てね、葵」

マヨは手を振った。あどけない少年王の顔を見ながら、葵は、この子の将来が明るいものだといいなぁ、と思うのだった。

第三章

葵、異世界の現状を知る

三木《みき》がカレンダーの裏にマジックで書き出した字を読んで、葵《あおい》はむむむ、と唸《うな》った。

ゼルテニア大陸
面積　日本より広いが、オーストラリアよりは小さそう。たぶんグリーンランドくらい？
言語　ゼルテニア共通語（方言ありだが、基本的に全ての国で通じるっぽい）
主食　南方　米　北方　小麦
人種　日本人とほぼ同じようだが、髪の毛の色はインコ並みにカラフル
時代　推定、産業革命前。中世から近世に移行するあたりか
政治形態　絶対王政から共和制まで国によって違う

「……たぶんとか、推定とか、なんだかはっきりしない表ねぇ……。だいたいグリーンランドは大陸じゃなくて島でしょう……」

「永田《ながた》さんの描いた地図を見て伝聞で書いたんだから仕方ないよ」

三木は、言い訳じみたことを言う。

ヨルンに見せてもらった地図によると、ゼルテニア大陸は、カエデの葉っぱを下向きにしたような形をしていた。その、葉っぱの左端の切れ込みの部分がクレスト半島にあたり、クレスト王国となっている。

クレスト王国

面積　北海道くらい→八万平方キロ？
人口　十万人くらい？
首都　クレス
気候　亜熱帯
言語　ゼルテニア共通語
宗教　キゼール教（多神教。それぞれの神様を祀《まつ》る神殿がある）
政治体制　君主制
元首　マヨ三世
議会　王室評議会
主要産業　農業（米作、砂糖、ラムリンの葉　ほか）
略史　約三百年前、クレスト半島のクレスを拠点《きよてん》にマヨ一世が半島の勢力を統一してクレスト王国の基礎を樹立。約二百年前、クレスト王家は、ガルデア帝国に占領され、一時クレスト半島の支配権を失う。約百年前、聖女ササキが稲作を伝え、さらに八十年前、聖人ユウキによる砂糖の精製成功を得たことで食糧事情が改善し、国力が回復。当時のキコ王はクレスの支配権をガルデア帝国から奪還。以後、小国ながら、独立した王国として存続している。

「どう？　まとめるとわかりやすいだろ」

三木はものすごく楽しそうである。

「うん、わかりやすい。三木くんってさ、ゲームとかマンガとかでもデータとか設定とか集めて自分でまとめサイトとか作ってそうだよね。それか、動画配信してたりして」

「えっ……、いや、そんなことは……」

三木はもにょもにょと語尾を濁した。図星なのかもしれない。

葵と三木は、倉庫の隅にあった折りたたみ式の机を運んで、待合室で向き合っていた。時刻は二十一時過ぎである。

この間に、葵はこちらとゼルテニアとを何度も往復した。三木の指摘通り、向こうの時間は、こちらの時間のおよそ三十倍で進んでいた。従って、向こうで半日過ごしてもこちらは十五分しか経過していなかったりする。

葵はあっちとこっちを行ったり来たりしていたので、実感としては一週間以上経過している感じである。あっちにいる間は、急いだところで、日本の時間はちょっとしか進んでいないのだから、まあ、のんびりしちゃおうかな、マヨくんといると楽しいし、聖女扱いだから割と待遇いいし、と思ってしまう葵である。したがって、治療ばかりしていたわけではなく、マヨとお城の中を観光したり、ヨルンから向こうの事情を聞いたりしつつ、誘われるまま時には宿泊したりした。が、日本では、せいぜい三時間しか過ぎていない。その間、三木は頼んでもいないのにずっと待ちかまえていた。そして、治療用の材料を取りに、時々ロッカーから現れる葵からあれこれ話を聞き出して、いつの間にやらカレンダー裏にゼルテニアの情報をまとめていたのだった。

時間の流れが違うのは、マヨの歯科治療を行うにはありがたいことでもあり、困ることでもあった。

歯科治療には、時間が必要なこともある。今回のマヨの治療に関してもそうで、歯の根《こん》管《かん》内の細菌が死滅するように、薬の作用がきちんと効果が出るまでおおよそ一週間程度必要だ。だが、三十倍の時間差を考えれば、五時間後に向こうに行けば、もう治っている計算になる。実際、向こうに行ってみると、マヨの歯はほぼ問題ない状態になっていた。歯の根管内の薬を洗浄し、その空洞内に死腔《しくう》が出来ないように緊密に樹脂等を充塡《じゅうてん》する根管充塡までは滞《とどこお》りなく進んだ。まあ、レントゲン写真がないので、確認はできないが……。問題はそこから先である。虫歯によって歯に大きな穴が空いているわけだから、そこに新たに土台を立て、かぶせものを作らなければならない。

通常は歯科技工士にお願いして、金属製の冠《クラウン》か、あるいはCAD《キャド》CAM《キャム》冠《かん》を作ってもらうのだが、大抵一週間はかかる。こちらの時間の一週間は、ゼルテニアで約七ヶ月。根管充塡は済んでいるとはいえ、穴が空いた歯のまま七ヶ月放置はさすがに厳しい。それに、他にも虫歯は大量にあるのだ。

というわけで、葵はやむなく自《みずか》ら金属冠作りをする決断をした。幸いにして、金属冠を作るために必要な鋳造《ちゅうぞう》技術は、ゼルテニアにも存在したのである。理論上はできるはずであった。王の歯を作らなければならない、ということで、ヨルンは様々な手配をしてくれた。さすがに材料費もバカにならないので、一応対価ももらった。ゼルテニア大陸で流通している金貨である。これはありがたかった。金額的に、よりも、かぶせものや詰め物の材料として、である。実は金は歯科用金属としてものすごく適しているのである。生物学的に無害であるし、合金となれば歯とほぼ同じ硬さにすることもできるし、口の中で錆《さ》びたり、性質が劣化したりもしない。しかし、現在、世界的に金の価格が高騰《こうとう》していて、なかなかかぶせものや詰め物に使いづらくなっているのが現状なのだった。

葵は医院と城を往復してせっせと道具を運んで治療に及んだ。道具も大量だ。歯科医院の道具を好きなように使っていいと言ってくれた義兄《あに》・雄太《ゆうた》の大叔父《おおおじ》こと、「こみ歯科医院」の大《おお》先生にはひたすら心の中で感謝である。

根管充塡をしたマヨの歯に土台となるレジンコアを立てて、歯を削って形を整え、寒天印象《いんしょう》を採得《さいとく》する。ここまでは、マヨの口の中で行う治療だ。

その後は、作業台に向かって金属冠を作るための技工作業が続く。ヨルンが城の一部屋を空《あ》けてくれたので、そこを作業場にした。石膏《せっこう》模型を作って、咬合器《こうごうき》にのせて歯にかぶせる金属冠の型をワックスで作るのである。ワックス……わかりやすく言えば蠟であるが、これで精密に歯の形を作るのは難しい。技工士さんいつもありがとう、と、葵は慣れない作業をしながら思う。

鋳造は、城を出て、街の鍛冶屋で行った。

鋳造の基本原理は、日本もゼルテニアも変わらない。しかし、温度管理や埋没法など、細かいところは大いに違う。特に歯にかぶせる金属冠は、ミクロン単位の精度が求められる。金属は、熱して液状になると膨張し、冷えると収縮する性質がある。したがって、何も考えずに、ワックスで作った型そのものの鋳型《いがた》を作り、鋳造を行うと、出来上がったときに収縮してしまって、歯に嵌《は》まらない、ということが起きる。なので、あらかじめ金属の収縮率を見越して、少しサイズの大きな鋳型を作らなくてはならないのである。

そのようなことを、ゼルテニアの鍛冶屋のおじさんに話すと、彼は大いに興味を持ち、葵の知識にいたく感心して、鋳造に協力してくれた。おかげで金属冠は無事に出来上がった。

日本ではあまり見られなくなったゴールドの金属冠は、神々《こうごう》しく輝いて、マヨの下顎《かがく》第一大臼歯《だいきゅうし》にぴたりと嵌まった。

「ありがとう、葵！　ぼく、久しぶりにきちんと咬《か》めるよ！」

マヨの笑顔は眩《まぶ》しかった。これまで歯の痛みに悩み、ろくに食べられなかったわけであるから、大喜びである。葵としても、道具も材料も電力もないなかで、なんとか一本歯を治療し終えたことは、快挙といってよかった。

他にも虫歯はあるが、幸いにして残りの永久歯は歯髄《しずい》処置をせずに済んだので、例の鍛冶屋で詰め物を作って一気に治し終えてしまう。おかげで、マヨの口の中は金色に光り輝くことになった。とはいえ、乳歯はほぼ崩壊しているので、こちらは時期が来たら抜いていく形にするつもりだ。

また、同時にわさびの歯科治療も行った。さほど大きい虫歯ではなかったので、マヨの治療よりはずっとラクだ。が、見た目は犬なのに、口の中は完全に人間と同じで、なんとも不思議この上ない。

マヨとわさびの治療が終わったところで、ヨルンが街の診療所……解呪院《かいじゅいん》というところに連れていってくれることになった。そして、なぜかマヨもくっついてくることになった。王としての社会勉強だと強く主張したらしい。

ヨルンと葵、マヨ、それにお付きの護衛に二人ほどを従えて、一行はお忍びを決行した。訪ねたのは、首都クレスにある施設だ。解呪院は、呪いに対する最後の砦《とりで》であり、ここでダメならもう治らない、というところである。首都のはずれにあるレンガ造りの建物の前には、多くの人が並んでいた。

その中で治療を受けている人々の様は衝撃的であった。

治療師の中でも、呪いの治療に特化した人を解呪師と呼ぶ。

最もベーシックな治療法は、解呪師が呪い払いの呪文を唱えて、虫歯の穴に、謎の練り物を詰めるというものである。後で聞いたところによると、ヒヨスの実と丁字油《ちょうじあぶら》を混ぜたものだという。どちらも鎮痛作用があるので、理にかなってはいるが、それで虫歯が治るわけがない。

さらに虫歯が進行していると、抜歯《ばっし》になるわけだが、当然麻酔などないわけで、その様は阿鼻叫喚《あびきょうかん》の様相だった。椅子に座ったおじさんを、若い男が後ろから抱《かか》え込み、もう一人の医師役が口の中に器具を突っ込んで抜く。その場面はホラーと言っても大げさではない有様だった。

葵も抜歯は何度もしたことがある。症状にもよるが、歯を抜くのはとても大変だ。ましてや麻酔なしで抜くとなると、抜く方も抜かれる方も地獄である。

あまりにも原始的かつ荒々しい治療方法に、マヨは絶句し、葵もくらくらしていると、解説をしてくれていた解呪師のおじさんが、厳しい表情で言った。

「ひどいと思われますか？　でも、歯を抜いて治せる人はまだマシなのです」

そう言って案内してくれた部屋は、人々が横たわる寝台が並んでいた。

虫歯が進行して頬がぱんぱんに腫《は》れてしまった人もいるし、やせ細ってぐったりと動かない人もいる。

「ここにいる人も、みんな歯の呪いなの？」

マヨの疑問に、解呪師は頷《うなず》いた。

「歯の呪いが進行し、頬や、心臓にまで到達してしまった人々です。こうなると、我々ではもう……」

葵は思わず呻《うめ》いた。

「顎骨骨髄炎《がっこっこつずいえん》にまでなっちゃうわけか……」

虫歯が進行して、おそらく歯髄腔から顎骨へ、細菌感染したのだろう。蜂窩織炎《ほうかしきえん》や、顎骨骨髄炎にまで進行してしまえば、命に関わる。

(しかも、この世界には抗生物質がない)

つまり、お手上げだ。何もできない。後は本人の抵抗力でなんとかできるかどうか……。

解呪師によると、虫歯が原因、遠因となっての死亡率は、かなりのものになるという。

「解呪院に来られない人も多くいます。地方ではキゼール教の神殿が解呪を担《にな》っていることが多いですが……」

こちらの解呪の魔法がどういう仕組みか葵にはわからないが、クレスト国における虫歯治療の頂点がこの有様だとすると、民間療法はとんでもないことになっている気がする。

一通り回った後に、葵とマヨは、建物を出て、裏庭で休憩した。解呪院の実態は、マヨには刺激が強かったらしい。半分涙目である。

「みんながこんなに苦しんでるなんて……ぼく知らなかった」

「……そうね……」

葵もまた、カルチャーギャップにやられてしまっていたのだった。教科書でしか見たことのないような症例だらけである。

日本だったら、ここまで悪くなる前に歯科医院に駆け込める。しかしクレスト国では、虫歯の根本的解決方法は抜歯しかなく、虫歯から細菌感染が全身に回ってしまえば、薬剤がない以上治しようがない。明治時代以前の日本だって、虫歯の治し方はきっと似たような状況だっただろう。

解呪師たちは、歯科医師だという葵を、苛立《いらだ》ちの籠《こ》もった目で見てきた。聖女と認定されているから、表立って何か言ってくることはないが、異世界から来た人間にいったい何ができるのか、というような思いが伝わってくる。そう、彼らは、目の前の人々を助けることに必死なのだ。

ふと、二人のいる裏庭に、十五、六、といった年頃の少女が歩いてきた。水色の髪の毛の、素朴な感じの少女だったが、表情は暗い。

「聖女様、聖女様ですね」

彼女は葵とマヨの前に跪《ひざまず》いた。

「父を、父を助けてください」

葵とマヨは顔を見合わせた。思い返してみると、あの寝台が並んだ部屋にいた少女だ。寝台に臥《ふ》せった父親と思《おぼ》しき男性を介護していたような気がする。

「……お父様の病《やまい》が進んでしまったの？」

少女は頷いた。

少女は、首都から少し離れた村に住んでいるという。まずまずの農地を持つ一家の父は、働き者だが、甘いものをこよなく愛する人間だった。酒も飲まないので、微笑ましい贅沢《ぜいたく》として、知られていたらしい。その父の奥歯が虫歯で痛くなり、近くのキゼール教の神殿で祈禱《きとう》してもらったという。一時はよくなったらしいが、しばらくして悶絶するほどの痛みと、顎《あご》の腫れが起こり、倒れてしまった。神殿では対処できないのでこの解呪院に来たが、まったくよくなる気配はなく、今は寝込んだままらしい。

葵は胸が突かれる思いだった。おそらく、虫歯が悪化し全身へと感染が広がったということだ。葵は歯科医師だ。口の中の病はまだ対応できるかもしれないが、そこから先は、もう手を出すことはできない。

「……ごめんなさい。わたしにも、もうどうしようもないの……」

葵が絞り出すように言うと、少女はうなだれて立ち上がった。

「……そう……ですか……」

そう呟《つぶや》くと、もう葵の方を振り向くことなく、裏庭から去って行った。

「葵……葵のせいじゃないよ……」

黙り込んだ葵に、マヨが声をかけてくれた。

この、ひどい状況を放っておくべきなのだろうか。

(でも、わたしに何ができるの……。この国の全ての人を治すことなんてできないのに……)


そのような過程を経《へ》て、一仕事終えた葵は、いったん歯科医院に戻って、三木とゼルテニアについて話し合っているわけだった。

解呪院での一連の出来事を考えると、重たい気持ちになったが、三木と話すと少しは気が楽になるのを感じた。

「三木くん、付き合ってくれてありがたいけど、仕事とか……大丈夫なの？」

葵は一応聞いてみる。三木は口の端《は》をもちあげた。笑っているらしい。

「大丈夫、今月はそれほど忙しくないいんだ。それに、永田さんの歯科医院に改装が必要かもしれないからじっくり見てる、って親父に話したら、納得してくれたよ。なにしろ、異世界がらみのこんなすごい事件に関われて嬉しいよ」

「……あ、そう……」

ナントカも方便というものだろうか。まあ、親子間で納得して仕事が回っているようだし、いいということにしておこう。

「でも、特技が役立ってよかったね。一段落したんだろ。これからどうするんだい？」

葵は考えた。

異世界に飛び込むという異常事態に、とにかくマヨの歯を治すという一点に集中してきたが、これをずっと続けるわけにもいかない。葵の生活の拠点は当然ながらこの現代日本である。それに、いくらクレスト国で葵の技量が重宝《ちようほう》されるといっても、それは日本から持って行ける材料や機械があるからで、もし仮にあっちに定住したとなれば、大してできることもない。それゆえ、ヨルンからこんなことも言われていた。

『どのようなひどい呪いを受けた者でも、マヨ様以外を治療するようなことは控えていただきたい』

葵が例の解呪院に行って、忸怩《じくじ》たる思いを抱いているのを見越してのことだろう。

『アオイ殿の力が本当であるならば、この国の誰もが治療を望むでしょう。私だって、治してもらえるなら治してもらいたい。ですが、マヨ様一人分しか治せないのであれば、余計な希望を持たせてはいけない』

確かにそうだ。あちらでは、どうやっても間に合わせの治療にならざるを得ないし、数を見ることもできない。そうであれば、ヨルンの言うことは正しい。

そもそも、今回の事態は、葵が仕事を辞《や》めてほぼフリーでありつつ、歯科医院とその材料を自由に使えるという、かなりラッキーな条件が重なったから切り抜けられた、ということがある。もしも、葵がただの勤務医だったら、材料の持ち出しもできないし、たとえ時間の流れが違ったとしても、仕事を抜け出して異世界に行くなど無理である。

「……あの世界に関わってしまったから、そのまま見過ごすのもどうなんだろうって考えちゃってる。虫歯って、今の日本では考えられないくらい怖い病気なんだって、実感してしまったし、何かできることがあれば、とも思う。でも、できることも限られてるし……」

「現代人が異世界に行ったら、問答無用で無双できるかと思ったけど、なかなか上手《うま》くいかないもんだな。それに、ヨルンとかいう人も、堅物《かたぶつ》っぽいよな」

「悪い人ではないんだけどねえ……。マヨくん命だしね。見たところ、ヨルンさんは、聖女っていう存在を、マヨくんの地盤固めに使いたい感じなのよね」

一週間も城を出入りしていれば色々とわかることもある。マヨ三世は、確かに王ではあるが、実権はなく、実際の行政は宰相《さいしょう》、という地位にいる叔父《おじ》のテオとその取り巻きが行っている。一応、国会に相当する王室評議会というのがあるらしいが、これの評議員も選挙で決めるわけではなくて、形式上は全員国王に任命されることになっている。もちろん、十歳のマヨが決められるわけないので、国の有力者がなる形のようだ。ちなみに、ヨルンもこの評議員の一人らしい。政治について詳しいことはわからない葵ではあるが、一応選挙で政治家を選ぶ日本に住んでいると、専制政治というのは世襲での権力がものすごく集中していて、人事権もその人たちが握っているわけだから、ちょっとどうなんだろう、という気がする。有力者の子どもや孫がアホだらけだったら、一気に詰んでしまうよなあ、と思う。

「あと、気になることもあるのよね。あの国、地震が時々あって、最近は魔物も出現するらしいのよね」

「へえ……。魔物か。ギルドがあって、討伐隊を組んだりするのかな……」

　三木が妙に嬉しそうに言う。

「そういうのは聞いたことないけど。やっぱり軍がでるんじゃない、そういうのの討伐は」

　葵は呟いた。

「他の、ササキとかユウキとかいう聖人はどうしてるんだろう。八十年前とかに現れたんだろ？　あと、ここの失踪《しっそう》した雇われ院長とかいうのも向こうに行ってる可能性があるのかな」

「それは聞いた。稲作と砂糖精製が上手くいったら、いなくなったらしいわよ。日本に戻ったんじゃない？　ここの前の院長はよくわからないけど、もしゼルテニアに行ったなら、もう少し口腔《こうくう》衛生事情はよくなってると思うけど……」

三木は考え込んだ。

「考えることは色々あるけど、その聖人たちは年を取ったのかな……」

「え？」

「いや、稲作もサトウキビも、栽培方法が定着するには、何年もかかりそうだろ。十年ゼルテニアで過ごしたとすると、こちらで過ぎる時間は四ヶ月ぐらい。四ヶ月で十年分老《ふ》けたとしたら、こちらに戻ってきたときに違和感がすごそうだなあ、と思って……」

「それなんだけどね、年を取らなかったみたいよ、その人たち」

葵としても、ゼルテニアでのんびり過ごして浦島太郎状態になるのは嫌だと思ったので、それに関してはヨルンに尋《たず》ねたのだ。ヨルンは調べてくれた。クレスト国に現れた聖人も、他国に現れた聖人も、彼らは常に若々しく、年を取らなかったらしい。

「へぇ……。じゃあ、俺たちがあっちに行った場合、頭の中はゼルテニア時間で過ぎていくけど、体はこちらの時間で過ぎていくってことか。寿命が三十倍ってことだよな。すごい。つか、それだったら、そっちに定住して、天下取ろうとかいう聖人は出てこないのかな」

中身は普通の日本人だろうし、寿命が長いだけでは、天下は取れないいんじゃないかなあ、と葵は思う。

「まあ、だからどこかの時点で帰る力でも働くんじゃない？　みんな、最後はゼルテニアからいなくなるらしいし」

「そもそも、どういう理屈であっちに行けるんだろうな。永田さんは行けるけど、俺は行けない。逆にあっちの人はこっちに来れないようだし……」

「入り口、かなあ。ロッカーの通行権利が一人分、とか。それともあの鍵？」

「じゃあ、永田さん、作業終えて俺にその権利と鍵くれない？　俺も行ってみたい」

結局、三木はゼルテニアを覗《のぞ》いてみたくて仕方ないらしい。葵は苦笑いした。

「どうしてわたしがあっちに行けるのかは謎だけど、権利が譲れるならあげるよ」

そう答えつつ、葵はため息をついた。考えるのは、あの世界の虫歯をどうするかである。

歯医者が一人、異世界に行ったところで所詮《しょせん》できることは限られている。今の歯科医療が、現代の技術を前提に成り立っているのだから仕方がない。

（わたし一人じゃ、あの状況は覆《くつがえ》せない）

解呪院に行ってから、ヨルンに頼んで、城に働く人たちの歯科検診をさせてもらった。数にして五十人ほど、年齢も上から下まで様々だが、現代日本ではなかなかお目にかかれない虫歯の数々であった。歯磨きの習慣もないため、歯周病もひどい。それでも城で働いている人はまだマシな方だ。歯がなくなると、食事が摂《と》れなくなるため、当然平均寿命も短いようだ。余談であるが、おそらく糖尿病と思われる人も多くいる。葵は医師ではないので断定できないが、これもまたクレスト国の呪いの一つと捉《とら》えられている。

せめてマヨだけはなんとかしたいのだが……。

（というか、マヨくんのあの環境、よくないわよねえ……）

マヨはいい子である。とても素直だし、王様として頑張ろうという気概《きがい》が伝わってくる。

葵は、あちらに行っている間、マヨと多くの時間を過ごした。マヨは葵が訪ねると、大喜びで迎え入れてくれる。十歳なのに、周りにいるのはたまに遊びに来るノエを除けば大人ばかり、葵がいないときは、デシオとかいう老人の家庭教師にみっちり勉強を詰め込まれているようだ。あれでは息が詰まってしまいそうだ。それは葵にもわかったから、治療と称してできるだけマヨを勉強部屋から連れ出した。

といっても、マヨと勝手に城の外に出るわけにはいかないから、ほとんどは城の中で過ごした。葵は、マヨと一緒に技工をした。治療の一つ一つの意味を伝えて、技工作業も一緒に行った。葵がワックスで冠を作るときには、副模型を作って一緒に歯型を作ったほどだ。普段から木彫りをしているマヨにとっては、これは楽しかったらしい。例の魔法も使いつつ、思わぬ集中力を見せて、なかなかのものを作り出していた。

葵も楽しかった。技工作業は普段することではないし、また、得意というほどでもなく、人に教えながら作業をするなんて、普通だったらストレスがたまりそうなものだが、そんなことはなかった。自分より背の小さなマヨと並んで座って、クレスト国の話を聞いたり、また日本のことを話したり、作業を見直したりするだけのことが、充実して感じられた。

二十近くも年下の子どもを相手にしているというのに、一緒にいる間はそんなことは感じない。無心にワックスを盛り上げている間の沈黙も、出来上がったものを見て喜び合うことも、自分を飾ることなく自然体でいられた。それがマヨにとっても同じであることは、葵にもわかって、微笑ましい気持ちになるのだ。

「ねえ、三木くんが十歳ぐらいのときって、何して遊んでた？」

「十歳？　ゲームしたり、マンガ読んだり、お年玉で買ったトレカで友だちと遊んでたかな。夏休みは秘密基地作ったりしてたけど。あと、親父が壊れた機械をくれたんで、よく分解してた」

「……十歳って、そんなものよねぇ。まあ、王様だからわたしたちみたいな一般庶民とは違ってたくさん勉強しないといけないだろうけど、思春期が来たときにどうなるのかなあ、って思っちゃうわ」

「思春期……。まあ、それは色々あるだろうな……」

三木も思うところがあるようだ。葵は聞いてみた。

「ねえねえ、男の子の思春期とか反抗期って、どうやって対応したらいいの？」

「えっ、そ、それは……」

三木は考え込んでから、ボソボソと言う。

「……まあ、親に対するのと他人に対するのは違うと思うけど……。一番大切なのは見放さないことじゃないかな。むかつくことを言ったりするけど、受け流しつつ、相手を大事に思ってるって態度で接すれば、時間が来ればよくなると思うよ。いや、よくわかんないけど」

「ふうん。わかった。頭の隅に入れておくね」

その後も、葵は三木とゼルテニアについて話し合った。三木とは中学の頃にろくに話をしたこともないというのに、こんなところで気負うこともなく話しているのが不思議だった。だが、異世界に行くなどという非現実的な経験をしてしまった今、それをバカにすることなく、真面目《まじめ》に話を聞いてくれる相手がいるのは、ありがたかった。自分が今いる立ち位置や、今後どうしたらいいのかなど、一人だったら悩んでしまいそうなことも、三木とツッコミ合いながら話すと、考えもまとまるし、落ち着くことができた。

「つまり」

葵とひとしきり話し合った後に、三木は言った。

「永田さんの目標としては、あの国の虫歯を少なくして、できることなら、マヨ三世の健《すこ》やかな成長を願いたい、というところかな」

「まあ、そんなところよね」

「……そのあたりは、マヨ三世やヨルンと話しながらすり合わせていくしかないんだろうな」

その日は、夜十時ころに三木と別れて、実家に帰った。いくら仕事といえど、あまり帰りが遅いのは実家にいる両親も気にする。三十も間近になって地元に戻ってきた葵を、両親は特に文句を言うこともなく迎え入れてくれていた。おそらくあれこれと思うところもあるだろうが、何も聞かずにいてくれるのはありがたかった。半日実家を空けただけだが、葵にとっては一週間以上も過ぎている。中途半端に和風な、昭和の遺産とも言うべき建売り住宅の実家がものすごく懐《なつ》かしく感じられたし、甘くない味噌汁がとてつもなく美味《おい》しく感じられた。

翌日は土曜日だった。本来ならば、近所のおばちゃんの義歯を見る予定だったが、さほど急いでいないということで、別の日に約束を変更してもらって、「こみ歯科医院」に向かった。

一晩日本で過ごせば、ゼルテニアでは二週間ほど過ぎている計算になる。マヨの歯は、乳歯を除けばほぼ治してしまったし、あまり急ぐ必要もない。それでも葵は午前九時には歯科医院にたどり着いていた。

いつものように往診《おうしん》ボックスを引きずってロッカーをくぐれば、そこはゼルテニアのクレスト王国である。葵は例によって城の中庭に出ていた。空を見るとだいたいの時間がわかる。夕方あたりだろうか。

と、きゅう、という鳴き声がして、聖獣が中庭の隅から葵の方へとやってきた。この緑色の聖獣は、『わさび』という名が定着してしまっていた。わさびは、葵が来るとすぐに近くにやってくる。どうやら懐かれてしまったらしい。

「わさび、どうしたの」

わさびは、葵の足下でくるくると走り回ると、何かを訴えるようにきゅうきゅうと鳴く。

葵は首をかしげた。いったい何事だろう。

「ようこそ、おいでくださいました」

聞き慣れない女性の声に葵はハッとした。見ると、城の中に入る扉の前に、一人の侍女《じじょ》らしき女性が立っている。

「今日はわたくしがご案内させていただきます。どうぞこちらへ」

マヨやヨルンが忙しいときは、こうやっていつも案内してもらっていたから、葵はその侍女について歩いた。しかし、いつもと道が違う。クレスト国にしょっちゅう来てはいるものの、結局葵が足を踏み入れているのは城の中と、せいぜい街の鍛冶屋ぐらいだ。その城の中ですらよくわかっていない。

（わたし、この国のこと、何にもわかってないんだな……）

葵がそんなことを思っていると、侍女は見慣れぬ大きな扉の前で立ち止まった。そういえば、わさびはいつの間にかいなくなっている。

「どうぞ、こちらのお部屋です」

ここにマヨとヨルンがいるのだろうか、と扉を開けると、そこにアリーンがいた。

「聖女様、おいでくださったのですね」

彼女は言った。涼しげな声である。以前ヨルンに色々聞いたので、初対面のときと違って警戒心が湧く。

「ええと……」

「聖女殿の、呪いの解呪技術は素晴らしいですわ。ヨルンの報告を聞き及んで、みな感心しております」

「呪いの解呪……ああ、虫歯治療ですね。まあ、マヨくんはなんとかやりきりましたけど、何かと制約があって、あれ以上は難しいですね」

「そうですわね。でも、この国では、マヨ王以上に、呪いに悩まされている者がいます」

「それは、そうでしょうねえ」

　砂糖の洪水で、なおかつ歯磨きの習慣がなければ、悲惨な事になるのは目に見えている。

「実はわたくしも最近になって呪いに悩まされておりまして。できればわたくしも聖女殿に呪いの解呪を頼みたいのです」

　アリーンはずい、と葵に近づいてきた。

　ヨルンがしてくれた説明を鑑《かんが》みると、なるほど、これまでは質素な食事であったから虫歯はなかったが、テオと結婚して砂糖をたくさん使った食事を摂るようになって、虫歯が出来るようになったということだろうか。

「……いえ、あの、それに関しては、ヨルンさんを通してくださいますか」

「もちろん、ヨルンの了解は得ておりますわ」

（ええ、なんでそんなすぐにわかる嘘を）

もしもヨルンの了解を得ているなら、ヨルンと一緒に話せばいいではないか。

にこりと笑みを浮かべた前歯に、以前は気づかなかった黒い影が見える。

「信じておりませんね？　わたくし、ヨルンよりも立場が上の魔術師ですよ」

そういえば、ノエが言っていたような気がする。名誉職の魔術師がいるとか……。

「わたくしのこの歯……。あなたならば白く治せるのではないですか」

「……そ、それは……」

できるだろう。ちらりと見ただけだが、虫歯がまだ広がっていないところならば、コンポジットレジン充塡ですぐに治せるだろうし、結構虫歯が深そうならば、根管治療を行って、かぶせれば大丈夫だ。だがヨルンとの約束がある。

「あの、ご希望はわかるんですけど、こちらでの治療は、王様だけに限らせて戴いていて……」

アリーンは憂《うれ》いを含んだため息をついた。

「聖女様は慈悲深いお方でしょう。あなたも女性ならばわかりませんか。白かった美しい歯が呪いのよって失われていくこの悲しみが……」

「……それは、確かに……」

葵だって、自分の前歯が虫歯で黒くなっていったとしたら辛《つら》すぎる。そこに突然治す手段を持った人が現れ、身近な人を治したとしたら……すがってしまうかもしれない。

逡巡《しゅんじゅん》した葵の思考を遮《さえぎ》るように、さらにアリーンは続けた。

「それに、あの黄金の歯は素敵だわ……。わたくしもぜひあの歯が欲しい。永遠の美の象徴とでも言うべきあの黄金の歯」

一瞬同情しかけていた葵は、綺麗に化粧の施《ほどこ》されたアリーンの顔を見返した。

「永遠の美……。いやその、まあ、我ながらいい出来だったとは思いますが、金の歯で美しさが保たれるわけでは……」

「聖女様、美は、小さなものの積み重ねですよ」

葵を見るアリーンの表情に、見下すような蔑《さげす》みの色が浮かぶ。美容に力を入れているであろうこの女性にしてみれば、手抜きにしか見えない薄化粧の葵の姿は、鼻で笑うようなものなのかもしれない。葵はすこしばかりムッとしながら言った。

「いえ、あのですね、口腔内の状況によって、治し方は違うので、誰にでも金の歯が入れられるというわけではないいんですよ……」

アリーンの顔が近づいてきて、葵はうっと息を詰まらせた。

香水が、甘い香りとなって漂ってくる。ただし、つけている量がすごいのか、本来のよい香りであろうものが、暴力的なものになっている。それに加えて、口臭もある。ヨルンもマヨもすごかったが、葵が歯磨き指導をしたから、今はマシな状態なのである。アリーンの口臭は、この国の人の状況を考えれば仕方がないのだが、香水の匂いと混じって、鼻がもげそうである。

「……ち、近づかないで！」

葵が思わず言ったその言葉を、アリーンはどのように解釈したのだろうか。彼女の表情が険《けわ》しいものになった。

「聖女殿。わたくしが優しく言っている間に承諾《しょうだく》してください。あなたがここに来ていることは誰も知らない。わたくしはどのようにでもあなたに接することができるのですよ」

葵はどん引きした。あからさまな脅《おど》しに、なんと返したらいいものか、考えてしまう。とはいっても、アリーンが言うように葵がここにいるのを知っている人はいないわけで……。

と、背後の扉がばたんと開いた。

「葵！」

振り向くと、マヨ三世が扉の前に立っていた。

「マヨ様……、なぜここに」

アリーンは十歳の少年王が現れたことに、動揺の色を見せた。

「聖獣がぼくをここに導いてくれました」

見てみると、マヨの足下にわさびがいる。

「叔母上《おばうえ》、何をなさっているのですか」

アリーンは、マヨの叔父の妻であるから、義理の叔母ではある。マヨは、葵の隣に歩いてきた。

「聖女殿に話すべきことがあったのですよ、この国の状況を」

アリーンはにっこりと微笑む。

「違います、歯を治してくれって言われたんです」

葵はすぐさまかぶせて言った。少年王は叔母に向かい合った。

「叔母上、葵は異世界から貴重な機材や薬品を持ってきて、なんとか治してくれているのです。脅すようなまねはよくありません」

アリーンはマヨに諭《さと》すように言う。

「でも、陛下は、聖女様の恩恵を受けたでしょう。わたくしも、美の喪失と痛みと咬めないのとで苦しんでいますわ。陛下だけ呪いを解呪され、しかも黄金の歯まで入れてもらっているのは不公平ではありませんか。わたくしだけではなく、夫や、評議員や、大臣たちとて、聖女殿の恩恵を受けたいと望んでおります」

アリーンの言葉に、一瞬マヨがぐっと唇を噛むのがわかった。葵はアリーンに向けて言った。

「ちょっと待ってくださいよ、あなたは、マヨくんがきちんと治ったのを確認したわけですよね？　だからわたしの治療を受けたいと思った。でも、マヨくんは、わたしが聖女なのか魔女なのかわからないのに、治療を受けたのよ。この違い、わかる？」

葵は、横柄《おうへい》なアリーンの態度に、無性に腹が立ってきた。

「異世界から来たわたしが、虫歯を治せるかもしれないと言ってきた。あなたたちにしてみれば、わたしの言うことが本当かどうかなんてわからないわよね。けど、国の人がみんな虫歯で悩んでいるし、誰かが治療を最初に受けて、治るかどうかを確かめなきゃいけない。だから、マヨくんは自分がそれになるって言ったのよ」

「でも、陛下は呪いを強く受けていたから、一か八かであなたにすがったのでしょう」

「それは、そうかもしれないわよ。それにしたって、とんでもない音を立てる謎の機械で自分の歯を削るなんて、怖いことに違いないわ。でも、自分が治れば、わたしの治療が本当だってわかって、国が助かるならそれでいいって、そう言って、マヨくんは虫歯治療したの。たったの十歳なのに。アリーンさんみたいに、安全の確認が取れてから偉そうに言うのとは違うわよ」

葵はまくし立てた。

「だから、マヨくんの金歯は勇気の証《あかし》で、王者の印よ。わたしのえこひいきで治したわけじゃないわ」

隣に立ったマヨが、葵のパーカの裾《すそ》をぎゅっと摑んでくるのがわかる。

ふと、アリーンが顔を上げて、扉の方へと視線を送った。

「……テオ」

振り返ると、扉の前にヨルンと見知らぬ男が立っていた。白い大きな襟《えり》のついた黒い服に、金の鎖をネックレスのようにさげてじゃらじゃらさせていた。年の頃は三十半ば、というところだが、どっしりした体格は貫禄《かんろく》がある。しかし、マヨと葵を見る表情には冷たさを感じた。アリーンの言葉からすると、これがマヨの叔父のテオだろうか。ヨルンがテオをつれてマヨとわさびを追いかけてきたらしい。

男はアリーンを見るとため息をついた。

「アリーン。見苦しいまねはやめなさい」

「でも、テオ。わたくしたちだって治してもらう権利はあるでしょう。陛下の親戚なのよ」

「アリーン」

引かないアリーンに、テオは低い声で強く言った。アリーンは口を閉じる。

それを見て、ヨルンがこほん、と咳払《せきばら》いをした。

「アオイ殿の演説は廊下まで響いておりましたぞ。まあ、聞く者は私ぐらいですが」

ヨルンは、葵とマヨの横に立った。

「アリーン様。あなたがアオイ殿の技を受けたいというのはわかります。呪いで歯が痛いのは私も同じ。できれば治していただきたいですよ。それはこの国にいる全ての人がそうでしょう」

「魔術師ではこの呪いを解くことができないのだから、仕方ないわ」

アリーンはヨルンを責めるように言う。

「まったく、その通りです。情けないです。現状では、アオイ殿の技に頼るほかない。しかし、調達できる材料や機材に限りがある以上、この国全ての者を治すことは不可能です」

「それではなんのための聖女かわからないじゃない！」

アリーンはヨルンと葵をにらみつけながら声を上げる。

「いや、意味はあります。少なくとも陛下を苦しみから解放することができた。これは、聖女の奇跡の証です」

「だからこそ、我々、選ばれた者だけを治してもらえばいいのよ」

「アリーン様。それでは、選ばれなかった者はどうするのですか」

ヨルンはため息をついた。

（……みんな、歯を治したくて仕方ないんだ……）

ヨルンの口の中は見たことがあるが、結構ひどい有様だった。アリーンやテオの口の中もまた察してあまりある。だが、治す方法がない。普段はなんともなくとも、ひとたび虫歯が痛めば、そこから解放される方法がない。それは絶望に近いのではないか。

（歯科治療が、こんなにも必要とされているのに……）

アリーンのやり方は褒《ほ》められたものではないが、それだけ必死だったということだ。ここが日本で、アリーンが患者として来たのであれば、葵は彼女をきっと治すことができただろう。

（でも、ここは異世界で、わたしができることは本当に少ししかない）

「……叔母上、ぼくは確かに葵に治してもらって、とても運がよかったと思います。でも、葵に強要するのは違うと思う」

マヨはアリーンを正面から見つめる。

「では、わたくしたちにかけられた呪いはどうするの！」

アリーンは声を荒らげた。ヨルンが細い目をさらに細めて首を振った。

「アリーン様。聖女殿にクレスト王国の呪いの後始末をしてもらうのはお門違《かどちが》いですよ」

いつもさんざん手厳しく葵に言ってくるヨルンだったが、今日の彼の声には理性の響きがあった。

「確かに、アオイ殿がこの国に来たばかりの頃は、私も聖女の力で全ての呪いを打ち払ってもらうつもりでした。ですが、アオイ殿がマヨ様の治療をなさっているのを見ているうちに、それは間違っているとわかりました。国をよきものにするのは王であり、王を支えるテオ様や私たちです。聖女殿は確かに我々にない技をお持ちですが、国を動かすわけではありません。違いますか」

ヨルンの言葉に、テオの表情に緊張が走り、またアリーンが唇を噛むのがわかった。マヨはアリーンに語りかけた。

「ぼく、葵に歯磨きの仕方を教えてもらったんです。ヨルンもノエも。そうしたら、呪いを防げるそうです。それなら、葵の力を借りなくても、誰も呪われずに済む。これまでのことはどうしようもなくても、これから先を変えることはできるはずです」

アリーンはマヨを見つめていたが、ふいに身を翻《ひるがえ》して、部屋から飛び出していってしまった。

「アリーン！」

夫であるテオは、アリーンを追いかけて行ってしまった。

残された葵は、思わず息をついた。必死だったが、自分が随分と緊張していたのがわかった。

「アオイ殿、おつかれでしたな」

ヨルンは、テオが去っていった先を見ながら言った。

「ヨルンさん、わたし……喧嘩売っちゃったかしら」

「なんの、聖女殿が弱腰では頼りない。あれぐらい言えてよいのですよ。ともかく無事で何より。後は私がテオ様と話しておきます」

ヨルンは涼しい顔で、部屋を出ていった。


その後、テオとヨルンの間でどのような話がなされたのかはわからない。葵とマヨは城の中庭に移動したが、テオとヨルンは部屋に残ったからだ。

「葵、ごめんね。まさか叔母上があんなことをするなんて」

中庭の端に座り込んで、マヨはしおしおと呟く。その足下にはわさびがじゃれついている。マヨの姿がなんともいじらしくて、葵は首を横に振った。

「マヨくんのせいじゃないでしょう」

「……ぼく、自分の歯が治って嬉しくて、周りのことを考えていられなかった。葵の技がすごくて、それを知ってほしくて、周りに話してばかりいたから。みんな、葵に治してもらいたいのは当たり前なのに」

「わたしこそ、歯医者なんて言っても、何にもできないものね」

葵はため息をつく。マヨは治した。だけれども、それ以上何ができるのか。中途半端に虫歯を治せる可能性を示したところで、無用の混乱を招くだけではないのか。

「わたしが、ここに来る意味、あるのかな……」

葵が言うと、マヨがしがみついてきた。

「あるよ！　葵が来たおかげで、少なくとも、ヨルンもノエもぼくも歯磨きするようになったもん。それに、砂糖が呪いの原因だってわかったのだって葵のおかげだよ。葵が教えてくれるいろんなことで、これからぼくがどうすればいいのか考えることができる」

「……マヨくん」

「……ぼく、本当のことを言うと、王様なんてやっていけるのかよくわかんないんだ。父上が亡くなってから、王様になったけど、やっぱりわかんないことも多いし。そりゃ、デシオ先生は色々教えてくれるけど、……ちょっと怖いし。葵が来てくれると、何でも話せるから嬉しいんだ。だから葵、ここに来てよ。ぼくのために来てよ」

マヨは葵を見つめてきた。葵はきゅうっと胸が締め付けられる気がした。しっかりしているけれど、マヨは父親を亡くしたばかりで、王様とならざるをえなかった。ヨルンもノエもマヨを大事にしてくれるだろうけれど、臣下ではあるし、家族とは違うのだろう。国の至高の座にあれば、対等な人間は誰もいない。……異世界から来て、国の枠組みの外にいる葵以外は。

「マヨくんは……」

いい王様になれるよ、と言おうとしたが、それはあまりにも無責任で、白々しい気がした。こんなに真剣に自分に向き合ってくれているのに。

「いつか機会があったら、一緒にこの国を回ってみない？」

「……国を？」

「わからないなら実際に見てみればいいんだと思う。わたしも、以前解呪院に行ったから、この国の虫歯治療の現実がわかったんだもの。そりゃ、ヨルンさんは色んなこと教えてくれるけど、話に聞くのと、実際に見るのは違うと思う。マヨくんだって、外を回ってみればきっといろんなことがわかるわ」

葵がそう言うと、マヨの表情に好奇心が覗いた。

「そんなこと、していいのかな」

「ダメなことないでしょ。マヨくんの国なんだもん」

マヨの顔が上気して、嬉しそうに目が輝いた。

「ねえ、マヨくん、地図を見せてくれない？　どこに行きたいか見てみよう。せっかくだから、クレスト国のことも色々教えて」

「うん！」

そういうわけで、その日はマヨと一緒に地図を見て過ごした。おまけであるが、わさびもついてきた。図書室には大きな地図があり、それを見ながらどんなところに行きたいのか、話し合った。旅の支度《したく》に何が必要か、歩くのか、何か乗り物に乗るのか、そんなことを考えるのも楽しかった。ヨルンもテオも来なかったし、マヨと楽しく過ごしているうちに、夜になってしまったので、部屋を用意してもらって葵はクレスト城に泊まることになった。

翌日、甘いスープにビーフンのような米粉の麺が沈んでいるという、なんとも血糖値が上がりそうな朝ご飯をマヨと一緒に食べていると、ヨルンがやってきて、今後のことを相談したいと言ってきた。

マヨとは別れたが、わさびはくっついてきた。ヨルンは葵が抱いているわさびを見て目を丸くした。

「聖獣も手懐《てなず》けてしまうとは、さすが聖女殿ですな」

「懐かれちゃったみたいね。昨日は庇《かば》ってくれてありがとう。ヨルンさんはわたしのこと、もっとディスってるのかと思ったわ」

「以前から十分敬意を払っておりますとも。マヨ様を悩みから解放してくださったのもあなただ。アオイ殿がいらっしゃるようになってから、マヨ様も明るくなられました。感謝しておりますよ」

ヨルンが言うと、なんとなく慇懃《いんぎん》無礼、という単語が頭の中をちらつくのであるが、言葉通り受け止めておくことにする。

「今日は、あなたが今後もこちらに来られるのかについてお話ししたいと思っているのですよ。マヨ様の歯は治してくださった。一番の懸念《けねん》が解消されたのはありがたい」

「今後……？　それは……」

「昨日のアリーン様を見ればわかると思いますが、私含め、皆歯を治してもらいたいのは事実です。ですが、それは、この国の技術では不可能であるというのも、アオイ殿のなさっていたことを見て理解しました。マヨ様以外を治せないならば、中途半端な希望は、この国では、もしかしたら争いの種になるかもしれない。昨日、テオ様と話したのはそのことなのです」

葵は考え込んだ。誰を治療するか、それが不公平になれば、確かに不満がたまるだろう。

「マヨ様が王になったことを、テオ様はおそらく不満に思っているでしょう。しかし、今のところ国を動かしている人間であるのは事実で、アリーン様のなさったことが危険であることも理解されました。アリーン様の姿は、我が国のあらゆる人々がし得ることなのですよ」

「ヨルンさんは、わたしが来なくなってもいいの？」

「そうですね、実を言えばあなたが来なくなるのは少し張り合いがなくなるかもしれませんな。ですが、マヨ様の中の黄金の歯は、すでに奇跡の証といっていいでしょう。それだけでもマヨ様が長じたときに、きっと王の証として支えになると思うのですよ。ですから、聖女として、私があなたにしてもらいたかったことは十分成し遂《と》げられたといえます。まあ、他の方がどう思うかはわかりませんが、後はあなたがどうしたいかだ。お礼代わりではないですが、あなたがしたいことを私は支持しますよ」

ヨルンはそれだけ言うと、後は黙って歩き続けた。つまり、今後は葵がどうするか決めてよいということだろうか。

（わたしがどうしたいか）

これまでは巻き込まれるまま、ゼルテニアに来ていた。迷惑と言えば迷惑、だが、楽しいと言えば楽しい日々ではあった。来なくてもいいとすれば、葵はこれまでの普通の日々に戻り、粛々《しゆくしゆく》と仕事を続けるだろう。三木は悲しむかもしれないが、それはそれで仕方ない。

（でも、この国の人は、虫歯に悩まされたままになる）

少なくともマヨとヨルンには、砂糖が虫歯の原因であること、日々の習慣として歯磨きが大切であることは伝えた。だが、マヨとヨルンが知っているだけでは、この虫歯だらけの国がどうにかなるとは思えない。あらゆる人が、生活習慣の改善をしなければならないだろう。そのためには、歯磨きの仕方を伝え、口腔衛生の知識を身につけてもらわなければならない。根気がいるし、長い時間がかかるはずだ。

そこまで考えて、葵はハッとした。

（……できる。日本とこっちの国の時間の流れが違うことを考えれば、長い時間がかかったとしても問題ない）

また、葵は聖女として、クレスト国の中枢《ちゅうすう》近くにいる。マヨや、ヨルンの協力を仰げば、知識を普及するという事業を行えるだろう。

今、虫歯に悩んでいる人を救うことはできないが、この国の未来を変えることはできるかもしれない。

（それに、マヨくんを一人にさせたくない）

これは自分の思い上がりなのかもしれないが、葵が来なくなれば、マヨはまた孤独に陥《おちい》るだろう。あの心優しい少年王が、どうなっていくのか心配でもある。

「ヨルンさん、わたし……、できることがあるかもしれないわ」

葵はささやくように言った。ヨルンはちらりと振り返ると、うっすらと微笑んだ。

「では、こちらでぜひお話しください。評議員や、大臣たちがおられます。聖女殿の言葉なら、みな耳を傾けますよ」

通された部屋に行くと、十人ぐらいの男たちが待っていて、葵を眺めてきた。その中に、テオもいた。

一瞬気圧《けお》されたが、腕の中のわさびが、きゅうきゅう、と葵を鼓舞するように鳴いた。

葵はふわふわしたわさびの毛を少し撫でると、覚悟を決めて口を開いた。

クレスト王国の王室評議会の開会の時には、国王が人々の前に姿を現すのが伝統である。しかし、それも前国王ジョゼが亡くなってから、しばらくの間は行われていなかったという。だが、今日はマヨ三世が初めて議会に足を運ぶことになっていた。

その日、葵は、クレスト王国における正装を着せられていた。麻《あさ》のような軽く涼やかな生地《きじ》を重ねた衣装は、ゆったりしていて風通しがよいワンピース風であり、首元の襟に赤い糸で刺繍が施されている。その上に、黒の生地に銀糸《ぎんし》の細かな刺繍がなされた長めのベストを羽織る。帯も黒生地に銀糸の刺繍、所々に青い貴石が縫い込まれていて、きらきらと輝いている。

一方のマヨも正装で、白の上下に、長い紫色のコートを羽織り、帯で腰を締め、剣をさげている。コートの紫は王のみが着られる色で、袖《そで》と襟を中心に、複雑な文様が刺繍されていた。マヨは少し緊張した面持《おもも》ちで葵に声をかけた。

「葵、準備はいい？」

「大丈夫だと思う。天下の聖獣、わさびもいっしょだしね」

葵の足下で、わさびがくるくるとじゃれついている。

先日、葵がテオをはじめとするクレスト王国の重鎮たちと話をしてから、こちらの時間で五日ほど経過している。今日、葵は評議会が始まる前に、聖女として顔見せするのだ。

扉が開くと、王室評議会の行われている部屋が見渡せた。内部は広かった。マーブル模様の石で出来た壁に、薄く外の光が差し込む、磨りガラスのような素材で出来た天井。そのためか、部屋は明るかった。部屋の真ん中には紺色の席が並んでいて、そこに評議会の面々が座っているのが見下ろせた。老いも若きもいるが、例によって、様々な色の頭髪が並んでいる。

葵とマヨがいるのは、議席から一段高いところにある演台のようなところである。

議席の人たちが、八十年ぶりに姿を現した聖女と、少年王に視線を送ってくるのがわかる。

「これより王室評議会を始めます。でも、その前に、異世界からこの国に来てくれた聖女、ナガタアオイを紹介します。皆さんもご存じかもしれませんが、私は聖女の御技《みわざ》により、激しい苦痛を伴う呪いから解放されました。聖女はこの国に蔓延《まんえん》する呪いを払うことができるかもしれないのです」

マヨは堂々とした口ぶりで語る。幼いけれども、さすがに場慣れしている。

一方葵はどきどきして立ちくらみしそうだった。こんなに大勢の前で話すなんて初めてのことだ。隣に立つマヨが葵をつんつんと突っついてきた。

「葵、いつも通りでいいんだよ」

(十歳の子でもできてる。わたしも頑張らなきゃ)

葵は意を決して口を開いた。

「わたしは口の中の、歯の治療師です」

あえて、歯科医師という言葉は使わなかった。

「この国で蔓延している、歯が痛む呪いというのは、病気、それも感染症の一種です。歯に穴が空くほどひどい虫歯に罹《かか》ってしまったら自然に治ることはありません」

病気、という言葉に、人々の間から小さなざわめきが起こる。

「道具や薬剤があれば、治すことはできます。現に、マヨ三世の虫歯は治すことができました。でも、全ての人を治すには、何もかもが足りません」

不思議だな、と葵は思う。都会での歯医者生活に疲れ果てて、田舎《いなか》に戻ってきた。それなのに、紛《まぎ》れ込んでしまった異世界で、よりによって歯医者として必要とされるとは。

「だけど、できることもあります。それは、虫歯を予防すること。歯磨きや、食習慣の改善で、これ以上虫歯が進まないようにすることはできるはず。……もしも、わたしを信じてくれるなら」

葵はなんとかそこまで言う。議場の人々の視線が葵に集中する中、足下でじゃれついていたわさびが、駆け上がってきて、葵の肩にどすんとのった。

「聖獣だ。聖獣が、聖女どのを言祝《ことほ》いでおられる」

ふいに、議場の一角から声がした。みると、そこには涼しい顔をしたヨルンがいた。その声を皮切りに、議場内で拍手が起こった。それは、葵の存在を認めようという肯定《こうてい》の応《こた》えだった。

葵はマヨと顔を見合わせた。マヨの顔には自然な笑みがこぼれていた。

……これが、クレスト王国での大がかりな虫歯予防活動の始まりとなったのだ。

第四章

葵、異世界で歯科予防に精を出す

ゼルテニア大陸に行った次の週、葵《あおい》は求人サイトで再就職の活動をして過ごした。葵の住む町はそう大きくはないが、探せば、歯科医師を求めている歯科医院はある。いくつかの歯科医院を訪れて面接をし、条件を話し合う。ある歯科医院が、葵の条件を受け入れてくれて、話はすんなりとまとまった。

葵は週三回、実家から少し離れた歯科医院に勤めることになった。水、金、土の三日間、フルタイムで働く。なぜか歯科医院は木曜日が休みのところが多いので、このような変則的な働き方である。

火曜日と木曜日は、予定通り「こみ歯科医院」を拠点《きょてん》として訪問診療を行うことになった。とはいっても、大した宣伝をしているわけでもなく、両親や友人のクチコミが集患《しゅうかん》の全てで、必要があれば治療に赴《おもむ》くといった具合で、ほとんど歯科医院で留守番をしているような状態だった。そういうわけで、勉強もできるし、普段あまりしない技工などもゆっくりできるので、それはそれで悪くない。

残りの日曜日と月曜日は休日である。その日に葵はゼルテニア大陸に赴く。行こうと思えば、平日夜や、こみ歯科医院にいる隙間《すきま》時間に行くことも可能である。日本とゼルテニア大陸の時間の流れは、三木《みき》の指摘した通り、約三十倍の差があるわけだから、隙間時間に行くだけでもかなりのんびりできるが、それをしてしまうときりがないので、自戒しているのだった。

それに、焦《あせ》らなくても休日にゼルテニアに赴けば、一ヶ月以上の時間を過ごせることになる。まあ、さすがに夜には家に帰る。その分ゼルテニアに行ける時間は少なくなるが、実家に住んでいる以上は、外泊すると、多少は家族の目が気になるのだ。三十間近の娘が外泊したところで、実家の両親もうるさく口を挟んでくることはないのであるが、なんとなく後ろめたくはあるのだ。とはいえ、週五日働いて、（体感）一ヶ月異世界バカンス、というのは、ワークライフバランスを考えれば出来すぎというか、やりすぎ感さえある。

バカンスといっても、葵には使命があった。ゼルテニア大陸のクレスト王国で、葵がなすべきは、『呪い』とされている虫歯を予防することである。少しでも、あの解呪院《かいじゆいん》に行くような人を減らしたいと、葵は本気で思っていた。

まず最初に始めたのは、食生活の改善指導である。

食生活の改善はなかなか難しい。当然ながら、砂糖を大量消費するのは、すでにクレスト王国の食文化に根付いているから、砂糖を減らせ、と号令をかけたところで、上手《うま》くいかないのである。

「せめて、食べる時間を制限できればなぁ……」

葵の呟《つぶや》きを、ヨルンが聞きとがめた。

「食べる時間というと」

「虫歯って、簡単に言うと、口の中の細菌が……こっちで言うところの魔精霊だけど……砂糖を酸に分解して、その酸が歯を溶かすことで起こるのね。だけど、口の中には唾液《だえき》があるでしょう？　唾液が酸を洗い流しつつ、緩衝《かんしよう》して中性に戻すことで、簡単には虫歯が進行しないようになってる。体にはちゃんと平衡を保とうとする力があるのよ」

「ふむ。興味深い話だな。だが、それが本当なら虫歯は出来ないであろう」

「ところが、砂糖入りのものをずーっと食べ続けてると、口の中で酸が産生されっぱなしになるわけよ。こうなると、酸の量が多くなりすぎて、唾液の力では虫歯の進行を止められなくなるの。あと、夜、寝る前に砂糖を摂《と》るのも危険。寝ている間は唾液があんまり出ないから、酸の力で虫歯が進行しちゃうわけ」

「……なんと。われらはそんなことも知らずにいたわけか。しかし、砂糖消費を減らすのは、命令を出したところでなかなか……」

ヨルンは少し考えてから、にやりと唇の端を持ち上げた。

「まあ、そこは聖女様の出番であろうな」

葵は嫌な感じがしたが、得てしてそういう予感は当たるものである。

葵はヨルンにお膳立てされて、茶番を演じることになってしまった。国の各機関の関係者が集まる園遊会に、葵は聖女として参加し、そこで、葵は「神託」を受けて、人々に「お告げ」、すなわち砂糖の摂取制限を授けるわけである。

そんな演技ができるわけないと葵は拒否をした。演技など、小学校の学芸会で、大きな蕪《かぶ》をひっぱる猫役以外やったことがない。だいいち、人前で目立つ事などしたくない。しかし、聖女である葵以外にできる者はいないのだから、無理矢理引っ張り出されざるを得なかった。でもでも、演技なんて無理だよー、と葵は最後まで抵抗した。

結果を言ってしまえば、上手くいった。

当日、わかりやすく着飾った葵が、園遊会会場である城の庭園に登場すると、それを知らせる銅鑼《どら》が響く。葵が抱いていた聖獣わさびが音に驚いて脱走し、そこで、葵は雷に打たれたように倒れ伏すわけである。それを見て、近くにいた人……実は、あらかじめ配備されていた劇団員Aである……が葵を慌てて抱き起こす。劇団員Aが葵から何かを耳打ちされて、叫ぶ。

「聖女様が神託を受けられた！」

「なんですと!?　それはどのような」

劇団員Bが、劇団員Aに尋《たず》ねる。劇団員Aは再び葵に耳打ちされる。

「……『日が沈んだ後に、砂糖入りの食物を食べてはならない。それを守らねば、魔精霊の呪いは避けられないであろう』……とおっしゃられている！」

ざわめきが起こる周囲。後は劇団員ABCDEFが迫真の演技で話を盛り上げて、お告げは園遊会全体に広がったわけであった。その間、葵は倒れて寝たふりである。ヨルンの選んだ劇団員は見事にその役目を果たしたわけだった。

その「神託」が、受け入れられたかどうかは、一週間後の日曜日にゼルテニアに行ったことですぐにわかった。葵が日本で一週間過ごしている間に、ゼルテニアでは半年近くの時間が過ぎている。その半年の間に、クレスト王国のお城の中では大きな変化が起きていた。

それは、「夜の食事が甘くない」ということだった。朝食、昼食は例によって甘いものが多いのだが、夜の食事に限って言えば、甘くなかった。これまでならば、甘ったるいスープや、甘露煮《かんろに》のような魚やエビが出てきたのだが、いずれもダシを効かせた塩味風になっていた。果物ぐらいは出てくるが、それ以外は甘さはなかった。

「葵がお告げを受けた日から、城の夜の食事を変えたんだよ。園遊会に来ていた人たちもみんな夜の食事を変えてるみたいだし、あちこちの神殿も指導を始めてるみたいだよ」

と、マヨが教えてくれた。たった半年（葵にとっては一週間）で、マヨはぐんと背が伸びていた。せっかくなので、マヨの歯をクリーニングしたが、口腔《こうくう》環境は大いに改善されていた。虫歯だらけでボロボロだった乳歯は抜けて、新たに生えてきた永久歯は、当然ながらピカピカである。昼間は甘いものを食べるのだろうが、夜に甘いものを食べないというのはかなり効いている。それに加えて、マヨ本人が歯磨きをする習慣をつけたせいか、プラークもあまりついていない。

（イケる！）

葵は確信した。夜に砂糖を食べない作戦が、クレスト王国に広がれば、たぶん虫歯は減る。もちろん他にも対策は必要だが、これは一つの柱に出来る。

葵が聖女と認められてからも、ヨルンは相変わらずぞんざいな態度である。しかし、葵が行いたいことに関しては、全面的に協力をしてくれた。虫歯予防対策チームっぽいものを結成して、五人の人材を集めてくれたのだ。その中に、なぜかまだ子どものノエが交ざっていたが、残りは優秀な人材なのだろう。虫歯に対する説明をたちどころに理解し、また、クレスト王国のことがまだよくわかっていない葵に代わって、現実的な落としどころを考えてくれる。

葵が次に考えたのは歯ブラシの開発である。これはさほど手間取らなかった。もともと、骨に馬毛を植えたブラシそのものはクレスト王国に存在していたので、それを小型化すれば問題ない。日本から持ってきたいくつかの歯ブラシを渡し、現地の職人さんに改良の参考にしてもらって、牛骨に豚毛を植毛したものを作ってもらった。ただし、これだと牛骨が不足するので、木に植毛したもの、金属に植毛したものも試作してもらい、数をできるだけ揃《そろ》えられるようにする。

葵がそのように指示を出して、次の週に来れば、クレスト王国では半年後で、結果が出ている。見事に歯ブラシの量産体制が出来ていた。

これは、ひとえに一緒に動いてくれる人が優秀なのだ。おまけに、王様公認で基本的に何をやっても文句を言われないのであるから、かなり効率がいいし、ストレスも少ない。

（うん、これは楽しい）

だいたいにおいて、何か物事をすすめようとすると、反対する人間や、予算の壁や、時間がかかりすぎたりして、上手くいかないものだが、今回のことに関しては、何事もスムーズに進行するのがありがたいのである。

そういうわけで、葵はゼルテニアに来ている間は、クレスト王国の虫歯予防対策に取り組んだ。歯ブラシの開発から、歯磨き指導という基本的なことを始めた。また、まずは城の中で働いている人だけであるが、きちんと歯科検診を行い、歯科疾患罹患率《しっかんりかんりつ》と、歯磨き指導を始めてからの虫歯の進行率の統計を取ることにした。葵一人だったらとてもできなかったが、何しろ周りが優秀である。葵がやりたいことを汲《く》み取って、資料集め、計算、そのまとめと、全部やってくれるのだ。

自然と、城に、葵が生活する部屋と、作業をする場所が用意されてしまった。滞在するときは一ヶ月くらいいるわけだから、城を管理する方としても、葵の居場所を用意しておいた方が便利なわけである。要するに、葵は城に居着いてしまったわけだ。

といって、一日中その作業をしているわけではない。むしろ、半分くらいはのんべんだらりと過ごしていた。聖女様は、いわば国賓《こくひん》のような存在であるから、城に滞在している間は、何もしなくてもご飯が出てくるし、掃除もしてくれる。上げ膳据え膳というやつだ。

そして、クレスト国は、南国である。気候としては沖縄ぐらいの感じであろうか。エアコンもないし、昼日中は暑すぎて作業ができないので、みんな休憩する習慣がある。

これが、すごくいい。暑い国なりに、涼しく過ごせる知恵が働いている。どの部屋も風通しがよくしてあるし、窓にさげられたカーテンに、水を振りかけてあるので、入ってくる風が涼しくなる。床は陶器製なのであるが、これを休憩時間前にモップで水拭《みずぶ》きをする。すると、床が冷えて、部屋全体も涼しくなるのだ。寝台のマットレスの上のシーツも、日本で言うところのゴザみたいなものになっていて、肌に触れた感じが涼しい。

　そして、この休憩時間になると、マヨが部屋にやってくるのである。王様にも昼休みがあるらしい。永久歯も生えそろったマヨは、背も伸びて、ふっくらとしていた顔立ちが、少しシュッとしてきた感じであるが、変わらず葵に懐《なつ》いてくる。

　涼しい部屋で、南国フルーツや甘いデザートを食べつつ、二人ですることといえば、本当にどうでもいいようなことである。たとえば、クレスト国にあるチェスのようなゲームと、日本の将棋のルールの違いで盛り上がり、その後実際にゲームをやってみるわけだ。他愛のないことだが、楽しいのはよいことではある。もちろん最後には歯磨きもする。

「葵の住んでる国はすごいな。王も貴族もいなくて、どうやって国が回るの？」

　葵はつれづれに日本のことを話す。マヨはそれに食いついてくる。

「選挙で政治をする人を選ぶのよ」

「じゃあ、自分たちで王を選ぶってこと？」

「まあ、そうなのかな。でも、王様を選ぶわけじゃないの。王制じゃないからね。なんて言ったらいいのかな。わたしたちの世界って、働き方も多様化してるし、娯楽も多いし、産業も複雑だから、一人の人間が……国の全てを取り仕切るのが難しいのよね。だから、いろんな人が選ばれる方式になったんじゃないかな。問題もたくさんあるけどね……」

「でも、やっぱりいいことだと思う。あと、自動的に誰でもみんな学校に行くのもすごくいいし、医者に安価に行ける仕組みもすごいな。そういう仕組みを、この国でも取り入れられたらいいのに」

「マヨくんは王様なんだから、これからいくらでもできるわよ」

葵がそう言うと、マヨは不安げに言った。

「……王が、血筋で決まるのはいいことなのかな。親が優秀でも、その子どもが同じとは限らないもん。それに、子どもにやる気がなくても、だめだよね。王の能力が低かったら、国ごと倒れてしまうような仕組みがいいのかどうか……」

マヨが自分のことを言っているらしいのは、葵でもわかった。十二歳になったマヨが、王であるという、変えようもない自分の運命に重みを感じているのかと思うと、ちょっと気の毒に思えた。

「……ねえ、マヨくん、もしもマヨくんが王様じゃなかったら何になりたい？」

「ぼくが？」

マヨは少し考えてから答えた。

「……ぼく、葵みたいに歯医者になりたいな。ちゃんと咬《か》めるようになってすごく嬉しかったから。今やってる予防も大切だけど、ちゃんと仕組みを学んで治せるようになりたいんだ。それに、前、一緒にかぶせものを作ったでしょう？　あれも楽しかったから」

葵は少し感動した。

自分と同じように歯医者になりたいなどと言われたのは初めてだ。日本人の多くは、歯科医院は、『痛いことをされる場所』という認識があり、行きたくないと思っている節《ふし》がある。だが、マヨはちゃんと葵の仕事を評価してくれて、自分もなりたいとまで言ってくれる。それは、じんわりとした幸せを葵にもたらした。

「じゃあさ、今度、教科書持ってきてあげるよ。日本語だけど、絵はわかるだろうし、内容は伝えられるから」

「ほんと？　すごいな」

マヨはふくふくとしたほっぺたを持ち上げてにこにこと笑う。たまらなく可愛い。

実際のところ、クレスト国の図書館には、日本語の本があり、日本語読解の研究が進んでいる。特別書架に並んでいて、伝説の本扱いである。たぶん、以前ここにいた聖人だか聖女だかが持ってきたのだろう。『よくわかるイネ栽培』とか、『イネ作りの基本とコツ』、『砂糖の精製技術』とかいう本や、国語辞典なども並んでいたのだった。奥付を見ると、いずれも平成の本である。葵の持ってくる本も、もしかしたらそこに並ぶのだろうか。

そういうわけで、葵の新生活は、なんとなく整っていった。

平日は歯科医師として働き、日曜日と月曜日の昼間はゼルテニアに赴く。自分の職業のキャリアはキープしつつ、休日に異世界生活。疲れ果てていた都会での暮らしを思えば、悪くなかった。

一つ、予想していなかったことがある。火曜日と木曜日、つまり訪問診療を行う日に、こみ歯科医院に、三木がしょっちゅう顔を出してくるようになったことだった。

訪問診療を行っているといっても、今のところは一日に一軒か二軒予約が入っていればよい状態で、日によっては、ただ歯科医院で留守番をしているだけのときもある。そんなときに、三木がひょっこりと顔を出してくる。というのも、三木に訪問診療用のｗｅｂサイト作りを手伝ってもらうことになったからだ。

ゼルテニアに初めて行ったあの日、帰り際に、歯科医院のｗｅｂサイトを作らないとなあ、と葵が何気《なにげ》なく呟いた時、三木が手伝おうか、と言ったのがきっかけだった。それもいいかもね、とあまり深く考えずに返事をしたのだが、三木は本気にしてしまったらしい。というか、ｗｅｂサイト作りを口実に、ゼルテニアに何がしか関わりたいらしい。

とはいっても、別に迷惑というわけではなく、葵よりは明らかにＩＴの知識はあるので、ｗｅｂサイト作りを手伝ってくれるのは助かったし、放置されていた歯科医院のあちこちのメンテナンスをしてくれるのもありがたかった。お礼として渡すのは、ゼルテニアでもらった金貨である。場所代は無料とはいえど、訪問診療の収益がプラスになるのはまだ先になりそうで、材料費などは当分は葵の持ち出しだ。そういうわけなので、ゼルテニアの金貨である。金が高騰《こうとう》している今、現金化すれば十分過ぎる謝礼となるだろうとの考えで渡したが、金貨を手にした三木は、『異世界の金貨』に感動した様子で、売りに行く気配はなさそうだった。

「来てくれるのはありがたいけど、仕事は大丈夫なの？」

少し心配になって葵が尋ねると、三木は肩をすくめた。

「うちの店、何をメインでやってると思う？」

「何って……家電製品を売ってるんじゃないの？」

「まあ、普通はそう思うよな。けど、家電量販店があちこちにある今、価格じゃまったく勝てないんだよね、当然店にある品揃《しなぞろ》えも違うし」

「……それは、そうよね」

「そういうところと戦おうと思うと、店で客を待っていて、買ってもらおうと思ってもダメなんだ。じゃあ、どこで勝負するかっていうと、お客さんへの利便性だよ。電話をもらえば修理とメインテナンスにすぐ行くし、たとえば電池一つでも欲しいっていう人がいれば届けに行くこともある。昔からの親父の客も年取ってきたし、外に出るのが億劫《おっくう》な人に電池を持っていって、付け替えてあげるだけでも喜んでもらえるよ」

「あー、なるほど」

田舎《いなか》であるから、自動車がないと、欲しいものを買いに行くのも難しい社会である。自動車で買い物が難しくなった人にはありがたいサービスだろう。

「だから、俺の普段の仕事は、市内を回りながら、御用聞きしてることが多いわけ。そういう中から、たまにエアコンを新しくしたいとか、場合によってはリフォームしたいなんて話が舞い込んでくる。紹介で、話が来ることもあるしね」

「わたしの場合もそれかぁ」

「そういうこと。まあ、そういうわけで、合間を縫ってくるのはそんなに大変じゃないんだ。忙しいときは忙しいけどね。それにしても、結局永田《ながた》さんしか行けないんだな、異世界……」

三木は少しばかり恨めしそうに言う。ゼルテニアに行くことにまだ執着しているらしい。

「条件がよくわかんないんだもん、仕方ないわよ。それにしても、どうして三木くんはそんなに異世界に行きたいの？　好奇心？」

「……ナニカに」

三木は急に小さな声になってぼそっと呟いた。

「異世界に行けたら、特別な何かになれそうだろ？」

葵は三木を見返した。三木は、葵の相手をしながら、ずっとそんなことを考えていたのだろうか。

葵の啞然とした表情を見てか、三木は急に手を振った。

「や、今の台詞《せりふ》はナシで。もう、中学生じゃないんだ、異世界に行ったって、そんなに上手くいくわけないってわかってるよ」

「……三木くんはさ、地元で根を張って、きちんと生きているでしょ。それってすごいことだよ、まだ腰が据わってないわたしには、羨《うらや》ましいよ」

葵は素直に思っていることを言った。三木は一瞬驚いたように目を見開いたが、すぐにその目をそらして、眼鏡を中指で押し上げた。そうして、話をそらすように言った。

「永田さんは、結局クレスト国の人間の虫歯を治すのは諦《あきら》めたんだろう。まだ行くのか？」

それを言われると、少しばかり心苦しい。

「歯を削ろうにも、道具がないものねぇ。でも、虫歯予防なら、わたしにもできることがあるもの。虫歯だけは魔法で治せないらしいから」

魔法というのも不思議である。便利ではあるらしいが、ラムリンの葉に依存するものであるから、無尽蔵《むじんぞう》に使えるわけでもない。クレスト国では魔術師にもいくつか種類があって、国家付きの魔術師、キゼール教に所属する魔術師、民間の魔術師がいるという。

ラムリンの葉は、魔術師以外はそのままでは使えないが、あちこちにある買い取り所で結構高値で買い取ってくれるので、見つけたらラッキーらしい。その後、乾かしたり、粉末状にしたり、色々加工して使いやすくされて、あちこちで売られている。具体的には、ランプの光源に使われたり、竈《かまど》の燃料になるのだ。ろうそくの火で明かりをとったり、薪《まき》で料理をすることを考えれば、ものすごく便利である。加工されたラムリンの葉は電池や電気のような使われ方をしているようである。いろんな国が欲しがるのも当然だ。

民間ではそのような使われ方をしているが、国家が大量に集めているラムリンの葉は、軍事転用されているらしく、国家付きの魔術師は、どちらかというと軍に所属する者が多いらしい。

葵は三木に、クレスト王国で行っている虫歯予防について話した。

「歯ブラシ開発からか。俺たちがドラッグストアで簡単に歯ブラシを買えるのはありがたいよな。買って持っていったらいいんじゃないの」

「まあ、金貨をもらってるから、それを換金して買うのも不可能じゃないけど、それでも何万本も国中には配れないし、歯ブラシってそんなに長持ちするものでもないでしょう。やっぱり自分たちで自給自足してもらえるようにならないと」

「そういうのを聞くと、小さいときから、幼稚園や学校で歯磨き指導があるのは、無駄じゃないよな、って思うよ」

「……学校かぁ……。そういうのがあれば広がりそうよね。でも、庶民は小学校もないっぽいしねえ」

葵の決死の演技で（実際は劇団員が演技したのだが）夜間の砂糖摂取を止めたおかげで、城の中だけ、かつ半年間だけの統計であるが、虫歯になる人が減り始めたことがわかった。

ということは、それをもっと広めればいいのだが、どうやって進めたものか。

「神様のお告げなんだろ。ナントカ教があるわけだから、神殿に広めてもらえば？　中世のヨーロッパとか、毎週日曜日に教会で色々お説教がされてたらしいし」

三木は何気《なにげ》なく言う。葵はハッとした。

「それよ！　神殿にお願いして広めてもらえばいいんだわ！　そうすれば、砂糖制限も、歯磨き指導も、神殿経由で、全国にお願いできる！　三木くんすごい！」

葵が絶賛すると、三木は唇の端を持ち上げた。嬉しいらしい。

次にゼルテニアに行くときは、それを提案してみよう、と思う葵だった。

葵は一週間おきにゼルテニアに行った。一週間経《た》つたびに、ゼルテニアでは半年ほどの時間が過ぎている。虫歯予防に関しては、時が経つほどに面白いように結果が出ていった。最初の一年で、まず城の中の人たちと、上流階級の人たちの間で、歯磨きの習慣と夜間の砂糖摂取制限が少しずつ根付きはじめた。

また、ここで三木の言う宗教の力を発揮してもらうことになった。クレスト王国で、多くの人が信じている宗教をキゼール教という。教祖がいて出来たものではなく、各地の聖獣や、地に宿る神様を祀《まつ》って自然発生的に発展してきたもので、あちこちに神殿がある。特に、魔力の源《みなもと》である植物、ラムリンと、ラムリンを産む源泉となる聖獣は、信仰の対象である。王権の下《もと》、ゆるーく人々の生活に根付いている感じらしく、絶大なヒエラルキーがあって、力を握っている、とかそういうわけではないようである。

このキゼール教に協力を依頼し、歯磨き指導と、食事指導を少しずつしてもらうことにした。これは、じわじわと力を発揮した。あれこれ理屈をつけるよりも、とにかく神様のお告げなんだから言うことを聞いておけ、というのは、身分の上下や老若男女のいかんに関わらず、問答無用の説得力があるらしい。

劇的に変わったのは、マヨやノエと同い年ぐらいの子どもたちだった。虫歯だらけだった乳歯が抜けて、永久歯に生え替わると、そこから虫歯が出来ない子が出てきた。それまで虫歯に悩まされていた子どもたちが、ぴかぴかの白い歯をキープできるようになった姿は、その親たちに多大なる影響を及ぼした。葵にやや懐疑的な目を向けていた人たちも、そのあたりから真面目《まじめ》に取り組み出した。葵もブラッシング指導を行ったが、例の虫歯対策チームが大いに活躍して、首都のあちこちで草の根活動をしてくれたのも大きい。国家公認の活動は強いのである。

　また、歯科治療について、マヨが思わぬ情熱を見せていた。マヨが歯医者になりたいという思いは本当らしく、葵と会うたびに、教科書の内容について質問されたし、色々と講義もした。そして、暇《ひま》があると、魔法で石膏《せっこう》を削って、歯の彫刻をしている。わさびのおかげでラムリンの葉が城でたくさん採《と》れるので、魔法もよく使うようになった。正確な歯の解剖学的形態を覚えるのは、歯科治療をする上で基本中の基本であるから、それを自発的に行っているのは、素晴らしいことである。学生時代に歯型彫刻が苦手で、半泣きで課題をこなしていた葵とは大違いである。

「葵、ぼく、魔法で虫歯を治せないかなって思ってるんだ」

「魔法で？　どうやって」

「葵がぼくにやってくれたように、歯髄《しずい》まで虫歯が進行していると、治すのは難しいけど、その前段階の、象牙質《ぞうげしつ》までの虫歯だったら、治せると思うんだ」

　すっかり専門用語まで使えるようになっている。

「葵は、あのガリガリいう機械で悪い部分を取り除くだろ。でも、こっちではそれができないから、……魔法で軟化象牙質を除去する。もちろん、すごく小さいからコントロールが必要だけど。戦争で使うような広範囲な魔法じゃないから、そんなに難しくはないはずなんだ」

虫歯というのは、口腔内にいる虫歯の原因菌が出す酸によって、歯のカルシウムが溶かされ、歯がもろくなり、ついには穴が空いてしまう病気である。歯の一番外側のエナメル質はそのほとんどが無機質であるが、その内側にある象牙質は、七十％が無機質で、残りの三十％は有機質や水分である。無機質は細菌の出す酸で溶けるが、残りの有機質はボソボソとした基質《きしつ》として残る。これが軟化象牙質であり、細菌や酸もまたその中に交じっている。従って、虫歯治療を行うときは、この軟化象牙質を取り切ることがとても重要なのだ。さもなくば、軟化象牙質から、また虫歯が広がってしまう。

「……そういえば、そうよね、別にタービンやエンジンじゃなくたって取り除ければいいわけだし。コントロールできれば、窩洞《かどう》形成もできるわけか」

「うん。だから、その後、詰め物を……インレーを鋳造《ちゆうぞう》すればいいんだ」

「インレーをくっつけるセメントは？」

「リン酸亜鉛《あえん》セメントなら、理論上この国でも作れる。エーレ島で採れるリンを燃やせば五酸化二《ごさんか》リンが出来て、それを水に溶かせばリン酸になるはず。酸化亜鉛もノンタナ共和国の紅亜鉛鉱《こうあえんこう》のものを輸入すれば、作れる。いけるだろ？」

「……マヨくん、すごいわ……！」

これが人間そのもののデキの違いなのか、と葵は驚嘆《きようたん》した。確かに、葵はマヨに教科書を貸した。そして、希望に応じて化学の本も渡したわけだが……。日本語の教科書を解読して、ここまで考えてしまうとは……。英語すらろくにマスターできず、四苦八苦している身からは想像もつかない。

マヨの研究成果は、もちろん虫歯対策チームにも伝えられ、理論だけでなく、実際に口腔内で使用に耐えるリン酸亜鉛セメントの研究や、魔法による窩洞形成も考案されることになっていった。

これにより、ごく一部のみにではあるが、初期の虫歯の治療が、葵以外の人間の手によって行われるようになった。

五年ほど経過し（日本時間の経過としては、二ヶ月ぐらいであるが）、クレスト王国の首都で、人々の間に歯磨きが習慣づけられ、統計結果からも、虫歯の減少が明らかになった後は、地方での定着に力を入れはじめた。ここでも三木の言う宗教パワーを発揮してもらうことになった。

しかし、ここにきて、葵に心配事が出来た。葵がクレスト王国にいる間、昼休みにしょっちゅう訪ねてきていたマヨが姿を現さなくなったのだ。

密かにマヨとぐだぐだすることを楽しみにしていた葵は、にわかに落ち着かなくなった。

「わたし、マヨくんの気に障《さわ》ることでも言ったかな……」

「王様？　そうだよねー、最近なんだか前よりも無口になったよね」

暑い昼下がりに、ノエとかき氷のようなスイーツを食べる。芋《いも》から作ったという、もちもちつるんとした白玉《しらたま》のような食べ物の上に、かき氷をのせて、さらに甘いシロップと一口大に切った柑橘《かんきつ》をトッピングした代物《しろもの》は、甘酸っぱさと冷たさがコラボして、とても美《お》味《い》しい。マヨが相手をしてくれないので、最近はノエと昼休みを過ごす。初めて会ったときからゼルテニア時間で五年も経っているので、ノエは十四歳になり、いっぱしの口を利く女の子になっていた。なぜか虫歯対策チームに入り込んでいるので、一緒にいることも多い。年の差はあれど、こうやってスイーツを食べながらダベっていると、気分は完全に学生時代である。

「べつに聖女様のせいってわけじゃないと思うよ？　王様もだんだんできることが増えてきて、忙しいんだよ。それなのに、いまだに王室評議会の人たちが政治をしているわけでしょ。そりゃあ、思うところはあると思うよ」

ノエは竹のスプーンで氷を崩しながら言う。

「あと、例によって魔物があちこちで出現してるし、時々地震もあるからね。この間の、北のティッシ地方で起きた地震が結構大きくて、後始末が大変だったみたい。もちろん、聖女様のおかげで呪い……虫歯の方はものすごく改善されてるから、王様の人気はすごくアップしてるんだけど……」

「魔物かあ。昔、この国を作った女神様だか、聖女さまが追い払ったんでしょ……？　まだ見たことないけど、しょっちゅう出るの？」

「大きな街の周りは出ないけど、森の方にはいるみたい。本当は、聖獣が現れると、それを恐れて魔物も来なくなるはずなんだ。だからわさび様がいるお城は大丈夫だと思うけど」

ノエは少し物思わしげに言った。

「最近は、隣のガルデア帝国が、こっちを狙ってるのか、あれこれ言ってくるみたいだから、余計にねえ」

ガルデア帝国というのは、山脈を挟んで北東にある、クレスト王国の隣国である。かつてはクレスト王国を支配していたという因縁《いんねん》のある国らしい。海に囲まれた日本にいるとあまり感じない、外国の脅威だ。

「そうよねえ、マヨくんももう十五歳だもんねえ……。どんどんイケメンになっちゃって、こっちの人は成長が早いわ」

ゼルテニアに通うようになって、葵の体感時間は二ヶ月である。マヨは瞬《また》く間《ま》に成長して、葵の背を追い抜いてしまった。いつの間にか声変わりもして、すらりとした立ち姿は、遠目で見ても素敵になったな、と思う。タケノコがみるみる青竹になっていくのを見ているようだ。葵の言葉に、ノエは微妙な顔になって、ちょっと首をかしげた。

「……前から思ってたんだけど、聖女様って美的センス独特だよね。王様は、まあ、不細工じゃないけど、美形ってほどでは……」

「えっ、何言ってるの、むちゃくちゃ美少年じゃない！」

葵は思わず抗議の声を上げた。

「……聖女様がそう思うなら、否定しないけど……。聖女様の世界と、こっちで美の基準が違うのかな。わたしは、ジルさんみたいな人がかっこいいって思うけど。でも、ジルさん彼女いるしなぁー、はぁー、わたしも素敵な恋愛してみたいなあ」

ジルさんというのは、虫歯対策チームの一員で、なかなかデキる二十二歳の若者である。まあ、彼も好青年ではあるが、マヨのように後光が差すような美形ではない。が、ノエの姿はなんだか懐かしい。恋に憧《あこが》れる年頃はもうとっくに過ぎてしまった葵には微笑ましく思えるのだ。

「ねえねえ、聖女様は素敵な恋をたくさんしたことがあるの？」

ノエはきらきらした目で葵を見てくる。突然の質問に、葵は少し考えた。思い返す恋はあるけれども、結局今独り身であるのは、全てが終わりを告げたからだ。

「まあ、色々あるよね。でも、恋愛も、数じゃなくて質じゃないかな」

「質？」

「いい人とおつきあいした方がいいってこと。結局、結婚する人以外とは、別れることになるんだもん。それって……辛《つら》いことだから」

葵はふと、久しぶりに章夫《あきお》のことを思い出して、きゅっと胸が締め付けられるような気がした。恋は楽しく、素敵な瞬間もあるけれど、それだけではないことを、葵はもう知っていた。

（マヨくんも恋するのかなあ……）

子孫繁栄はどの国であっても王様の義務である。クレスト王国も例外ではない。世継ぎが必要であるから、そのうち奥さんを娶《めと》るのだろう。早ければ、一ヶ月後（つまり、ゼルテニア時間で二年後ぐらいだ）には、結婚していてもおかしくはない。というか、目の前のノエだって、マヨのお嫁さん候補になる可能性はある。しかし、マヨが結婚するのかと思うと、もやもやしたものが胸の奥でくすぶるのを感じる。ちょっと前まで歯が痛いと泣いていたのに……。

と、少し考え込んでいた様子のノエが、聞き返してきた。

「じゃあさ、聖女様、どういう人がいい人だと思う？」

そこから先は、二人で理想の人物像を侃々諤々《かんかんがくがく》と話し合うのだった。


「ねえ、三木くんと付き合ってるの？」

真穂《まほ》は開口一番そう言ったのだった。

「え、誰が」

「だから、葵と三木くんよ」

例のカフェで、葵と真穂は久しぶりに会っていた。休日にゼルテニアに行っているので、なかなか真穂と時間の都合が合わないのだ。

「まさか！」

葵は即答した。

「だって、三木くん、葵の医院にしょっちゅう行ってるんでしょう」

「……なんでそれを」

と思ったが、考えてみれば三木はいつも「電器のみきや」とでかでかと書かれた軽トラでやってくる。医院の駐車場に停まっていれば、三木が来ているのは誰に聞かずとも明白である。

「三木くんとは、そういう関係じゃないよ。今は医院のサイト作ってもらってるから、打ち合わせに来てるだけで」

「なあんだ。でも、やっぱりそうだよね」

真穂はそう言って、ふうっと息をついた。

「葵のお母さんが葵のこと気にしてるみたいよ。それとなく、知り合いに聞いたりしてさ」

うう、と葵は呻《うめ》いた。これが田舎のいいところなのか悪いところなのか、小学校から連綿と続くネットワークが兄弟姉妹、そしてその親、配偶者とどことなく繋がっていて、情報が漏れていくのだ。

「それに、夜にみきやの軽トラが停まってたりするっていうし」

三木とは頻繁《ひんぱん》に会っているが、そういう間柄ではまったくない。少なくとも葵はそういうつもりはない。

「たしかに、三木くんにはお世話になってるよ。一人じゃサイト作りはできないし、アドバイスもすごく助かってる」

たとえば、訪問診療を女一人で行うのは怖くないだろうか、とアドバイスしてくれたのも三木だ。三木も、仕事で顧客の家にお邪魔することはあるが、一人暮らしの老人相手に話が長引き、なかなか帰らせてもらえなかったり、上手くいかないときに怒られたりすることもあるという。診療とは違うだろうが、似たようなことがあったとき、女一人で切り抜けるのが大変なこともある。だから、もしお金に困っていなければ、最初は数が少なくとも、知り合いなど、信用できる人のクチコミだけですすめるのもアリ、と言ってくれた。それは確かにその通りである。そういうわけで、サイトもできるだけコンパクトで、地図や連絡先がわかる程度の形にしている。

「……そんなに人のことが気になるのかなぁ……」

葵ははぁ、とため息をつく。心配してくれるのはありがたいが、戻ってきてまだたったの二ヶ月ではないか。

「まあ、色々先が気になるお年頃だからね」

「このまま子ども部屋おばさんになったら困るって事かな」

葵は自嘲気味に呟いた。母親は普段何も言わないが、気にはしているということか。

「そこまでは思ってないでしょ。葵はちゃんとした仕事もあるわけだし」

真穂が慰《なぐさ》めるように言う。真穂に悪気はないのはわかるが、それだけに、世間が自分を見る目がわかったような気がする。

「……つまり、生き方の問題よねえ……」

自分が、これからどう生きるべきか。そういったものの方向性を決めて、舵《かじ》を切るときに来ているのかもしれない。

けれども、もう少しだけ、葵は時間が欲しいと思う。

はっきりと自覚したことはなかったけれど、振り返れば、これまでずっと走り続けてきたのだ。受験や、大学での勉強や、仕事といったこと、その合間に出会ったいろんな人との出会いや別れ……。でも、それは、特に葵に限ったことではなく、ちょっと真面目に生きている日本人なら、気づかぬままに続けていることだ。

（すこし、息継ぎをしてもいいはずだよね……）

そこまで考えて、葵は、最近は章夫のことをあまり思い出さなくなったことに気づいた。そう、ゼルテニアに行くようになってからだ。

（章夫と別れたときは、もう恋愛なんてしなくていいと思ったけど……）

どうしてあんなに辛かったのか、今なら少しは冷静に考えられる。葵は、好きになった人には、全ての心を開いてしまう。章夫にも、隠さない自分をさらけ出していた。だからこそ、別れた時に、自分の全てを切り捨てられた気がしたのだ。自分を否定されることは、とてつもなく辛い。それだったら、恋などしなくてもよいと思えるほどに。

だけれども、ここ最近、クレスト国に通うことで、章夫のことを思い出すことも少なくなった。それは、単純にクレスト国でそれなりに忙しく虫歯予防に励んでいるからということもある。けれども、一番は、隠し立てのない心を見せてくれるマヨの存在があった。

子どもだからということもあったけれど、マヨは葵が顔を出すたびに、本当に嬉《うれ》しそうに微笑んでくれていた。それは、ある部分で人間不信に陥《おちい》っている葵を癒《い》やしてくれるのだ。まあ、今はちょっとマヨも忙しいようで会えていないが……。

ふと、葵はマヨの人生を考えてみた。

マヨこそ、生きる道が決められている。それこそ、生まれたときから。

マヨにも、息継ぎが必要なのではないだろうか。


火曜日はこみ歯科医院で訪問診療の日である。午前中に、二件の訪問診療を済ませて、お弁当を食べた。午後は予約も入っていないので、電話番をしつつ、掃除や機材整理をしていると、例によって三木がやってきた。件《くだん》のサイトの仕上がり具合を見に来たのかもしれない。


昨日真穂と話したせいか、三木のことを少しばかり意識して見てみるが、やはり、

(違うなあ……)

という結論に至るのだった。三木は、服装はだいたいつなぎを着ている。眼鏡も微妙にズレているけれど、よく見れば、バランスのとれた顔立ちと言ってもいいだろう。いわゆる初対面の人との雑談は苦手であるが、それでも接客業をしているわけなので、目的がはっきりしていれば、テキパキと動くし、理論立って話すのは悪くない。また、馴染《なじ》んでくれば、はじめの頃のぎくしゃくした感じもなくなってくる。時々仕草や話し方にオタクっぽさがにじみ出ることがあるのが少し残念であるが。

葵も暇なので、三木が来てくれれば、話し相手にもなってくれるし、楽しい。それを友人というのだろうが……。

（でも、やっぱり、そういうことはまだ考えられないかな……）

葵は考える。自分が人を好きになるのは、どんなときだったろう。章夫にあって、三木にないもの……。

「……何か、言いたいことあるの？」

葵の視線を感じてか、ＰＣの画面を見ながらサイトの説明をしていた三木が振り返った。

「ええと……あのさ、三木くんは、どうしてこっちに戻ってきたのかな、と思って」

葵は咄嗟《とっさ》に思いついたことを言った。三木も一度は都会で暮らし、また戻ってきたはずだ。すると、三木は思いもかけず沈黙してしまう。

（あれ、何か悪いこと言ったかな）

葵は少し焦った。

「あの、言いたくなければいいけど」

「……いや。向こうでの仕事が合わなかったんだ」

「え、何やってたの。やっぱり鍵屋さん？」

「……販売。大手家電量販店の」

三木はぼそぼそと答えた。

「……接客業だと、休みも不定期だろうし、大変そうだよね」

三木の無表情さが、当時の辛さを伝えているようで、葵は当たり障りのない受け答えをした。

三木は、突然話題を変えた。うつむき加減になって、持っていたボールペンのおしりをカチリとノックした。

「……中学のとき、俺と話したこと、覚えてる？」

三木と中学のときに話した……記憶はまったくない。葵が思い出せなくて考え込んでいると、三木はボールペンに目をやりながら、くるくると回しだした。

「俺、そのときコースターを集めたのを持ってて」

「コースターって、ジュースのグラスとかの下に敷く、あれ？」

「うん。……その、そのとき推してたキャラのコラボカフェがあったんだ。お年玉を使ったりして、まあ、コツコツ通って」

「へえ……。そういうのも需要があるのねえ」

よくわからない世界なので、なんとなく相づちを打つ。

「で、そこで集めたコースターがあったんだ」

いわゆるオタグッズってやつかな、と葵は思う。

「まあ、気に入ってたから、同じ趣味の友だちに見せたくて、学校にたまたま持ってきてたんだ。けど、落としてしまって、教室中に散らばってしまって……。まあ、からかうやつもいたし……すげえ、気まずかったけど」

オタグッズが教室に散らばる……。ある意味大惨事だなあ、と思う。葵は覚えていないが……。

「永田さんは拾ってくれたんだよ。好きなものなら大事だし、気にしなくていいよってさ」

「そんなこと、言ったんだね、わたし」

三木はボールペンを回すのをやめると、急に顔を上げた。

「……心に触れられた気がした」

三木に見つめられていた。葵は息をのんだ。空気が変わった気がした。ふと、医院に二人きりでいるのだと意識した。訪問診療の医院だから、他に人が入ってくることもない。

「三木くん……」

葵はわずかに身を引いた。小さな動きだったが、三木はそれに気づいたようで、視線をボールペンへと彷徨《さまよ》わせた。

「好きなものは好きでいいんだと思えたよ。都会にいたとき、なんかの拍子《ひょうし》にそれを思い出した。永田さんの言葉だけではないけれど、無理して好きでないことを、好きでいる必要はないのと同じように、向いていないことを、無理にする必要もないのかと思えた。それで、こっちに戻ってきた」

三木はそう言うと、PCの画面をまっすぐに見た。

「今は、悪くなかった選択だと思ってるよ。昔は田舎なんて嫌だと思ってたけどね」

そこからは、いつもの三木で、葵が一瞬感じた空気になることは、もうなかった。

葵がマヨと話す機会を得たのは、真穂と話した次の休日であり、ゼルテニア時間では前回の訪問より半年の時間が過ぎていた。

城に現れたわさびを追いかけて、中庭に行ったときに、マヨがいたのである。

わさびは神出鬼没である。葵に懐いているので、葵がこちらにやってくると、どこからともなく現れて近寄ってくるが、葵が日本に帰ると、わさびもいなくなるという。それだけでも葵がクレスト王国に来る意義はあるのかもしれない。

マヨは城の中庭で夜空を眺めていたようだ。ちょろちょろとやってきたわさびを、マヨは抱き上げると、葵の存在に気づいて目線を合わせてから、すぐにそらした。

「来てたんだ」

お、言葉が冷たい、と葵は思った。そこで、ふと言葉が閃《ひらめ》いた。

(十五歳……、これは、あれだ！　思春期で反抗期、それだ！)

「マヨくん、久しぶり。元気だった？　ここしばらくあんまり話してないよね」

葵はマヨに声をかけた。

「……別に。それほど話すこともないかと思うけど」

実につれない返事である。が、かつて三木だって言っていた。思春期は意味もなくイライラしたり、落ち込んだりすると。マヨは、これまでは素直に周りの言うことを聞いていたのだから、反動はあるだろう。というか、むしろ今までいい子すぎたのではないか。

マヨの背は伸びて、葵よりも高くなっている。ふかふかしたほっぺたの子どもだったのに、顔立ちもずっとすっきりして、神々《こうごう》しいぐらいの美少年になっていた。ノエはマヨのことを普通だと言うけれど、葵からするとやっぱり美形に見えるのだった。

二ヶ月前（ゼルテニア時間で五年ほど経過しているわけであるが）、この中庭で小さなマヨと、ノエの三人でボーリングもどきをしたのが懐かしい。

そういう目で見ると、この邪険な態度も成長の証《あかし》と思えてしまうのは、親ばかならぬ聖女ばかであろうか。

「そういえばさ、マヨくんが言ってたリン酸亜鉛セメント、うまく開発がすすんだみたいじゃない」

葵は、例のチームが研究していた歯科材料について話してみた。マヨが、少しだけこちらを見たのがわかった。なるほど、マヨにとって喜ばしい話題のようだ。

「実際に、チームの人にお願いして、歯に詰め物を接着したんでしょう。すごいよ。これで、初期の虫歯だったら、ゼルテニアでも治せるってことだもの」

「……うん、まあ。口の中は常に濡れてるから、本当にくっつくか心配だったけど、上手くいったみたいだ」

マヨは返事をしてくれた。まずは成功である。

「他にも何かやってるの？」

「……水酸化カルシウムも作ってみたんだ」

「え、ええ？　アレって作れるの？」

水酸化カルシウム製剤は、歯科でよく使う材料だ。虫歯が大きくなると、歯髄に刺激が行って、痛みが出る。しかし、歯髄に近い部分に水酸化カルシウムを貼付《ちょうふ》すると、歯髄が保護されるのだ。

「貝を高温で焼くと酸化カルシウムが出来るから、それを水に入れて、沈んだものが水酸化カルシウム。精製する必要はあると思うけど、これで、歯髄保護ができるはず」

「えっ、ちょ、本当に？　それすごくない？」

葵は本気で驚いた。かなり重宝《ちょうほう》される材料だが、まさか貝殻《かいがら》で作れるとは……。

「マヨくん、それ、すごいよ、天才じゃない？」

誇張でなく、葵は言った。憮然《ぶぜん》としたマヨの表情が、少しばかり緩《ゆる》む。

「べつに、たいしたことないよ。葵にもらった本を見ながら考えただけで」

と言いつつ、口調には嬉しそうな響きがある。

「セメントも、ちゃんとくっつくか抜去歯《ばっきょし》で何度も実験したって聞いたよ。すごいね」

「……うん。いくつもインレーを作って試したんだ。粉液比《ふんえきひ》がなかなかわからなくて……」

マヨは、ボソボソと、ではあったが、話し始めた。話し始めれば、やはり半年の間にあった出来事や、歯科における質問など、以前と変わらず会話は止まらなかった。

楽しく話していたのだが、マヨはふいっと口を閉じた。最初に冷たい態度を取ったことを思い出したのか、少し落ち着かない様子になった。

「葵、今回はいつまでいるの？」

「まだ来たばっかりだから、一ヶ月くらいいられるといいけど」

「……あのさ。今回はチームの仲間の治療だったけど、できたら、希望する人の治療を本当にやりたいんだ。でも、実際の治療をしたことはないから、できたら、葵に……」

葵は少しばかり感動した。砂糖まみれで、虫歯だらけだったこの国で、魔法を併用した本格的な治療をしようというのだ。小さな虫歯の治療しかできないとしても、大いなる一歩である。

「もちろん。わたしでよければいくらでも！」

葵は嬉しくなってすぐに答えた。

「葵はすごいね。葵が来てから、この国をいい方向に変えてくれている。僕は……」

マヨの口調には、もどかしいような響きがあった。

「マヨくんだって、最近は王室評議会に出るようになったんでしょ？　ヨルンさんが言ってたわ。すごいじゃない、少しずつ、実際にこの国のために働きだしたわけだもの」

「ときどき話を聞くだけだよ」

マヨはむすっとしたように言う。

あ、これは、上手くいっていないのかな、と葵も察する。

「ガルデア帝国とかいう隣の国が色々言ってきているの？」

ノエが言っていたことを思い出しながら、葵は尋ねた。マヨは少し考えてから言った。

マヨは、わさびの頭を撫でる。

「ガルデア帝国では、皇帝の調子が悪いみたいで、皇太子が摂政《せっしょう》として指揮をとりはじめてる。これまでとは違う方針でこの国に接してきているから、議会が割れてる。これからどうなるか……」

ガルデア帝国は、わさびよりも大きな聖獣を擁《よう》し、ラムリンの葉を多く生産する軍事大国だという。ただし、土地自体はクレスト王国の方が豊かである。ガルデア帝国は、大陸の中央から北にかけて存在するため、寒いし乾燥しがちらしい。食料の採れるクレスト王国に目をつけるのは当然かもしれない。

「今すぐガルデア帝国とどうこうってわけじゃないんでしょう」

「そうだね。でも……」

マヨは、呟くように言うと、中庭から見える夜空を眺めた。

「テオ叔父《おじ》さんがこんな提案をしてきたんだ。砂糖の売却益による収入の方が、米を作るよりも収益が大きい。だから国内の田んぼをサトウキビ畑に変えて、もっと砂糖を作るべきだって」

「え、でもそうしたらみんなが食べるお米が採れなくなっちゃうじゃない」

葵は思わず聞き返した。

「僕もそう思った。だから反対したんだけど、砂糖を売ったお金で米や小麦を輸入すればいい、その方がクレスト国全体で潤《うるお》うし、最終的には、農家の人も豊かになれるって」

結構危険な発想ではないだろうか。たとえばであるが、国外と仲が悪くなれば農作物の輸入もできないだろうし、サトウキビが凶作のときもあるだろうし……。

マヨは物思わしげだ。

「僕の反対で一応棚上げになったけど、テオ叔父さんが、まだ僕はものがよくわかってないって言うんだ」

少し悔しそうに、唇の端が歪《ゆが》む。

「僕は、デシオ先生たちに様々なことを教わったけど、それが正しいのかどうかもわからない。議会の人たちが話していることも、それぞれ正しいような気がするし、そうじゃないような気もする。王様なのに、僕はこの国のことを本当にわかっている気がしないんだ」

壁で四角く区切られた中庭の空には、たくさんの星が輝いている。電灯のないこの国では、日本よりもたくさんの星が見える。

（でも、結局建物の中だから、見える空は限られている……）

葵はそんなことを思う。ずっとマヨは城の中にいる。それで全てを知るのは無理というものだ。

ふと、マヨの抱いているわさびがきゅう、と鳴いた。

わさびが城に来るようになってから、あちこちに抜け毛が落ちるのか、ラムリンの葉が城に茂るようになった。ラムリンは、普通の植物とはちょっと違う。まず、つくしそっくりの芽が出てくる。十センチぐらい伸びたところで先端に透明な球体が出来る。ビー玉のようなそれが、ゆずの実ぐらいまで育つと、中に緑色の芽が出来てくる。その後、透明部分がパチンとはぜて、残ったものがラムリンの葉と呼ばれるものであり、魔法の力の源泉となるのだという。

いま、中庭には、つくしの上に透明な玉がのったようなラムリンがぽよぽよと揺れている。夜になるとかすかに発光するのが幻想的だった。

「ねえ、マヨくん、お城の外に行ってみない？」

葵の提案は、突拍子《とっぴょうし》もないものだったようだ。

「僕が？」

「だって王様なのに、お城の外のこと知らないんじゃお話にならないもの。お城の外で生きてる人がほとんどなのよ」

「でも、こんな時期に」

「こんな時期だからでしょう。まだマヨくんは王様として本格的に働いてるわけじゃないから、他の仕事は王室評議会だかに任せておけばいいんだし、悪の帝国だって、本格的に代替わりしたわけじゃないし、猶予《ゆうよ》があるわ。ちょっとぐらい外に出ても問題ないわよ」

マヨは、面食らったように葵を見つめ返してきた。

「そんなこと、できるのかな」

「方法はあるはず。マヨくんには今それが必要だもの」

ということで、葵はノエに相談してみた。

「いいね。聖女様、なかなかいいこと考えるじゃない」

ノエは葵の提案に、にんまりと笑みを浮かべた。

城の外に出るとはいうものの、葵はクレスト国の外の様子はよく知らない。だが、といってヨルンに相談しても、反対されるに決まっているし、ここは城下の状況を知っていそうで、融通《ゆうずう》の利《き》くノエに相談したのだ。

「王様なんだから、庶民の暮らしも知っておかないとね、うんうん」

そういうわけで、葵とノエは、マヨのお城脱出計画を考えた。

虫歯について勉強し合うという名目で、丸一日マヨと二人きりの時間を作ってもらい、その隙に外に出ることになった。王様の格好のままというわけにはいかないので、ノエが、マヨと葵の分の一般人の服も用意してくれた。

お金はあった。以前、マヨの診療をしたときの対価として金貨をもらっていたし、その後も、材料費の足しに、と、結構な量の金貨をもらっていたからだ。ノエは金貨を見て目を見張ったが、このままでは使えない、と、街の両替商で銅貨や銀貨に換えてくれた。金貨では桁《けた》が大きすぎて、おつりに困ってしまうらしい。

決行の当日はよく晴れた日だった。葵とマヨは、「勉強会のための部屋」に籠《こ》もった。この日は、誰も部屋に入ってこない予定である。そこでノエに用意してもらった服に着替えた。庶民の服を着たマヨも、なかなか見目麗《みめうるわ》しいものだった。目の粗《あら》い麻布《あさぬの》で作られた上着は襟《えり》のないシャツのような感じだが、袖口《そでぐち》もゆったりしていて涼しげだ。下のズボンは黒く染められたもので、これもゆったりした造りである。あとは編み上げのサンダルを履《は》き、刺繍《ししゅう》の施《ほどこ》された腰帯を締めると出来上がりだ。

葵は生成《きな》りの布で出来たワンピースに、黒いベストを着て、やはり腰帯を締める。風通しがよく、これも涼しい。

用意ができたあたりで、ノエが窓から迎えに来てくれた。マヨは城の構造を知っていた。王族だけが知っている裏道があるのだ。人のいない細い道を抜けて、最後は堀の下の隠し通路を抜けると、城の外だ。外に出ると、三人は快哉《かいさい》を叫んだ。

クレスト王国の首都、クレスは、水の都でもある。堀に囲まれたお城を真ん中に、その周りを城下町が取り囲む形で発展している。城下町はさらに大きな城壁で取り囲まれ、「ブラン川」と呼ばれる運河が街の真ん中を流れて、様々な物資を運ぶのだ。南国の日差しを受けて青白く立ち並ぶ家々は石造りで、美しく軒《のき》を連ねている。行き交う人々の姿も、活気に満ちて力強く見えた。

ノエは、喜び勇んで葵とマヨを城下町へと案内してくれた。最初に連れていってくれたのは市場《いちば》である。街の大通りの交差する場所にある広場に、朝市《あさいち》が立っている。

葵は旅も好きだが、とりわけ市場は心躍《おど》るものがある。天幕を張った露店には、各地から集まった新鮮な果物が、熱い日差しの下で輝いていた。果物だけではなく、野菜、乳製品、刺繍を施した布や、ドライフルーツ、日用雑貨、古物雑貨、家具など、雑多なものが並んでいた。

城を出るときは物憂《ものう》げな表情だったマヨだが、大通りを抜け、市場に足を踏み入れた後は、好奇心でいっぱいの表情になった。

なにしろ買い物をするのも初めてである。

「王さ……じゃなくて、マヨくん、何か買いますか？」

ノエがマヨに声をかけた。

「買う？」

「お店にあるものは、お金を払えば買えるんですよ～」

串にお団子《だんご》とドライフルーツが交互に刺さったお菓子を、銅貨と引き替えに手に入れたときのおっかなびっくりの様子も微笑ましかったし、ちゃんとそれを葵の分まで買ってくれたのは、素直に嬉しかった。

味で言えば城のデザートの方がずっと洗練されたものだったが、素朴な味のそれもなかなかのものだった。三人は市場中を巡り、砂糖の結晶で作った飴《あめ》や、揚《あ》げ餅《もち》を買い、ブラン川の運河の石塀に座りながら、道行く人を眺めた。例によって様々な髪の色の人が行き交う。

昼になり、朝市が店をたたみ始めると、今度は運河を行き来する遊覧船（といっても、五人乗りくらいの小さい船で、大型のアヒルのような鳥が曳《ひ》いてくれるのだった）に乗り、川沿いに街を眺めた。実は葵も城を出て街をじっくり見るのは初めてだったから、観光旅行のようで素直に楽しい。ノエはなかなかの観光プラン立案者と言えた。

「クレスっていうのは、あちこちのところからものが集まる商業都市でもあるんです！」

と、ノエはガイド風に説明してくれた。

「水路があると、移動が便利だものね。こういうの、魔法で移動したりしないの」

「人間の移動に使うときは、ラムリンの葉が大量に必要だから、普通の移動に魔法は使わないんだよ。超急ぎのときは使うかな。そもそも、魔法の基本は『移動』だからね」

「移動、がこの世界の魔法の基本」

「うん。魔法で『ない』ものを出すことはできないんだよ。だから、『ある』ところから引き寄せる。たとえば、寒いところで火をおこしたいと思ったら、火のあるところから持ってくるの」

「へえ、なるほど……。その移動って、空間を超える瞬間移動みたいなもの？　それとも、高速で飛ばしてくるの？」

「どっちのときもあるよ。わざとゆっくり移動させることもあるしね。あと、数は多くないけど、ラムリンの葉を使わないで、移動できる『門』もいくつかあるんだ」

「どこでもドアみたいなのがあるんだ。それを自由に使えれば、流通改革で、水運なんて手段を取らなくても……」

「『門』は、使える人は多くないんだ。ゼルテニア大陸共通免許保持者か、各国の特別な政府関係者ぐらいしか使えないの」

「え、せっかく便利なのに」

「んー、まあ、便利すぎて、『門』を使って、兵隊送り込まれても困るでしょ。だから、『門』を通れる人は制限があるの」

「なるほど……」

　魔術師を父に持ち、自身も修行をしているノエの説明はそれなりにわかりやすかった。

　最後にたどり着いたのは、足湯のできる有料のあずまやである。陽光とレンズで温めた水を浅く引いたところで、サンダルを脱いで、足をぬるいお湯に浸《ひた》すとほっとできたし、一日の疲れもほどよくほぐれる。そこで食べるシンプルな蒸しパンがまた非常に美味《おい》しい。

　足湯から出て、ノエは小綺麗な三階建ての茶屋に案内してくれた。ゆとりのある空間には、葵たちと、もう一人の客がいるだけだった。ノエが帰りの手配を済ませる間、葵とマヨは二人で話した。街を見下ろせる窓からは、ぬるい南国の風がそよいでくる。

　今日の始まりはなんとなく不機嫌そうだったマヨも、今は機嫌よさそうにしている。

「ありがとう、葵。学ぶことがたくさんあった。それに……楽しかったよ」

「よかった。また抜け出したらいいわ。わたしがいなくても、ノエちゃんと行ってもいいし」

　計画は成功したし、マヨも喜んでいるようなので、葵は心が軽かった。

「こんな風に、いろんな人が働いてるなんて思いもしなかったよ」

　海を挟んだ隣国ノンタナ共和国の首都タータンほどではないが、クレスの街は水運で支えられた商業都市であり、いろんな人がいる。市場には魚売りや野菜や果物を売る人がいる。川で船を操り、物資をあちこちに届ける人もいるし、もちろん普通に暮らしている人の姿も見える。どれも、マヨがこれまで見たことがない人々だった。

また、虫歯の予防は成功しているらしく、歯ブラシを売っている屋台も見かけたし、水場のそばに、なんと公共の歯磨き場が出来ていた。老いも若きも、ちょこちょこ寄っては歯を磨く姿は、嬉しい限りである。さすが国家肝入《きもい》りの虫歯予防計画といったところであろうか。

とはいえ、虫歯になってしまった歯は、まだ積極的に治すことはできない。今回は苦しんでいる市井《しせい》の人も見てしまった。

通りかかったキゼール教神殿の隣に、小さな診療所があった。解呪院に行くほどひどい虫歯でない場合は、そこで治療をするらしい。興味本位で覗《のぞ》いてみたが、首をかしげるような、いわゆる呪術的な儀式が行われていた。魔方陣の中に患者を座らせ、サトウキビの蒸留酒を振りまいて呪文を唱えた後、精油を患歯《かんし》に塗布《とふ》する。そうすると、痛みが収まるのだという。その精油というのが、丁字《ちょうじ》やタイムのものということであり、要するに鎮痛作用のあるハーブなのである。別に儀式はいらないではないか……、とも思うのだが、ノエによると、あの儀式は、ラムリンの葉を使う魔法とは違う系統の魔法で、人間が本来持っている治癒力《ちゆりよく》を高めるのだという。イワシの頭も信心から……などという言葉が葵の脳裏をよぎったが、さすがに口には出さなかった。

葵が見た現状は、虫歯は確実に減っているが、すでにある虫歯で苦しんでいる人もまた多くいる、というものだった。

「……何が聖女様なんだか。結局、できてるのは、歯磨きの仕方と、食事指導くらいよね」

　葵はため息交じりに独りごちた。

　解呪院にいた、あの水色の髪の毛の少女は、今どうしているのだろう。それに、前歯の虫歯治療を断ってしまったアリーンもあれから姿を見ていない。

「……葵はちゃんと聖女の務めを果たしてる。葵の能力が高くて、本当はいろんなことができるのに、ここだと制限があって、治療できないのは、それは悔しいと思うよ。むしろ、葵の手腕を発揮できる場を作れないのは、僕の力不足だ」

　思いもかけず、マヨは真剣な表情で語る。葵は手をぱたぱたと振った。

「わたしは、歯医者としては駆け出しよ。標準的な治療が、標準的にできるだけで。もっとすごい先生は沢山いるもの」

「葵のいた世界ではそうかもしれない。でも、クレスト国で、虫歯の治療が本当にできるのは、葵だけなんだ」

「マヨくんって……」

　真顔でそういうことが言えてしまうところが、人たらしなのだ。

「マヨくんも、今日街を巡りながら、直した方がいいところとか、考えてたでしょう。それがマヨくんの王様の資質だと思う」

　葵の言葉に、マヨは一瞬表情を和《やわ》らげた。

突然、地面が揺れた。地震だった。せいぜい震度二か三か、という程度の揺れだったが、葵とマヨは動きを止めて、地震が収束するのを待った。

「この頃は本当に地震が多いな。どうしたんだろう……」

「わたしがいないときも地震があるの？」

「……うん……。前回の揺れは規模が大きくて、市街地の方では結構被害も出たんだ」

マヨは物思わしげである。

「もともとクレスト国は地震が多い国なの？」

「いや、本当にここ五、六年の間のことだ。それまでは地震なんてほとんどなかったよ」

なんだろう、と葵は考え込んだ。日本も地震が多い国だが、急に地震が増えるなんてことはあるのだろうか。

と、マヨが表情を引き締めた。

「誰だ」

マヨの誰何《すいか》の声に、葵は振り向いた。見ると、同じフロアにいたもう一人の客だった。かなり離れた席にいたので、あまり気にせず話をしていたが、もしかして丸聞こえだったのだろうか。

「危害を加えるつもりはない。珍しい巡り合わせに、驚いたのでね。懐かしいな、聖女殿。何年ぶりかな」

突然呼ばれて葵は目をぱちくりさせた。目の前の男は、三十を超えたぐらいだろうか。

背も高く、ワイルドな感じである。黒い装束《しょうぞく》の上に金の首飾りをさげている。クレスト国の人の着ている涼しげなものに比べると暑苦しい厚い生地《きじ》の服だ。知らない男のはずだったが、印象的な三白眼《さんぱくがん》は、どこかで見たことがあるような気がした。

「……えと、どなたですか」

「まあ、覚えていなくても無理はないか。聖女殿がこちらに初めて来たときに会ったわけだからもう何年も経っている」

そう言われて葵は記憶の底で何かがかすめたような気がした。

「あっ、あなた……もしかして、最初にわたしを攫《さら》おうとした……ガルガルとかいう」

「ガルストだ、ガルスト」

男は訂正しながら、葵の座っている方へと歩いてくる。

「葵を攫おうとした……!?」

マヨがにわかに男に向ける視線を強めた。

「そういうこともあったか。残念だが、今はそういうつもりはない。聖女殿がこちらに来たばかりならば、こちら側に来てもらいたかったが。活躍は聞いているよ、聖女アオイ殿。この国の呪いを解呪しているらしいじゃないか」

マヨは席を立つと葵の隣へと歩を進めた。葵を守ろうとするように、ガルストとの間に割って入る。

「ほう、勇ましいな。聖女を守ろうとするか」

訳がわからない状況ながら、葵はちょっときゅんとした。マヨが、葵をガードしてくれたのかと思うと、感慨深《かんがい》い。あのお子様だったマヨが……。

「ガルストさん、いったい何のご用ですか。あなたがどこの誰か知らないですけど、わたしはあなたのこと、これまですっかり忘れていたし、話すこともないと思いますけど」

マヨが葵に言った。

「葵、あの男はクレスト国の人間じゃない。言葉に少し訛《なま》りがある。それにあの服装は……たぶんガルデア帝国の人間だ。それも、物腰からすると中枢《ちゅうすう》に近い人物だ」

葵は頭を巡らせた。ガルデア帝国といえば、最近きな臭《くさ》い噂が出ている大国ではないか。

「ご名答。なかなかの推理だ」

「我が国を探っているのか。いや、そうだとしても素直に答えるわけがないか」

「素直に答えるとも。そこまでの忠誠心は、私にはない。五年前ならばいざ知らず」

ガルストは自嘲するように言う。

「今の私は、ガルデア帝国の人間ではない」

と、階下から、階段を上ってくる足音がして、ノエがひょっこりと顔を出した。

「アオイ、マヨさ……じゃなくてマヨくん、しろがね栗《ぐり》の氷蜜《こおりみつ》は売り切れらしくて……って、ややや、なんかただごとではない雰囲気!?」

ガルストがノエの姿を見てふふ、と笑った。

「旧交を温めたかったが、そうはいかなかったか。なかなか難しいものだ。また、縁があればぜひ話したいものだ」

ガルストが葵とマヨの横をすり抜けて、階段を降りていく。

ノエが、怪訝《けげん》な表情で二人とガルストを交互に眺めた。

「なに、あのおじさん」

マヨが答えた。

「通りすがりの旅人だよ」

その後、ノエとは城に入る前に別れ、葵とマヨは無事に城に戻ることができた。二人が外に出ていたことはばれることもなく、無事にその日の計画は終了したのだった。

次の日の夜、葵はわさびと一緒に、城壁と堀の間にあるちょっとした広場にいた。この城はもともとはブラン川の中州《なかす》に出来たらしく、城壁と堀の間に少しばかり草地がある。人も滅多《めった》に来ないし、わさびを散歩させに時々訪れるのだ。

川向こうには街が見えた。電気がずっとついている日本と違って、ぽつぽつとかがり火のような光が見えるだけで、あとは月明かりが照らすばかりだ。それでも、目が慣れてくれば、白い石灰岩《せっかいがん》で出来た街並みを見ることができた。

葵は、昨日のちょっとした冒険を思い出す。単純に楽しくもあったし、その後のマヨの様子を見ても、これまでよりもずっと表情にハリが出ていた。

（外に出るのはそんなに難しいことでもないことがわかったし、時々また遊びに行けば、

マヨくんもきっといい方向に行く。場合によっては、ヨルンさんに事情を話して、公式にお忍びしてもいいだろうし）

夜の街を眺めながら、葵はわさびの背を撫でる。ここはわさびのお気に入りで、あちこちにラムリンの葉が出ている。まったく不思議な植物だ。

（責任のある立場、かぁ……）

自分で生き方を決められない、王という立場、それでいて今は何もできない中途半端な年頃であるから、悩むのもわかる。

一方、葵も昨日の外出で、自分が見て見ぬふりをしてきたことを突きつけられて、考え込んでいた。街路で行われていた抜歯である。

（虫歯予防が広がってるって、喜んでいたけど……今ある問題は解決できていない。今でも虫歯で苦しんでる人がたくさんいて、あんなにひどい状況なのに……）

葵には、彼らを治す知識も技術もあるが、高度な現代技術の粋《すい》を利用して治しているため、材料や道具がなくてこの国では応用が利かない。それに、一人で治すのも限界がある。では、学校を作ったり、材料開発をできるのか、というと、そこまでの知識はない。実に中途半端だ。それでも、ゼルテニアで何かしたいのか……。

（……わたしが何をしたいのか、どう生きたいのか……）

ゼルテニアにいても、日本に生きていても、結局自分の生き方は自分で決めるしかないのだ。

葵が考えていると、わさびが急にきゅいきゅいと鳴き声を上げた。ふと見ると、城壁の方から人影が歩いてくる。

「マヨくん、どうしたの。こんな所に一人で来ていいの？」

「葵と話がしたくて。寝てるふりをして、抜け道を通ってきた。あの道は覚えると便利だね」

「よくここがわかったね」

「知ってるよ。ここはラムリンがいっぱい生えているからね」

そう言って、マヨは周囲を見る。ラムリンの葉がぽよぽよと揺れる草地はほんのりと輝いて、幻想的な美しさだ。城に生えたラムリンの葉は、時期が来ると手で刈り取られ、乾燥して保管される。生のままのラムリンも使えるが、熟練の魔術師でないと上手くいかないという。一般人でも使えるようにするにはちょっとした加工が必要らしい。国家付きの魔術師が使う分は、ここから賄《まかな》われる。聖獣頼りの存在なので、栽培はできないし、入手ルートが安定しないので、わさびが城に出入りしているのは、クレスト国としてはありがたいに違いない。

「昨日のガルストっていう人について調べたんだ」

「えっ、すごいね」

「ガルデア帝国皇帝の息子らしい。ただし、皇太子とは母親が違うみたいで」

「……じゃあ、やっぱりスパイに来てたの!?」

ないか。

　葵にとっては、そもそもの出会いの印象があまりよくないので、スパイと言われてもまったく違和感はない。ガルデア帝国はクレスト王国に何かと圧力をかけているというではないか。

「そうじゃないと思う。たしかに、皇帝の息子だけど、今は皇子としての扱いを受けてないようなんだ。表舞台で活躍しているという話も聞いたことはないし」

「……それは、お母さんの身分が違うから、扱いが悪いってこと？」

　センシティブとも言える内容なので、葵は少し慎重に尋ねた。

「その可能性もあるよね。今、皇帝は体調が優れないみたいで、皇太子が権力を握ってる。となると……」

「腹違いの兄弟は、お邪魔虫ってことよね……。下手《へた》すれば……」

　消されてしまうことだってあるだろう、と言いかけて、葵は口を閉じた。マヨも、葵が言おうとしたことはわかったようだ。

「だから、さっさと自分から国を出たってことかな」

「そうかもしれない」

　マヨは頷いてから、葵に一枚の紙を見せた。

「帰りにすれ違ったとき、これを渡されたんだ」

「気がつかなかった」

　紙には文字が書いてあるが、葵は当然読めない。

「なんて書いてあるの」

「街の外、ブラン川下流沿いの小屋にいるらしい。また会いたいって」

外をふらふら歩いていたとはいえ、マヨは一国の王である。それを知ってまた会いたいとは……。

「どういうつもりなのかしら。マヨくんは、また会いたいの？」

「わからない。……正体のわからない人と勝手に会うのは危険だとは思う。僕は、責任のある立場だから。でも……」

マヨは考え込んだ。

「ねえ、葵、あの人と会うかどうかは別にして、僕もっと外に行きたいんだ。僕が知らない世界が、たくさんあるって、わかってしまったから。一緒に行ってくれないか」

「ノエちゃんと……」

「葵と二人がいい」

マヨはきっぱりと言った。まっすぐなマヨの視線に、葵は少しドキリとした。

……たしかに、これ以上ノエを巻き込むと、もしもばれたときに迷惑をかけてしまうだろう。結局葵は部外者であり、もしも何かあっても、元の世界に戻ればよいのだ。

「……わかった。じゃあ、これから時々一緒に行こう。わたしもこの世界のことをもっと知りたいもの」

マヨの顔が緩やかにほころんだ。

葵は思った。こんな風に微笑むマヨの顔を、いつまでも見ていたいと。

第五章

葵、異世界の秘密を知る

クレスト国の首都、クレスに王立歯科診療所が出来たのは、マヨたっての希望からである。もちろんそれまでに、虫歯予防のあれこれをしていたので、クレスト国の人々の健康状況はかなり改善していた。

しかし、予防は予防であり、出来てしまった虫歯を治すことはできない。だが、この王立歯科診療所が出来たことで、初期の虫歯を治せるようになったのだ。施療者《せりようしや》は、クレスト国の魔術師である。虫歯を削るタービンやエンジンの代わりに、ラムリンの葉を使った魔法で虫歯を取り除き、水酸化カルシウムとリン酸亜鉛《あえん》セメントで覆髄《ふくずい》しつつ、寒天《かんてん》を使った印象材《いんしようざい》で型をとって、詰め物やかぶせものを金属で作り上げる。それは一つの革命でもあった。

とはいえ、治せる虫歯には限界がある。ブリッジや義歯、インプラントといった補綴《ほてつ》にはまだ一切対応できていない。王立歯科診療所に足を運んだはいいが、結局治せずに肩を落とす人間も多かった。そういった人々には、せめてもと、口腔《こうくう》内クリーニングを行うようにした。まあ、五、六年前までろくに歯磨きをしてこなかった国の人々であるから、歯周病もすさまじいものがあったのである。歯石《しせき》やプラークを取り除くことも大変喜ばれた。クレスト国の呪いとまで言われた虫歯を減らす事業は、こうして一つの節目を迎えたのである。

葵《あおい》は相変わらずクレスト国に通ったが、その際、マヨと、こっそりと街に繰り出すようになった。もちろん、毎日というわけにはいかない。多くても一週間に一回だったが、なんとか時間を作って外に出た。

ありがたいのは、クレスト国の人々が、日本人とあまり変わらない顔立ちで、葵が歩いていても普通に紛《まぎ》れ込めることだった。一番の違いは頭髪がカラフルだという点であるが、黒髪は、幸いにして大して目立たないものである。

街の人々を見たいというマヨの要望もあり、二人は大いに街歩きを楽しんだ。次第にクレスの街の様子もわかってきて、地理はもちろん、市場《いちば》の立つ日や場所もわかるようになったし、なじみの店さえも出来た。もちろん最初はトラブルも多発した。おっかなびっくり食堂に入って、荷物を盗まれたり、移動用の馬車（正確には馬車ではなく、四足歩行恐竜みたいなのが引っ張る、乗り合いバスのようなもの）に乗って、訳のわからないところに降ろされたりということもあった。だが、それらの問題のひとつひとつを、二人であわあわしながらも乗り越えていくのは、それなりに楽しくもあったし、人々がどのような生活をしているかもわかってくるのだった。

そして、嬉しいことに、人々が日常的に歯磨きをする姿を目にするようになっていた。これはひとえに虫歯対策チームの頑張りのおかげである。

葵が一週間働き、日曜日にゼルテニアに行くたびに、マヨは目に見えて成長していった。とうに追い抜かれた背の高さ以外にも、肩幅も広くなり、顔つきもシュッとして、いつの間にか子どもらしさは消え去ろうとしていた。子役が大人の俳優になっていくのを見ている心地である。一時期は反抗期であまり目も合わせてくれない時期もあったのだが、まあ、そこは歯科治療という共通の話題で乗り越えた。マヨの歯科に対する好奇心を満たせる会話ができるのは葵ぐらいだったのもある。

そうして気がつけばマヨは十八歳、そろそろいいお兄さんであり、お出かけはデートのようにも感じられた。実に感慨《かんがい》深い。

クレスト国の気候は温暖で、冬でも十度を下回ることはほとんどなく、夏は雨季も重なるため、耐えがたく暑い、というところまではいかない。

雨に降られた夏の日、二人は街外れにある、キゼール教の神殿で雨宿りをした。神殿と一口に言うが、敷地内にいくつか建物があるのが普通で、限られた聖職者だけが入れるメインの建物の他に、神官がお説教をするところや、虫歯などの治療をするところ、また誰もが気楽に入り、祈りを捧げられる開けたところもある。

葵とマヨが雨宿りをした建物も、そういった入りやすいところだった。同じように、雨宿りにふらりと入り込んだ人の姿もぽつぽつと見られた。白い石造りの建物の内部は広く、木で出来た椅子が並ぶすがすがしい空間だ。高い天井を支える太い柱には、一つ一つ見事な彫刻が施《ほどこ》されていて、（葵にはよくわからないが）様々な教えを物語っている。

「王立歯科診療所が上手《うま》くいってよかった」

二人は神殿の中を歩きながら話をした。

初期の頃は、葵もポータブルエンジンを持って、実際に診療にいそしんだのである。理屈の上で、魔法で虫歯を取り除くというのは可能なのであるが、やはり実際の治療は見てみないとわからないことが多い。虫歯を取り除くといってもむやみやたらに削っているわけではなく、解剖学的形態を意識しつつ、詰め物がきちんと入るように、また歯が欠けたりしないように、色々考えながらやっているわけで、その辺はやはり実地での治療見学や、指導が必要なわけである。自分ごときが指導なんてしていいのかなぁ、と思わないでもないのだが、クレスト国でまともな歯科治療が出来るのが葵しかいないのだから仕方がない。

マヨも周囲の反対を押し切って、実際の診療に時々携《たずさ》わった。もともと器用であったし、知識の積み重ねもあり、かつ本人のモチベーションも高いので、初期の治療ならばきちんとできるようになっていた。

まあ、それにしても、せっかくのデートが毎回虫歯治療の話というのはどうかと思うが……。

「魔法を使って、根管《こんかん》治療をできないかって考えてるんだ」

「え、どうやって？」

根管治療というのは、歯髄《しずい》まで虫歯が進んでしまって、根っこの中まで治療をするものである。そんなことにまで魔法が使えるのだろうか。

「クレスト国で治療をするときに、一番問題になるのは麻酔がないことだと思うんだ。残念だけど、我が国の技術では、まだ麻酔は作れない」

「うーん、まぁ、これまでのものよりは難しいよね」

「だから、神経を抜くときにすごく痛くなってしまう。けど、魔法で一発で神経を取ってしまえば、それほど痛くないと思うんだ」

「うん、それはありだよね」

「……考えたんだ。歯髄は柔らかいだろう？　だから、歯の中の柔らかい部分だけを移動させる魔法を使えばいいんだ」

「……え、そんなことできるの？　だって目に見えないし、すごく細いよ？」

「魔法の基本は移動だ。何を移動させるかを選ぶ基準があれば、見えなくても問題なくできると思う」

「……はぁ、なるほど……」

毎回思うが、マヨのこの歯科治療に対する熱意とアイデアはすばらしい。魔法が使えない世界に住んでいる葵には思いもよらない解決方法を思いつく。

「だから、今ノエに研究してもらってるんだ。コントロールは難しいけれど、理論上は問題ないらしいんだ」

「神経を抜いた後に、根管充填《じゅうてん》しないといけないけど、それはどうするの？」

「葵たちが使う材料はガッタパーチャと呼ばれる樹脂だろう？　よく似た性質のゴムの木の樹脂があることがわかった。だから、それを根管内に入れて、熱と、圧力を加える。これも魔法だ。すると、一瞬液状化して、根管内にきちんと充填できるはずだよ」

「垂直加圧充填と同じ方法か。イケるかも。え、すごくない？　これだと、初期虫歯から、末期の根管療法まで、全部カバーできてる。かぶせものや詰め物は、これまで通り鋳造すればいいいんだもんね。すごいよ、マヨくん！」

「そんなことないよ。全部……葵のおかげなんだ」

マヨは、祈りを捧げるように手を合わせた女性の彫刻が施された柱の前に立った。

「葵が僕の歯を治してくれて……僕をここに……城の外に連れ出してくれたから。そうじゃなかったら、僕はずっと狭いところしか見ていられなかったと思う。こうやって、たくさんの人が暮らしているのを見られたから、本当に呪いを解きたいと思えたんだ」

ふと、マヨの手が、葵の手に触れた。小さなときから手をつないだりしてきたから、特別なことではないはずなのに、触れたところが急に熱く感じられた。

「マヨくんは本当に偉いよ。目の前で困っている人を、本当に助けたいと思ってるんだもの。今度は、歯だけじゃなくて、国全部をよくしていけるといいよね」

「……どうかな。僕にできるのかな……。テオ叔父《おじ》さんは相変わらず力を持っているし……」

呟《つぶや》くマヨの言葉には、迷いが感じられた。

「わたしは政治のことはよくわからないけど、マヨくんにしかできないこともあると思うから、よく勉強して、その上で行動に移してみればいいいんじゃないかな。こうやって街を歩いて、いろんな人の姿を見ているから、直さなくちゃいけないところもわかるだろうし。マヨくんの歯の治療も、少しずつ勉強しながら、考えついたんでしょう？　同じように一歩ずつだよ」

葵が言うと、マヨは微笑んだ。

「葵は変わらないね」

「え」

「初めて会ってから、もう何年も経つけど、葵はずっと綺麗なままだ」

葵は驚いてマヨを見返した。綺麗な目だ、と葵は思う。どうも、クレスト国の人たちの評価によると、マヨは可もなく不可もなく、という容姿らしいが、葵にはマヨは変わらず天使のように美しく見える。顎《あご》の線のしっかりしたあたりに、ぽやぽやとしたひげらしきものが生えていて、もう大人なのだな、と思わせる。それでいて、目元の感じは小さなときと同じなのが不思議な気がする。

「もうすぐ追いつく。そうしたら、葵……」

マヨは何か言いかけたけれど、そこで口を閉じてしまった。

「……もしかして……そこにいらっしゃるのは、聖女様？」

と、突然女性の声が、葵の背後からした。振り返ると、見知らぬ女性が葵とマヨを見ている。水色の髪に、素朴な表情の女性で、ゆったりとした神官の服を着ていた。年の頃は二十代半ばぐらいだろうか。

「……はあ……。あの、どちら様で」

聖女ナガタアオイの名は知られていても、葵がその人だと気づかれることは少ない。たまに公《おおやけ》の場に引っ張り出されることはあるが、そのときは大抵盛られすぎなまでに化粧を施され、衣装も豪華にされて、別人のようになってしまうからだ。化粧のしがいがある顔、とはよくいったものである。

「葵……、何年も前に解呪院で会った人だよ。父親を助けてほしいと言っていた……」

マヨの言葉に、葵ははっとした。

「ああ、あのときの……！」

女性はゆるく微笑んだ。

「お声をかけるのはどうかと思いましたが、懐《なつ》かしくなって……」

「……あのときは、何もできなくて、……ごめんなさい」

葵は解呪院での情景を思い出して、後ろめたさを感じた。

「いえ。父は、聖女様でなくても、もう誰も助けられなかったでしょう。あれが運命だったんです」

……それでは、あれから、彼女の父親は亡くなってしまったのだ……。

「あの後、父のように呪いに苦しむ人を助けたくて、神殿で働く道を選んだんです。王様や聖女様が、呪いを発生させないように様々な方策を考えてくださっているのを、嬉しく聞き及んでいましたよ」

女性は、神殿で働きながら、食事指導や、ブラッシング指導などもしているという。

葵とマヨは顔を見合わせた。二人のやってきたことを、少しでも評価してくれる人がいるのは嬉しかった。こういう人たちが、地道にクレスト国をよい方向へと導いているのかもしれない。女性は、葵とマヨを改めて見ると、目を細めた。

「初めて会ったときから、お二人は仲がよろしいのですね」

もちろん、マヨが王だとは知らずの言葉だろう。

「もう八年も一緒にいるから……」

マヨが答えた。

「異世界からいらした聖女様と、こちらの人間がこうして親交を深められるのは尊いことです。同じ世界に暮らしていても、国が違えば諍《いさか》いや争いが起きるものなのですから」

女性は静かに言った。

「キゼール教の教えにも、魂を触れ合わせた人間は永遠の絆《きずな》で結ばれ、それは恋愛や友情といったものも超えて、遠く離れていても死が二人を分かつときですら変わることはない、という言葉があります。聖女様方のように、深く理解し合える人が増えるとよいですね」

女性はそう言って二人の前から去っていった。


「アオイ殿」

帰ってきてから、お城の部屋でわさびとだらだらしつつ、昼間のことを考えていると、ヨルンがやってきた。

「なんですか、ヨルンさん」

「でてますな」

「は？」

「マヨ様と、城の外に出ておられるでしょう」

「……」

　葵は黙り込んだ。まあ、早晩ばれるかもなぁ、とは思っていた。というのも、葵がいない間も、マヨは時々城の外に出ている気配があるのだ。それは、葵よりも街の中の様子にずっと詳しくなっていたところや、いつの間にか知り合いが出来ているところから窺《うかが》い知れた。葵が城に来るのは、ゼルテニアの時間でだいたい半年に一度。その間、マヨが城の中だけで満足できるかというと、無理だろうなぁ、と、葵も思っていた。

「まったく、アオイ殿は毎回とんでもないことをなさる」

　ヨルンはぶつぶつ言う。その姿を見ると、ヨルンもだいぶ貫禄《かんろく》が増した感じだ。そして、年を取った。初めて会ったときは同い年ぐらいであったが、今は明らかにヨルンの方が年上という感じである。実際、評議会でも、ヨルンはかなりの地位にいる。

「でも、マヨくんもさ、王様なんだし、庶民の生活を知ってもいいと思うの。実感が湧かないと統治もできないわけでしょ」

「アオイ殿がおっしゃることも理解できます。ですが、こそこそと抜け出すのはやめていただきたいのです」

　もっともな言い分に、葵は叱《しか》られた子どもよろしくしゅんとした。

「まあ、しかし、アオイ殿がマヨ様と外に出られるようになった時期を考えてみますと、マヨ様のやる気が出てきた時期とも重なります。実は、あの頃、マヨ様は微妙に荒れておられまして」

「まあ、お年頃だからね……」

「自分のお立場と、思うに任せない状況に苛立《いらだ》ちを感じられたのでしょう。テオ様が色々と采配をふるっていて……」

「テオさんって、マヨくんの叔父さんよね？」

「そうです。今でも大きな権力を握っておられます。何より、テオ様が所有されている地所が、砂糖の精製量が異常に多く、また、ラムリンの葉も多く産出されるので、財力が豊富なのですよ。それで何かと……」

ヨルンは言葉を濁した。まあ、袖《そで》の下でも使っているということだろうか。

「そこまでわかってるなら、弾劾《だんがい》すればいいんじゃないの？」

「各地の地主は、一定の税を払えば、基本的には、国の使いが立ち入ることは出来ません。明らかな不正の証拠があるならば別ですが」

「なるほど……」

葵は政治について口出しできるほど詳しくないけれど、マヨの前に厄介な敵が立ちふさがっているのは理解できた。

「そういえば、テオさんの奥さんの、アリーンさんはどうしたの？」

以前治療を断ってから、まったく姿を見ていない。

「……あれ以来、しばらくは城でお見かけしましたが、最近は来ておりませんな。テオ様の領地に引きこもっておいでのようです。なんでも、前歯の呪いがひどくなったとかどうとか……。美にこだわりのある方でしたから」

「……甘い食事を控えるとか、歯磨きとかしないのかしら。さんざん啓蒙《けいもう》してるのに」

ヨルンは肩をすくめた。

「まあ、自分に冷たかった聖女様の言うことなど聞くものか、というような反発心があったのかもしれませんな」

「はあ……。敵認定されちゃったってことかしら。でもねえ……」

自分の身体のことなのだから、そこで反発しなくてもいいと思うが……。

「マヨ様は、その反発し始めた頃から呪いの解呪……虫歯の治療の研究の方に没頭され始めまして、あまり政治に口出しされなくなりました」

その結果が、あの発言だったわけだ。ヨルンは物思わしげに、顎に手を当てた。

「実は、アオイ殿、今クレスト国の状況はあまりよいものではなく……」

「……というと」

「アオイ殿もご存じの通り、地震が頻発《ひんぱつ》しています。そしてもう一つ、魔物の被害も続出しているのですよ。聖獣わさび様がいるはずなのに、どうもおかしい」

「でも、それはマヨくんのせいじゃないでしょう」

「それはそうですが、国を預かる者としては、頭の痛い問題です」

ヨルンははあ、とため息をついた。

「マヨ様も、まもなく、成人されます。本格的に王としての活動をなされることになるでしょう。もちろん、呪いを解くのは大切なことです。しかし、それ以上になさるべきことがあるはずなのです」

「……そうね……。マヨくんの、王様としてのやる気を出させないと、ってことよね。まあ、今日、発破《はっぱ》をかけといたから、少しはよくなると思うけど」


「ふーん、若き王を邪魔する家臣の専横《せんおう》か」

ゼルテニアから帰ってきて、三木《みき》に話をすると、興味を惹《ひ》かれたようにそう言った。二人で医院のディスプレイを見ていたが、ｗｅｂサイトもほぼ仕上がっている。

「王様も思ったより力があるわけじゃないのね……。何でも思い通りになるかと思っていたけど」

「時代区分的に、中央集権が進んでいるところなんだろうなあ、まだ地方に諸侯が乱立しているかんじなのかな」

葵は理系だったので、歴史系はさっぱりなのであるが、三木は結構詳しいようである。主権国家体制だの、絶対王政だの色々うんちくを語りだしたが、葵は上《うわ》の空だった。

ゼルテニアに行くようになって、葵的には半年も経っていないが、向こうではすでに八年も経過している。その間に、人々は歯を磨くようになって、虫歯も減った。おまけに、マヨは治療方法まで確立しようとしている。

ふいに、葵はマヨの言葉を思い出した。……もうすぐ追いつく。そうしたら、葵……。

（追いついたらどうなるの。マヨくんは異世界の人。可愛い子供だった……）

触れられた手は、もう大人の男の人のものだった。まだ、十も年下だけれど、すぐに追いつかれて、隣に立って、そして、追い抜いていくのだろう。

子どもの頃に葵に触れたマヨの手。章夫にフラれて傷ついていた葵は、そのとき確かに癒《い》やされたのだ。そして今……。

「永田《ながた》さん」

「はぇっ、はい」

「上の空だね」

「……ごめん」

三木はチェアから立ち上がった。

「俺の仕事もそろそろ終わりかな。この医院の設備もほぼ整ったし、サイトも完成だ。どうにかして異世界に行けないかと思ってたけど、俺はお呼びでないみたいだし」

最後の一言は、とても寂しそうだった。

「……本当は、三木くんも行けたらいいのにね。どうしてわたしだけ行けるのか、未《いま》だによくわからないし……」

「うん。俺はそういう運命なのかもな。でも、異世界は本当にあるみたいだし、永田さんの話を聞いてるのは色々楽しかった」

三木は、デスクに寄りかかりながら、椅子に座った葵を見下ろしてきた。デスクを摑んだ指が、落ち着かなげに天板を引っかいている。三木が緊張しているらしいのが、どうしてかわかった。唾を飲み込んだらしく、三木の喉仏《のどぼとけ》が上下した。

「永田さん、あのさ、あの……」

葵はさすがに、三木が何を言おうとしているのか察した。

（……真穂《まほ》の言っていたことは、三木くん側としては本当だったたってことか……）

でも、葵は、いまだに三木をそういう目では見られなかった。友人としては好きだけれど、最近は少し違うようにも思えている。

（少し先を歩いている先達者《せんだつしゃ》、……って言うと大げさだけど……）

三木も葵と同じように都会に出ていたし、同じようにこの町に戻ってきた。そうして、今は人々に信頼される電器屋として働いている。だからこそ、なんとなく葵は三木に共感を覚えるし、また三木の何気《なにげ》ない言葉の中に、進む道へのヒントを感じ取るのだ。そこにあるのは、ある種の尊敬の念だ。都会での挫折《ざせつ》を聞いた話からすると、おそらく苦手なのであろう人との交流も、仕事での接客などから克服しようと頑張っている。それはすごいことだ。苦手を克服するのって大変なのだから。

葵は少し考える。どうして三木をそういう対象として考えられないのか……。

（そうか……わたし、怖いんだ）

ふいに、葵は気づいた。誰かを愛すれば、それが壊れたときに傷つくのは自分だ。だから怖い。それが三木だからということではなく。

以前三木が語っていたことを思い出した。葵は覚えていなかったけれど、三木のコースターを拾ったときに、心に触れられた気がした、と。もしかしたら、そのときからなのだろうか。あるいは、久しぶりに会って、こうやって時を過ごしていたから……。

と、唐突に葵の脳裏に映ったのは、マヨの姿だった。

「……そっか。マヨくんは、わたしの心に触れたんだ」

「……え？」

三木が拍子《ひょうし》抜《ぬ》けしたような声を出した。

マヨは葵の心に寄り添ってくれた。葵が声に出さずにいた思いを、いつの間にかすくい上げてくれる。それは、幼かった十歳のときから、ずっと、今でも。

「だから、わたしは、マヨくんのそばにいたいんだわ……」

思わず知らず呟いていた葵の言葉を聞いてか、三木はふうっと息を吐いた。

「マヨ三世……クレスト国の国王か」

そうして、急に脱力した。

「異世界の王様には、敵《かな》わないよな……」

三木は眼鏡を外して目頭《めがしら》を指で揉《も》んだ。そうして、喉の奥でくつくつと笑う。

「あの、三木くん……」

「いや、いいんだ。なんか納得した」

三木は、デスクに寄りかかったまま、また眼鏡をかけた。さっきとは違い、体はリラックスしていた。

葵と三木は見つめ合った。お互いの気持ちは言葉にはならなかったけれど、相手が何を思っているのかはわかってしまった、そんな視線が交錯した。

「三木くん、わたし……」

「永田さん、なんかさ、上手く言えないけど、俺たちのことは、このままでいいんだ」

葵は、三木が言いたいことがわかるような気がした。

(そうだ、言葉にしたら、わたしと三木くんは、こんな風に友だちではいられない、たぶん)

「……わたし、こっちに戻って、三木くんと仲良くなれてよかったと思ってる。どうして、学生の時に何も話せなかったんだろうね」

「……中学男子になに期待してるんだよ。女子とどう話していいかなんて、俺は今でもよくわからない」

三木の言葉に、葵は噴き出しそうになった。

「今、わたしと話してるじゃない」

「顧客とは話せるんだ。……仕事だから」

と、三木はぼそぼそ言った。それは、十五年ぶりに再会した時の口ぶりに似ていた。

「そうだよね、顧客だもんね」

葵と三木は笑い合った。

（わたし、マヨくんのことを、知らないうちに、そんなふうに大切に思っていた……）

その発見は葵の心に新鮮な風を吹き込んだ。だが同時に、当たり前のことに気づかされる。

（わたしとマヨくんは、違う世界に生きてる。時間の流れさえも違う世界に）


次の週、葵は一度ゼルテニアに行くのを取りやめた。異世界に行くようになってから初めてのことである。

マヨへの思いに気づいたところで、どうしようもない現実が立ちふさがっている。少し自分の中を落ち着かせたかった。

毎週、当然のようにゼルテニアに行っていたけれど、久しぶりに日曜日に学生時代の友人と会い、月曜日には真穂の家に遊びに行った。ゼルテニアに行くのはもちろん充実していたけれど、やはり現実世界の休日というのもよいものだった。

けれども、やはり胸の底にはマヨへの思いがくすぶるようで、結局次の週にはゼルテニアへと足を運んだ。

二週間ぶりのゼルテニアは、すでに一年以上が経過していた。

マヨは、祭礼に伴って、忙しそうな日々を過ごしていた。ヨルンに言われたこともあって、街の外に二人で行くのも難しい。それに城の抜け道を知られてしまっていた。

「マヨくん、立派になったわねえ」

葵がしみじみと言うと、ヨルンは嬉しそうに頷《うなず》いた。

「まったくです。民《たみ》からの信望も厚い。まあ、これはアオイ殿のおかげもありますが」

虫歯対策チームは、葵なしでも回っていた。葵が初めて来たときには、歯ブラシすらない国だったが、知っている限り、今では城と、城下町のクレスでは、多くの人が食後に歯磨きをするようになったし、また食生活の変化も起きている。常に甘いものを口にしていると、細菌の影響で口腔内が酸性になり、虫歯が出来やすくなる。要するに、甘いもののだらだらした食べ方や飲み方が虫歯を作るのだ。それが理解されたのかどうなのかはともかく、甘いものをのべつまくなし食べていた人々も、メリハリをつけるようになったようだ。少なくとも夜は甘くない食事に変化しつつあるようである。これには、キゼール教の協力もあった。キゼール教の教えは人々の暮らしに深く根ざしていて、各地に散らばる神殿が行う集《つど》いで、地道に人々に食習慣と、歯磨きの重要さを伝えたからである。なにしろ、虫歯は呪いとまで言われた国の宿痾《しゅくあ》であり、人々はその恐ろしさを身をもって知っている。予防できるとあれば、心ある人たちはすぐに実行に移したのだ。また、歯磨きと砂糖摂取制限を真面目《まじめ》にした子どもたちには、てきめんに効果が現れた。虫歯がまったくない子どもたちが普通に現れるようになり、その信憑性《しんぴょうせい》は増して、さらに歯磨きが励行《れいこう》されるという好循環が発生していた。

「呪いが減少したのは、王の治世のおかげであると、民からの支持もなかなかのものです」

「……ヨルンさん、もしかして神殿経由で、歯磨き指導と一緒に、マヨくんのヨイショもしたんですか」

「いやあ、どうですかなあ」

ヨルンはにんまりしている。葵の指摘も、あながち間違いではなさそうだ。

「今回、アオイ殿がいらっしゃるのに間《ま》が空《あ》いたのがよかったのですな。陛下が随分《ずいぶん》政務にも力を入れ始めまして。テオ様の専横も少しずつ収まってきました」

「あら、それはいいことだわ」

王が、本来の姿を取り戻すのはよいことだ。

「しかし、十年前、あそこでアオイ殿を捕まえ……いやいや、お迎えできたのが幸いでした」

「……わたしは珍獣ですか」

葵はツッコミを入れ。

（まあ、でも、一段落なのかな、わたしのやってきたことも……）

もう来なくなるかもしれないから、というわけではないが、葵は一度城の外を歩いてみたかった。

くっついてきたわさびをお供に城を出ると、白い砂利道《じゃりみち》が続き、その周りには冬の枯れた田んぼが広がっている。やがてサトウキビ畑が左右一面に広がる道に出る。所々に集落があり、風車が回っている景色はのどかそのものである。冬で葉も薄茶色くなった、背の高いサトウキビ畑が延々と続いているが、収穫時期なのか、人々が鎌を持って手刈りしている風景が続いた。

いつだったか、マヨに砂糖の作り方について教えてもらったことがある。砂糖の国であるから、王も一応どういう過程で出来るか知っているらしい。

刈り取ったサトウキビは、できるだけ早く砕いて、原液となる汁を絞り出すのが大切らしい。これは大変に力が必要なので、風車や水車などを使う。なので、サトウキビ栽培をする集落ごとに砂糖きびを砕いて、絞るための作業場があるのだという。その後、汁を煮詰めて、精製して、茶色の黒砂糖が出来上がるのだ。到底個人でできる作業ではなく、米の農閑期《のうかんき》に、集落ごとに一斉にサトウキビ収穫から精製まで行う。どれもこれも大変な労力がいるため、作業によってはラムリンの葉を利用した魔法の力も使うのだという。一部は税として納めるとはいえ、砂糖は農業従事者にとっては大きな現金収入源である。米の農閑期を利用したこのサトウキビ栽培は、盛んに行われているらしい。

さらに進むと、川沿いの森に入り込んだ。冬とはいっても、摂氏一〇度は下回らないクレスト国の森では、濃い緑の常緑樹が生《お》い茂っていた。

当てもなく歩いたが、そろそろ帰ろうかと葵は、わさびと川沿いで休んだ。お弁当代わりのおにぎり（もちろん甘くないものである）を食べていると、わさびが急に鳴きだした。

「どうしたの、わさび」

葵が声をかけたときに、重く低いうなり声が聞こえてきた。

葵が振り向くと、そこに見たことがないような異様な牛のような生き物がいた。だが、葵が知っている牛よりもずっと大きい。ピックアップトラックぐらいのサイズはありそうで、頭には四本の角が生えている。その巨大牛は、明らかに葵を狙うようににらみつけてきていた。

身が凍るとはこのことだ。クレスト国では、見たこともない動物をたくさん目にしてきたが、いずれも人の手で飼い慣らされた従順なものだ。だが、今目の前にいる牛は明らかに違う。

（……魔物）

たしかに、聞いてはいた。最近、魔物によって、あちこちで被害が出ていると。だが、まさか自分の前に現れるとは思いもしない。

恐ろしさに、動くこともできず固まっていると、目の前の牛は、重量感のある蹄《ひづめ》で地面をえぐった。

そのときだった。ひゅッ、という空気を裂く音がして、続けてどすッという重い音が響き、目の前の魔物がよろめいた。何が起こったのか、葵が呆然としている間にも、立て続けに、ひゅッ、どすッ、ひゅッ、どすッ、という音が響きわたった。見れば、牛の横腹に、光の矢のようなものが三本、つき立っている。誰かが魔物に魔法の矢を射たのだ。魔物は足をふらつかせ、そのままどうっと地面に倒れた。

「ほう、また会いたいとは思っていたが、よりによって、聖獣を伴ってくるとはな」

低い声である。振り返った先に、男がいた。見忘れない三白眼《さんぱくがん》の、厚ぼったい黒い服を着ているので、近寄ってくると、大きな体が余計に圧迫感を与えてきた。

「……ガルストさん」

「わざわざ訪ねてきたのか。いや、その顔は偶然か。まあ、珍しいこともあるものだ」


ガルストは葵に家に来ないか、と声をかけてきた。初対面のときのこともあるので、警戒したが、魔物を魔法でやっつけてくれたのは確かである。本人は涼しい顔で、今更聖女を誘拐したところで意味もない、まあ、好きにすればいい、と言った。わさびが妙に懐《なつ》いているようなので、ついていくと、案内してくれたのは、川から少し離れた家だった。

ガルストの家は、木で出来た高床式の造りである。地面から五〇センチほど上に家が建っていて、木の階段を上って中に入る。内部は仕切りのないワンルームになっていて、三十畳はありそうな広さである。真ん中にいろりのような炉があり、いわば台所スペースになっていて、その左右に、なんとなく寝る空間であるとか、ラムリンの葉の保存場所であるとか、区分けされていた。

葵は改めてガルストを見る。勝手に人の国で暮らしているこの男は、どうやらラムリンの葉を集めて生計を立てているらしい。おまけにどうやら魔法も使えるわけだから、民間魔術師ということだ。ガルストは、初めて出会ったときは、葵と同じ年ぐらいに見えたが、それから（ゼルテニア時間で）十年ほど経過している。もはやおじさんという年齢になっていたが、渋さが増した感じだった。

「近年、魔物が増えているというが……。この国は荒れているな」

ガルストはそんなことを呟いた。地震も増えて、こんな風に魔物が出るなんて、どういうことなのだろう。ヨルンから聞いた話が現実のものであると知り、葵は少しばかり身震いした。

「ねえ、ガルストさん、あなた、どうしてこんなところに住んでるの？　マヨくんによると、ガルデア皇帝の息子さんなんでしょう？」

あぶったラムリンの葉の乾き具合を確認していたガルストは、葵をちろりと見た。

「知っているのか」

「マヨくんに会いたいって言うなんて、どんな人かと思うじゃない。あなた、あからさまに怪《あや》しいもの」

ガルストは、炉の中に生乾きのラムリンの葉を落とすと、鉄の棒で字を書くような動きをする。ラムリンの葉は、暖かな光を放ち始めた。

「調べたのなら、その通りだ。ガルデア帝国の後継者争いに敗れたからここにいる」

「でも、なんでよその国で、こんな庶民みたいな暮らしをしてるの？」

「私が選んだ生き方だ」

「でも……一国の皇子様なわけでしょう。もう少しゴージャスな暮らしができるんじゃないの……?」

ガルストは葵を見返した。

「さて。難しい話だな。人生に何を求めるか、ということだ。聖女殿、そなたは何を求めるのかな」

ガルストのまっすぐな視線に、葵はたじろいだ。

「……わたしは……」

ガルストはふっと視線を外した。

「まあ、私の過ごしてきた時間と、聖女殿の過ごしてきた時間は違う。三十倍の差があるのだからな」

葵は驚いた。どうしてそんなことを知っているのだろうか。ガルストは、葵の反応に、興味深げな表情を浮かべた。

「たぶん、私は、そなたよりも詳しいと思うぞ、そなたの世界と、こちらの世界のつながりについては」

「どうして……」

葵の問いに、ガルストは答えた。

「私の曾祖母《そうそぼ》は、そなたのいる世界から来て、こちらで生きることを決めた人間だ。名をアズマチアキという」

あずま、という名前を聞いて、葵はあっと声を上げた。

「二年前に失踪《しっそう》した前の院長……たしか東《あずま》先生っていう名前だわ」

あのロッカーが出入り口になっていることを考えればあり得ない話ではない。

「……そうか。そなたとも関わりがあったか」

ガルストは語った。

六十年前、東千晶《ちあき》はゼルテニアにやってきた。例のロッカーをくぐってのことである。

ただし、葵のときと違ったのは、千晶が虫歯を広めた魔人と認定されたことである。単純に運が悪かった。サトウキビ栽培がクレスト国に徐々に広がり、砂糖の精製法も確立されはじめた頃のことである。当初、砂糖は高級品であり、一般にはなかなか広がっていかなかった。しかし、砂糖の魅力は抗《あらが》いがたいものがある。次第に庶民にも手が届くようになり、同時に虫歯というものも広まりつつあった。千晶は、クレスト国の惨状を知り、虫歯を治療しようと奮闘したという。しかし、圧倒的な材料不足により、治療の中断を余儀なくされ、むしろ虫歯という呪いを広めた魔人と誤解されてしまったらしい。

「えっ、じゃあ、呪いを広めた魔人チアキって、うちの歯科医院の失踪した前の院長!?」

こちらに来た当初、魔人が呪いを広めたと聞いたが……、そういうことなのだろうか。

それにしても、東千晶が魔人認定された経緯《けいい》を考えると、一歩間違えれば葵だって同じ状況に陥《おちい》っていた事態だってありえたのだ。恐ろしい話だ。

ガルストによると、東千晶はガルデア帝国に逃亡した。そして、ガルデア帝国で結婚し、子どもも生んだという。

「結婚？　だって、時間の流れが……」

「こちらの人間になるという決断をすれば、こちらの時間の流れに乗ることになる。ニホンには帰れなくなるがな」

「そんなこと、どうやって……」

「鍵を持っているだろう。あの鍵を置いてくれれば、こちらの人間になる」

「この鍵が……」

葵は、胸からさげている鍵を見た。通訳装置だと思って持ち歩いていたが、まさかそんな仕組みになっているとは……。

「そもそも、あちらとこちらをつなぐ扉というのはいくつかある。魔法の基本は移動だということは知っているか」

「ええ、まあ……」

昔、ノエにそんな講義をされたような気がする。

「その最たるものが、国と国をつなぐ『門』だ。三百年前、その『門』の研究をしていた魔術師がいたが、実験の失敗によって、そなたらの国と、こちらの世界が繋がった。本来『門』の鍵だったそれが、ニホンに流れ着いたときに、それが、文字通り『鍵』になったわけだ。その鍵を使って開けた扉がこちらへと繋がる扉となる」

こちらとあちらの行き来にも歴史があったのだ。葵はふと三木のことを思い出した。

「でも……わたしの友人がこちらに来ようとしたら、通り抜けられなかったわ」

「『鍵』はそれぞれ使用者を記憶する。使用者だけが、こちらに来られるのさ。今は聖女殿が使用者だろう。鍵を使用している間は、ニホンと同じ時間の流れになる。たとえば、『鍵』を所有したまま、こちらで百年を過ごしている者も私は知っているが、見た目はほぼ変わっていない。ニホンではまだ三年しか経過していないからな」

「……ということは、鍵はいくつかあるのね」

「そうらしい。誰が持っているか、いくつあるのか、詳しいことはわかっていないが」

　驚きの事実だった。

「千晶先生は……」

「曾祖母は、こちらの人間になることを決めた。魔人として追われていたのに、どうしてそういう決断をしたのかは詳しくは知らないが。『鍵』をニホンに置いて、こちらに来た時点で、使用権は消滅する。曾祖母は、こちらの人間と同じ時間を過ごし、私が幼い頃に亡くなったよ」

「……そして、わたしが、千晶先生の置いていった『鍵』で扉を開けて、こちらに来る権利を手に入れたのね……」

「そういうことだろうな」

「え、じゃあ、わたしが他の人に、この鍵の使用権を譲ることはできるの？」

「聖女殿が亡くなるか、こちらに住むと決めるかしたときに可能となるだろうな。あるいは、門が壊れるか」

ガルストはさらりと言ったが、とんでもないことではある。

「クレスト国ではそんなこと知られていないわ」

「ガルデア帝国は、魔法研究においては他国にぬきんでている。それに、私は曾祖母にも話を聞いたから、そこから推測したこともある。もっとも、このことを知っている人間は少ないがね。……ああ、クレスト国でも知っている人間がいるか」

葵は眉をひそめた。クレスト国でそのような話を聞いたことはない。

「王だよ。マヨ三世だ」

「……マヨくんが!?」

葵はさらに驚いて声を上げた。ガルストは、炉の中を棒でつついた。

「……二年前か。そなたらと茶屋で会ってすぐ、一人で私のもとを訪れてきたよ」

確かに、あのとき、ガルストの居場所の書いてある紙を手渡されていたが……。どうして、こんな得体《えたい》の知れない人物に会いに行ったのだろう。

葵の思いが顔にでたのだろう、ガルストはさらに話を続けた。

「私が、ガルスト帝国の帝室から出奔《しゅっぽん》したからだろうな。帝位に連なる者でなくなるとはどういうことかと、王は私に尋《たず》ねてきた」

「……マヨくんが……王じゃなくなることを考えていた……？」

「さあな。本人に聞いたわけではないが、国を出て、私がここに住んでいる理由に興味があったようだな」

　わさびはリラックスした様子でガルストの足下をひっかいている。わさびが警戒するような人物ではないということか。

「……同じ質問をわたしもします。ガルストさんがここに一人でいる理由は何？」

　ガルストは、炉の明かりを見る。ラムリンの葉が与える熱と光が炉に満ちている。魔法の基本が移動だというならば、この光と熱もどこからか移動してきたということなのだろうか。

「……ガルデア帝国の典範《てんぱん》によれば、皇帝の跡を継ぐ者は、皇帝の血に連なる者であり、かつ、年かさの者からという決まりになっている。つまり、私の兄がもっともふさわしいわけだが、それをよしとしない者もいたということだ。私を担《かつ》ぎ、私を皇帝とし、私の権威の下《もと》で生きたいと願った者がいた。私は母の身分も低く、そういう意味で兄に劣る。だが、自分の能力はそう低いものではないと思っていた。だから、そう言った者どもに、自分の力を示したかった。あのとき、聖女殿を我が国にお連れしようとしたのも、その一連の行動の一つだ」

「聖女を連れていくと、あなたの力になるの？」

「ガルデアの帝室は、異世界の人間の血を引いている。同じく異世界の人間が私の後ろ盾《だて》になれば、こちらに有利に働くと思ったのさ」

「……それはまた……。こっちの都合を無視した話ね……」

あそこでガルストに連れていかれなくてよかった、と葵は思う。

「今となってはどうでもいいことだ」

「……その、後継者争いから脱落したのは……」

「……嫌になったのさ。兄弟で争うのは愉快なことではないし、その過程で犠牲になる者もいる。だが、私があの国にいる限り担ごうとする者は出てくる。だから、自分から降りて、他国に来て、一人で暮らしている。戦う意志はないと示すために」

さらりと言う中に、犠牲という言葉がある。きっと、何かとても辛《つら》いことがあったのかもしれない。世捨て人のようなガルストの今の姿は、そういう事情から来ているのだ。

「でも……こんなところで一人で……。結婚もしないの？」

ガルストは緩く微笑んだ。

「結婚し、共に生きることだけが愛の形ではないだろう。遠く離れても、私は魂で繋がっていると信じている。彼女が違う誰かと家庭を持ったとしても、幸せであるならば、私もまた心穏やかだ」

葵は、にわかに信じられない気持ちでガルストを見た。キゼール教の神殿で聞いた話がふと思い出された。そういった形の愛もあるのだろうか……。

ガルストは足下のわさびを抱き上げた。わさびはおとなしくガルストに抱かれている。

葵は話をそらすように聞き直した。

「……マヨくんは、王であることが辛いのかしら。だから、自分から国を捨てたあなたに共感しているの……？」

「かもしれんな。私は玉座《ぎょくざ》に就《つ》いたことがないからわからんが……」

ガルストは物思うように遠い目をした。

「しかしながら、少なくとも、玉座に就いたらどうすべきか、ということは、他の誰よりも考えたことがある。ゆえに、マヨ三世に、いくつかの助言を与えることはできたかもしれんな」

葵は気づいた。

ガルストは、葵以外で初めてマヨの隣に立つことができた人間なのかもしれない。他国の人間であるからマヨとは一切の利害関係がなく、それでいて権力に最も近いところにいたことがあるから、マヨと対等の考えができる。マヨの姿勢が近頃変わってきたとヨルンが言っていたのは、これゆえなのだ。

「マヨくんは、今でもここに来るの？」

「たまにな。まあ、私のような世捨て人のもとにも、時に訪ねてくる者がいるのはよいことだよ」

ガルストはそう言って小さく笑った。

その日の夜、帰ってきた葵はわさびと一緒に、城の中庭のロッカーの前にいた。日本に帰るための扉である。

　出入りするたびに通る通路ではあるが、わさびがよく迎えに来てくれるので、ラムリンの葉がたくさん生えてぽよぽよと揺れる。夜に来ると美しく、また人もあまり訪れないので、落ち着ける場所ではあった。

　ガルストとの対話は、葵にこの世界の秘密を知らせてくれた。葵が思いもよらなかった秘密を。マヨも、ガルストから、こちらの世界と、向こうの世界の秘密を聞いたのだろうか。

　今回こちらに来てから、マヨとはまだ話せていなかった。

（話したところでどうなるんだろう。わたしとマヨくんはどこまでも違う世界の人間なのに）

　葵はわさびの背を撫でた。

「ねえ、わさび、わたしがもう来なくなったら、寂しい？」

　わさびはきゅいきゅい、と鳴き声を上げた。緑色の目は、何かを訴えるように葵を見てくる。

「葵」

　ふと、声をかけられて葵は振り返った。

「一年ぶりだね。ずっと半年おきに来ていたのに、前回来なかったから、どうしたのかと思ってたよ」

　マヨがいた。薄暗い中でも、表情が随分と大人びていることがわかる。たくさんの刺繍が施された白い衣装がよく似合って、堂々とした佇《たたず》まいだ。葵にとってはたった二週間でも、マヨにとっては一年以上の時間が過ぎているのだと、思い知らされた。

「……そっか。一年ぶりなんだね、こっちでは……」

マヨはゆっくりと歩きながら葵に近づいてくる。

「今日、ガルストさんに会ったの。マヨくん、ガルストさんのところに時々行ってたんでしょう？」

マヨは驚いたように目を見開いた。

「ガルストのところに？　どうやって？」

「偶然なんだけどね。わさびと散歩していたら、あの人と行き会ったの。マヨくん、あれからガルストさんのところに行ってたのね」

「……本当は、危険があるから行ってはいけないかとは思ったんだけど、気になってしまって」

……結果として、マヨとガルストは、ある種の友情を築いたのかもしれない。

「葵は、ガルストに、あっちとこっちの世界のことを聞いた？」

「……うん、一応」

以前の院長が、この世界に骨を埋《うず》めたのだ。もう、彼女が日本に戻ってくることはない。

「ねえ、葵。前回、葵が来なくて寂しかった。いつも、葵が帰って、また次に会える半年後までに、もっとよくなった自分を見せたいって毎回思ってた」

七夕みたいだな、と葵はふと思う。葵にとっては一週間に一度のお楽しみだ。でも、マヨにしてみれば、葵が一度帰れば、次に会えるのは半年後だ。

「……ちゃんと、毎回結果が出てるよ。マヨくんは本当にすごい」

マヨは葵の真向かいに立った。

「でも、今回は一年葵に会えなかった。葵がこのまま来ない世界を考えたら、すごく辛かったよ」

「大げさだよ」

葵は軽く言ったが、マヨはそれを打ち消すように言った。

「大げさじゃない。葵にそばにいてほしいと思ったんだ。葵、僕と結婚してくれないか」

「……はっ……？」

思考が停止するという経験を、葵は初めてした。

（こ、これはもしかして……プロポーズ……？）

「ま、まままマヨくん何を言ってるの!?　あなた、王様じゃない、わたしみたいな異世界の人と結婚なんて、そんなことが」

「ガルストのひいおばあさんは、こちらの人間と結婚した。葵は聖女だ、僕と結婚してもなんの問題もない」

「い、いやいやいや、だって、あなた、まだ未成年で」

「もう成人した。自分の判断で配偶者を決めることができる」

「で、でも、わたしよりずっと年下でしょう」

「そんなことは関係ない。年上でも年下でも、葵は葵だ」

「だけど」

「葵」

　なおも言いつのる葵に、マヨはぴしっと言った。

「葵は僕が嫌い？　僕は葵が好きだ。葵と一緒に、この先の人生を過ごしたいと思ったんだ。そう思うのはいけないこと？」

　なんのてらいもないまっすぐな言葉は、葵の心を打った。

（……この人は、いつでもわたしの心にまっすぐに触れてくる……）

　葵はふいに切なさが押し寄せてくるのを感じた。十歳の少年の頃から、それは変わらない。そんなところが、葵は好きなのだ……。けれど……。

　と、視界の隅で何かが動いた。ラムリンの葉のない、暗闇のわだかまる城壁側のあたりである。葵がなんとなくそちらを向いたときに、ふっと空気が動いた。わさびが急に葵の腕の中でもがいて飛び出すと、闇の向こうに消えてしまう。

「葵！」

　マヨが突然叫んで、葵を突き飛ばした。ふと光るものが空気を裂いた。この感覚は先ほど経験したばかりだ、と思ったときには、ロッカーの手前に倒れ込んでいた。だが、倒れたのは葵だけではなかった。マヨも一緒に、倒れ込んでいる。

「マヨくん！」

葵は慌てて身を起こすと、マヨに声をかけた。そしてぎょっとした。

「え、血……!? ま、マヨくん!?」

マヨは呻《うめ》いていた。脇腹のあたりが黒っぽく濡れているのがわかる。

「……葵、魔法だ、誰かが……」

葵は振り返って、光の飛んできた方を見る。誰かが、葵とマヨに向かって歩いてくるのがわかった。

「……王様まで一緒なんて想定外だったわ。まあ、仕方ないわね。誰も見ていないし、一緒にいなくなってしまえばいいんだもの」

葵は、暗闇の中に浮かび上がった人影を見た。それは、かつて葵が歯の治療を断った人物だった。

「……アリーンさん……」

葵が治療を断ってから、一度も顔を合わせることはなかったが、随分雰囲気は変わって見えた。アリーンは華やかな雰囲気を纏《まと》った美人だったが、今の彼女には、ほの暗いヴェールをかぶったような影があった。話すたびに見える口元で、前歯が欠けているのがわかった。

「あなたがいけないのよ、聖女様。あなたがわたくしの歯を治してくれなかったから、わたくしの前歯、なくなってしまったわ」

彼女はため息交じりに言った。

「でも、あのときは、仕方なくて……」

明らかに逆恨みではないか。

「そうかしら。あなたは選んだのよ、陛下は治すけれど、わたくしは治さないということを。陛下以外の人たちは見捨てるということをね」

アリーンの掌《てのひら》には、紙飛行機のようなものが乗っていた。いや、薄く伸ばしたラムリンの葉を紙飛行機のように折ったのだろうか。だとすれば、あれはおそらく魔法を使うためのしろものだ。アリーンは名誉職らしいが、魔術師のトップだという。魔法を使えても不思議はない。

「あなたにはわからないでしょうね。あなたが、呪いの予防方法を国に広めていく活躍をしていくのと逆に、わたくしの歯は溶けていくの。痛みと共に。痛いの、とてもね。とてつもなく。どうしたら、この痛みは治まるのかしら……。あなたがいなくなったら、きっととてもすっきりすると思うのよ」

葵は総毛立つような恐ろしさを感じた。

（……過去が、わたしを追いかけてきている）

アリーンの姿そのものよりも、あのとき治療を断った、自分自身の決断が、この事態を招いたのだと、その事実が葵を戦慄《せんりつ》させた。

足下に倒れていたマヨがふらふらと立ち上がり、葵を庇《かば》うように前に出た。

「葵、逃げて。その魔法は危険だ……！」

呻くように言うマヨを見て、アリーンはクスクスと笑った。

「王様、あなたも……。この際だから言ってしまうわ。目障《めざわ》りなの、とっても。あなたがいなければ、夫が王だったかもしれないのに。ここで聖女様と一緒にいなくなってくれれば、本当にすっきりすると思うの」

アリーンの掌に載《の》った紙飛行機が纏う光が強くなったかと思うと、すいと宙に浮かぶ。それ自体が意思を持っているかのように、空に舞い上がり、そして、こちらめがけて飛んでくる。

葵は息を呑んだ。あの紙飛行機にどれだけのエネルギーがあるのかわからないが、先ほどマヨの身をかすめただけで傷つけたのと同じ力があるのだとしたら、とんでもないことだ。しかも、明らかにこちらを追尾しようとしている。

（小型ミサイルみたいなものじゃない……！）

どうする、どうすればいいのか。到底、太刀《たち》打ちできないだろうし、であれば逃げるしかない。だが、どこへ。

そのとき、地面が揺れた。地震だ。それもかなり大きい。その一瞬、アリーンの狙いがそれた。

マヨが、ぱっと振り返ると、背後のロッカーの扉を開けた。

「葵、逃げて」

「ま、マヨくん⁉」

地面が揺れる中、マヨは、葵をロッカーの向こうへと押し出した。

葵がロッカーの向こうで尻餅《しりもち》をつくのと、中庭の方で閃光がはじけるのは同時だった。

大きな音と共に、ロッカーはぐにゃりと歪《ゆが》み、光は消滅していた。

葵は尻餅をついたまま顔を上げた。そこはなじみとなった院長室だった。日差しの感じから、時刻はまだ午前中であろう。葵は呆然とロッカーを眺めた。

さっきまでゼルテニアと繋がっていた安っぽいスチールロッカーは、岩の下敷きにでもなったかのように、変形している。

「……マヨくん……」

葵は呟いた。マヨが葵を庇って、ロッカーのこちら側に押し出した。では、マヨはいったいどうなったのか。

葵は慌てて立ち上がり、ロッカーの扉を開けようとしたが、変形してしまった扉はまったく開く気配がない。しかたなく、医院の備品のマイナスドライバーやバールを持ってきて格闘すること三十分、なんとか扉は開いたが、その向こうはゼルテニアではなかった。ただの歪んだロッカーである。

（……扉が閉じている）

葵は愕然《がくぜん》とした。

（じゃあ、マヨくんは？　マヨくんはいったいどうなっちゃったの⁉）

何度も扉を開け閉めしたが、ゼルテニアへの道が開くことはなかった。

（……どうしよう……）

葵は完全にゼルテニアから締め出されていた。

第六章

葵、異世界から締め出される

葵《あおい》のメールを見た三木《みき》は、仕事があるだろうに、すぐにこみ歯科医院に飛んできてくれた。

「永田《ながた》さん、扉が閉まっちゃったって本当!?」

「三木くん……！　大変なの、ゼルテニアに行けなくて……！」

葵は、このときほど三木の存在をありがたいと思ったことはなかった。三木がいたところでどうにかなるとも思えなかったが、だからといって、一人でいては気が持たない。

三木は、歪《ゆが》んだロッカーを見て目を丸くした。

「これ……。こんな状態じゃ、確かに向こうの世界に行けないな……」

葵は、メールでは伝えきれなかった細かな事情を説明した。アリーンが突然葵を襲ってきたこと、マヨが怪我《けが》をしてしまったこと、そして、葵を逃がすために、葵をロッカーのこちら側に押し出したこと……。

「マヨくん、怪我をしてたの。わたしを守るためよ。なんとか助けに行かないと」

葵はそう言いながらも、ゼルテニアでは三十倍の速さで時間が流れていることを意識していた。もうすでに一時間は経《た》っている。向こうでは丸一日が過ぎているはずだ。

「でも……、扉が壊れていては……」

「他の扉で行けないかな、鍵があれば……」

「鍵？」

葵はガルストから聞いた異世界の扉についての仮説を話した。

「じゃあ、その鍵の使用権だか、所有権とかで、行けるかどうかが決まるってわけか？」

「わかんないけど。だったら、他の扉で行けないかなって、試したんだけどダメなのよ」

「……」

三木は葵から金の鍵を借りて、じっと見つめた。

「……俺、行けないかな」

「……はあ!?」

思いもかけない言葉に、葵は聞き返した。

「だって、前院長の東《あずま》先生は、使用権を放棄したから、永田さんに使用権が移ったわけだろ？　扉が壊れて、永田さんの使用権が放棄されたと見なされたなら、誰かに使用権が移るはずだ」

「ま、まあ……、その可能性もあるけど、けど……」

だからといって、三木が行ったところでなんとかなるのだろうか。それに、三木が鍵を使えたとすれば、葵はもうゼルテニアに行くことはできない。

葵の迷いを察したのか、三木がハッとしたように鍵を返した。

「ごめん、俺があっちに行けるかどうかは、今の永田さんの危機とは関係ないよな。他の扉を使えるかどうか試してみよう」

葵と三木は、別のロッカーにもう一度鍵が入るか試してみたが、まったく上手《うま》くいかなかった。また、ダメ元で、他の鍵穴のある扉にも鍵を使ってみようとしたが、当然失敗に終わった。そうこうしているうちに時間ばかりが過ぎていく。下手《へた》をすれば、向こうでは三日ぐらい経過しているかもしれない。葵は鍵を机の上に放り出すと、椅子に座り込んだ。

「……永田さん……」

葵のあまりの落ち込みぶりを見てか、三木が声をかけてきた。

「……ごめん、三木くん。色々やってくれたけど、やっぱり、無理だよね、だって扉が壊れちゃったんだもん。わたし……」

（……マヨくん……！）

葵は本当に泣きたくなった。よりによって、プロポーズまでされたその直後に、こんな結末はあまりにひどい。

（……わたし、マヨくんに、きちんと向き合えてない……！）

マヨは、あんなにまっすぐにこちらを見ていたのに。小さい頃から数えれば、二十も年上の異世界の人間に向かって、人生を共にしたいとまで言ってくれたのに。

「……永田さん、上手く言えないけど……あんまり気を落とさないで。結局……異世界のことではあるし……」

三木が言いづらそうに声をかけて帰っていったが、葵の耳にはほとんど入ってこなかった。

翌日は月曜日である。世間一般的には、平日であるが、葵にとっては休日だった。

どうやってもゼルテニアに行けないとわかってから、葵は家に戻った。いつ帰ったかあまり覚えていない。帰ってもなかなか寝付けず、眠りに落ちたのは明け方になってからだった。

諦《あきら》めきれずに、家で朝食を食べた後、葵はふらふらしながらもう一度こみ歯科医院に行った。

（……あれ？）

医院に入ろうとして、葵は驚いた。ガラス戸の入り口は、いつも鍵をかけてあるのだが、今日に限っては開いている。

（昨日、ショックすぎて鍵かけ忘れたかな……）

葵が首をかしげながら中に入ると、違和感はさらに大きくなった。

誰かが中に入った気配がある。葵はドキリとした。

（まさか……）

三木が鍵を開けるワザを持っていることを思い出したのだ。

急いで院長室に向かう。いつもの部屋に、壊れたロッカーが佇《たたず》んでいる。だが、その隣のロッカーの扉が、少しだけ開いていた。

葵は扉を全開にしたが、中はただの空《から》のロッカーに過ぎなかった。けれど、その底に、足跡が残っているのがわかった。誰かがロッカーの中に入ったのだ。

葵が院長室の机を見ると、そこに手紙が置いてあるのがわかった。白い封筒に、便せんが一枚入っていた。

中身を読んで、葵は愕然《がくぜん》とした。

「　永田さん

鍵を借ります。マヨ三世は俺がなんとかします。待っていて下さい

三木彰《あきら》　」

葵は思い出す。昨日、どうやってもゼルテニアに行けなかったので、鍵を机の上に放り出して帰ったのだ。

では、三木は、医院に忍び込んで、鍵を使い、ゼルテニアに行ったというのか。

（……じゃ、例の鍵の所有権問題は三木くんに譲渡されたってこと？　三木くんがゼルテニアに!?）

葵は手紙をもう一度読み返すと、半開きのロッカーを眺めた。葵にとってはただの空《あ》きロッカーだが、三木にとっては異界への扉になったのだ。

「でも……なんとかって、どうやってなんとかするのよ……!?」

葵は呆然と置き手紙を眺めた。

確かに葵はゼルテニアには行けなくなってしまったが、だからといって、三木が行ったところでどうなるというのか。いや、本当は実際に行ったかどうかなどわからない。もしかしたら異世界に行きたすぎて、妄想に取り憑《つ》かれている可能性もある。

三木のスマホに連絡したが、メールも折り返しの電話もなしのつぶてだった。

葵は電器のみきやに向かった。三木の実家である。

電器のみきやは、例の商店街の外れにある、昔ながらの家電店である。そこそこの広さの敷地に、店舗である平屋の建物があり、駐車場には、いつも三木が乗ってくる軽トラが停めてあった。自動ドアのガラス戸を抜けると、洗濯機やエアコンなど、家電製品が所狭しと並んでいる。三木のものと同じつなぎを着た初老の男性が、電球のコーナーを整理しているのが見えた。

「あのっ、三木くんのお父様ですか?」

突然声をかけられた男性は、振り返った。

「わたし、永田葵と申します。三木くんの友人で、その、三木くんは今どちらにいるかと思いまして」

「ああ」

男性は、温厚そうな表情をしていた。肌のしわと白髪交じりの髪は年齢を感じさせたが、まなじりのあたりはどことなく三木と似ていた。

「永田さんですか。彰から聞いています。ずいぶん贔屓《ひいき》にしてくださったようで」

こみ歯科医院の電気製品は、寿命を迎えていたものも多かったので、三木に色々揃《そろ》えてもらったのは事実である。

「いえ、それはこちらも助かりました。それで、あの……三木くんは」

「彰は、昨日突然出ていきましたよ。なんでもしばらく放浪の旅に出たいと」

「ほうろう……」

葵は思わず呻《うめ》いた。バックパッカーでもそんなこと言わないのでは……。

「あの、それ、受け入れたんですか……。仮にもご一緒に仕事をしていたんですよね」

「はは、まあ、私は店主です。彰が戻ってくる前は私一人でこなしていたんですよ、どうにでもなります。いてくれれば助かりますが」

三木の父親はそう言うと、葵に微笑みかけた。

「永田さん、彰から色々伺《うかが》ってはいます。よろしければかけませんか」

(色々って、何を話したの……?)

葵は、三木の父に勧《すす》められるままにパイプ椅子に腰掛けた。おそらく商品について説明するときに使うのであろうテーブルも一緒に置いてあって、透明なテーブルマットの下には、有名家電ブランドのチラシが挟んである。

「彰は、なかなか面倒な性格でして。口数は少ないくせに、頑固なところがあって、一度こうと決めたらテコでも動かない。今回もそれだとわかりましたよ」

葵の前ではべらべらとよくしゃべる人間だったが、親の前ではまた違う姿を見せていたのだろうか。

「……実は、彰はこちらに戻ってくる前に、向こうで倒れまして」

「……倒れた？」

三木が都会で働いていたというのは聞いていたが、倒れたというのは初耳だ。

「病院から呼び出されて彰のところに飛んでいきましたよ。不器用なのに、慣れないことを続けたせいもあるだろうし、周囲の……」

三木の父親は後半言葉を濁し、ため息をついた。

葵は自分の過去を思い出した。葵は倒れこそしなかったが、疲労の蓄積は感じていたし、もっともっとと要求される毎日は、精神も肉体も疲弊《ひへい》させた。三木もそういった日々を過ごしていたのだろうか……。あるいは、それ以上の……。

「こちらに戻ってからも、回復には時間がかかりました。それでも、少しずつ、ここの手伝いをさせながら、なんとか日常生活に戻っていきました」

「……そうだったんですか」

葵は最初の頃の、三木のぎこちなかった挙動を思い出す。

「でも、永田さんのところに行くようになってから、見違えるように元気になっていったんですよ。やりがいがあったんですかな、感謝してます」

三木の父親は静かに言った。

「やる気になったのなら、いいんです。放浪でも、冒険でも、何でもやりとげてくれると信じてますから」

三木の父親は、ふと思い出したように席を立つと、店の裏に回り、すぐに戻ってきた。手には何かまるいものを持っている。

「これ、彰の部屋に落ちていました。永田さんの名前が書いてあるのですが、あなたのものですか？」

葵は手渡された丸い紙を見た。コースターだ。表面に、少し古い絵柄の、アニメ調の女の子の絵が描いてある。裏には、日付と、永田葵、という字が書いてあった。十五年前の日付だ。中学生のときの。

「……わたしのものでは……」

「よかったら持っていてください。彰が帰ってきたときに返してもらえれば、きっと喜ぶと思います」

葵はアニメ絵のコースターを手に医院に戻った。前に三木が言っていた、コラボカフェのコースターだろう。まさか十五年も前のものを持っているとは思わなかった。

とにかく、三木が確信犯でゼルテニアに行ったことは間違いなさそうだった。

であれば、鍵は三木が持っていることになり、葵があちらに行く術《すべ》はない。葵のときのように、たまには帰ってくるかもしれないので、出入り口である院長室をチェックしていくしかないだろう。そうすれば、マヨがどうなったかも聞くことができる。

葵の予想は、しかし外れた。三木はまったく戻ってこなかった。葵は仕事をしながらも、生きた心地のしない一週間を過ごした。マヨはどうなってしまったのだろう。そして三木は……。だが、何も変わらない。すでに向こうで半年は経っているだろうに、三木の消息は途絶えたままだった。

葵は、コースターから、三木が見ていたアニメを知った。十五年以上前の古いアニメではあったが、一応葵も名前は知っていた。

仕事が終わった後、ゼルテニアにも行けず、三木も帰ってこない葵は、手持ち無沙汰《ぶさた》を解消するために、そのアニメを見た。交通事故で死んだ主人公の男の子が、中世ヨーロッパ風の異世界に転生するという話だ。現代人の知識を元に大活躍をして、最終的には侵略してくる大国さえも追い払って、英雄になるのだ。ついでに言えば主人公が現地の女の子にモテまくっている。

（……三木くんは、こういう世界に行きたかったのかな……）

葵は夜に部屋で一人アニメを見ながら思う。

『特別な何かになれる世界へ……』

三木はそう言っていた。そこへ行けば、なんでも思い通りになる世界。

葵は、あまりそういう知識なしに向こうの世界へ行ったけれど、そんなに簡単な話ではない。

（そりゃ、わたしは聖女様扱いされたけど、あっちにもいろんな人がいて、政治があって、

それぞれの思惑《おもわく》で生きてる。こんなに上手く、思い通りになんかいかないよ）

歯の治療だって、思い通りにできないのだ。

葵はごろりと横になったまま、アニメを見続けた。現地の可愛い女の子にやたらとモテている主人公になんだかムカムカしてくる。

（大体、三木くんもマヨくんも、なんなのよ。俺が守るみたいなこと言って、勝手にわたしをあっちから締め出して）

そう、今、葵には何もできることがないのだ。


それからも三木は戻ってこなかった。二週間が過ぎ、さらに三週間が過ぎても、ロッカーが開く気配はなく、こみ歯科医院の院長室は、静けさを保ったままだった。まるで、異世界に行っていたことが嘘だったかのように。

（でも、クレスト国はあったし、マヨくんはいた……）

葵は、ゼルテニアから締め出された日から、何日過ぎたのかを毎日カウントした。それに三十をかければ、向こうで何日過ぎたかがわかる。

（マヨくん……大丈夫なの？　無事でいるの？）

クレスト国ではすでに数ヶ月単位で時間が過ぎているはずだが、葵には詳細が全くわからないのが辛《つら》かった。

それでも、葵は非常勤で働いている歯科医院と、こみ歯科医院の訪問診療を続けた。それが通常運転となって、これまで毎週のように異世界に行っていたのが夢だったのではないか、と思える瞬間さえあった。

葵に元気がないのは、周囲もわかったようだ。母親がさりげなく好物の鯖《さば》の味噌煮を作ってくれたり、友人が近場の温泉に日帰りで誘ってくれたりもした。

ある日、真穂《まほ》がふらりとこみ歯科医院にやってきた。

「やっほー、葵、元気にしてる？」

「真穂、どうしたの？」

「やだなあ、わたしの前歯に小さい虫歯あるから治してくれるって言ってたじゃない。娘は幼稚園だし、いまなら治療してもらえるでしょ？」

幸い、予約は入っていなかった。普段は往診《おうしん》だけに対応しているが、もちろん医院内で治療もできる。

前歯の虫歯は小さなものだった。アシスタントがいなくても、一人ですぐに治すことができる。

葵は、真穂の上顎《じょうがく》右側中切歯《ちゅうせっし》のう蝕《しょく》を、舌側からタービンで削合《さくごう》した。カリエスチェッカーで軟化象牙質《ぞうげしつ》を確認すると、エンジンとスプーンエキスカベーターでしっかりと除去する。あとは、表面処理をしてから、コンポジットレジンで穴を充塡《じゅうてん》して、光照射して硬化させる。最後に丁寧《ていねい》に磨きをかけて完成だ。時間にして十五分もかからない。

「わっ、つるつるになったー、全然痛くないし、葵、なかなかの名医じゃなーい！」

診療ユニットの上で、真穂は大喜びである。葵は照れ笑いを浮かべた。

「そんなに大きな虫歯じゃないから。早く治せば、痛くないの」

そう言いながら、ふと葵はアリーンの前歯のことを思い出した。アリーンにも小さな虫歯があったのだ。あのときに、この治療をできていれば、彼女の前歯がなくなることもなかっただろうし、マヨも……。

「……葵、どうしたの？」

葵の表情の変化を見てか、真穂が声をひそめた。真穂が自分を心配してくれているのがわかる。けれども、葵はどう答えていいかわからなかった。ゼルテニアのことも、何もかも、説明するには複雑すぎた。

「……わたし……、逃げてたんだ」

「……え？」

「道具がなくて、治せなくて。でも、それでもなんとかするべきだったのかもしれない。そうしていれば、今頃こんなことには……」

葵は胸がきゅうっと締め付けられるような気持ちになった。

アリーンは確かに嫌なやつだったが、すくなくとも王立歯科診療所が出来たときに声をかけていれば、前歯がなくなるまでひどくはならなかったかもしれない。であれば、あんなことにはならず、マヨも……。

ゼルテニアに行けなくなって何が一番辛いのかといえば、もうマヨに会えないかもしれないということだった。もちろん三木のことも気になるけれど。

　葵はマヨが好きだった。これまで付き合ったどの人とも違う、それは純粋に魂が答えてくる事実だった。年下であり、異世界の住人であり、また王でもある。葵とはどこまでも違う人間だが、それゆえに、人として彼が好きなのだと、今ならばわかる。

　葵の言葉に、真穂は往診での出来事だと思ったようだ。

「葵……。わたしは歯のことはよくわかんないけどさ、葵はよくやってると思うよ？」

「でも、わたしが治せなかったのは事実なの」

　真穂はため息をついた。

「あのさ。葵のそういうとこ、正直ウザいときある。なんで全部葵のせいになるわけ？　そもそも虫歯作ったの葵じゃないでしょう。歯磨きしないとか、甘いものばっかり食べたとか、かなり患者の方に原因があるでしょ」

「……その、歯磨きの習慣がない人で……」

「葵のことだから、甘いもの食べすぎるなとか、歯磨きの仕方とかも教えてるでしょ。それでも虫歯作るならそれ、患者のせいでしょ」

　真穂の言葉は目から鱗《うろこ》ではあった。アリーンに直接ブラッシング指導をしたわけではないが、少なくとも上流階級の人々には、砂糖が虫歯の原因であること、また歯磨きの大切さは伝わっているはずだ。実際、ヨルンは虫歯の進行が止まったと喜んでいた。

「歯医者はその後始末してるのに、なんで葵が全責任を背負うわけ」

真穂の言葉は思いもかけない方向からのカウンターのようなものだった。

「……え、あ、まあ、……言われてみれば、そうかも……」

アリーンに治せ、と言われた時点ではさほど大きな虫歯ではなかった。その時点で、歯磨きと、砂糖摂取制限をしていれば、虫歯の進行は止まっていたかもしれない。それに、こちらから声をかけなくても、王立歯科診療所に足を運べばよかったのだ。例の一件で葵とマヨに恨みを持って、治療に来なかったのも彼女自身だ。

真穂は葵の顔をじっと見てきた。

「……葵さあ……、悩みあるんでしょ？」

「……」

「……三木くんのこと？」

「……それも少しはある、かも。わたしのせいで……」

三木が、みきやから姿を消したことは、なんとなく知れ渡っていた。真穂はもしかしたら、三木が葵のことを中学のときに好きだったことを知っていたのかもしれない。ぼんやりしている葵と違って、真穂は聡《さと》い。その上で、葵に三木を紹介したのだとしたら……。

「……率直に言えば、三木くんとは、色々あった。でも、一応友だちのままでいようね、っていう結論が出たの」

葵が言うと、真穂は目を丸くした。

「やっぱり、そこまで話は進んでたんだ！　それでショックで放浪の旅に……」

た。

「なんだかイライラするな。なんでそんなに奥歯にものが挟まったような言い方なの」

要領を得ない葵の言葉に、真穂が少しばかり声を大きくした。葵は少し考えてから言った。

「……うーん。あのさ、一つのたとえなんだけど。わたしが外国に旅行に行って、現地の王様にプロポーズされたとするじゃない」

真穂の顔にはクエスチョンマークが浮かんでいた。

「ところが、その国でクーデターが起きて、王様は命からがらわたしを日本に逃がしてくれたわけよ。その国は三木くんにとってもあこがれの国なの。それで、三木くんは、王様を助けるために、その国に行っちゃった、って感じかな……」

「なに、その出来の悪いロマンス詐欺みたいな話」

真穂は薄気味悪そうに葵を見てきた。まあ、そういう反応をするだろうなぁ、という予想通りのものである。しかし、葵が存外真剣な表情なのを見てか、少々考え込み、それから改めて言った。

「たとえ話としてもよくわかんないけど、それが本当だとしてよ。だとしたら、三木くんは葵とは関係なく、あこがれの国に自分の夢を実現しに行ったわけでしょ。それはそれでアリじゃないの」

「夢の実現……」

こちらも、思ってもみない方向からの回答に、葵はオウム返しに繰り返した。真穂は、診療チェアにもたれかかった。

「三木くんだって、色々あってこっちに帰ってきたらしいじゃない？　なら、今こそ動くときだって思ったんじゃないかなあ……。三木くんみたいなタイプって、動くより考える時間の方が長そうだから、それなりに覚悟ありそう。みきやのおじさん、理解あるから、そういうのわかった上で送り出したんじゃないかな。ある意味、羨《うらや》ましいよ」

「羨ましい？」

「だって、わたし、夫も娘もいるから、放浪の旅とか、そういうの無理だからね」

真穂はふうっと息を吐いた。

「だって、自分の周りのことを、全て置いていくっていうことでしょう？」

「……三木くんは、そういう生き方を選んだのね……」

「独り身だっていうこともあるだろうけど。ある意味無敵よね」

そう言うと、真穂は少しばかり寂しそうな表情になった。

「葵は、王様？　社長？　それともアラブの石油王だっけ？　とにかくプロポーズしてくれた人と一緒になりたいの？　わたしとか、おうちの人を全部捨てて行くの？」

葵はドキリとした。マヨのことが好きだ。一緒にいたい。それは偽《いつわ》りのない気持ちだ。けれども、今真穂が言ったように、マヨと一緒になるとしたら、身一つでゼルテニアに行くということだ。葵に鍵を残していなくなった東千晶《ちあき》先生のように。

「……わからない。でも、マヨくんのことが好きなのは、本当なの……」

葵の呟きを、真穂が理解したのかどうかは、わからなかった。

葵は毎日、日数を数えた。ゼルテニアから追い出された日にちを起点に、カレンダーの隅に日付を書いた。あっという間に、その日付は百を超えた。それは、ゼルテニアで八年以上の月日が流れたことを意味していた。

（マヨくんが生きていれば二十八歳……）

葵は毎日仕事を続けた。ふとした拍子《ひょうし》に、マヨのことを思い出した。マヨは、歯医者になりたいと言ってくれた。王である以上、それが叶《かな》わないとわかっていながらも、そう願っていた。

非常勤の歯科医院で、患者さんの前歯に、前装鋳造冠《ぜんそうちゆうぞうかん》をセットするためのセメントを練和《れんわ》していると、マヨと一緒にセメントを開発したことが思い出された。まともな材料が手に入らない中で、マヨと一緒に開発を進めたことさえも、今となっては懐《なつ》かしい。ともすると涙ぐんでしまいそうになったが、葵はそれをこらえて目の前の患者さんに尋《たず》ねた。

「どうですか、新しいかぶせものは。かなり綺麗に出来上がったと思いますが、咬《か》んだ感じに違和感はないですか」

前装鋳造冠は、金属の冠《クラウン》の上に、陶材を焼き付けて作る。陶材の透明感も相まって、天然歯《てんねんし》と遜色《そんしょく》のない美しさを備えたよい出来だ。

初老の上品な感じの女性は、鏡を見て、さらにカチカチと咬んでみて、にっこりと笑った。

「大丈夫ですよ、綺麗に作っていただいて嬉しいです。ありがたいわ」

そう言われて、葵は満足感が胸に満ちるのを感じた。

（……わたし、この仕事が好きなんだわ……）

確かに、忙しいし、肩は凝《こ》るし、目も疲れる。ときには治しきれない状態の口腔《こうくう》内に遭遇して、どう治したらいいのか頭を抱《かか》えることもある。

（でも、勉強して、一歩ずつ先に進んで、治せることが増えていく……）

ゼルテニアに行っていたからこそ、葵にはわかる。治療するための機材がきちんとある。材料も薬剤もある。健康保険の仕組みがあって、誰でも安価に治療を受けることができる。もっといい治療を受けようと思えば、自費での治療も可能だ。当たり前のことだが、どれもこれも本当にありがたく、なんといい仕組みなのだろう、と思ってしまう。

ゼルテニアに行き、歯科治療を別の角度から見ることができた今ならば、葵は自信をもって言うことができた。この仕事は、葵が生涯をかけて続けていく仕事なのだ。

姉の碧《みどり》が百貨店に買い物に誘ってくれたのは、それからさらに日が過ぎてからだった。

季節はいつの間にか秋になっていた。こちらに戻ってきたのは、春だったのに。

片田舎《かたいなか》ではあるが、少し離れた隣の市の市街地にはかろうじて百貨店が残っていた。大都会にある、有名な海外ブランドの服も取り扱う巨大な百貨店を知っている身からすると、今となってはこぢんまりとして感じられたが、懐かしさもあって楽しかった。大人になってから百貨店に来ると、幼い頃に感じたものとは別のありがたさがある。お中元やお歳暮の手配も百貨店に任せれば間違いないし、冠婚葬祭時のフォーマルな衣装なども、確実に手に入る手堅さがある。これは、お手軽に楽しめるショッピングモールにはないものだ。こういう百貨店が残っているのが実に嬉しく感じられた。

「葵、どう、こみ歯科医院の訪問診療は」

昔懐かしい老舗《しにせ》洋食屋さんに入って、ハンバーグ定食のランチを頼んだところで、碧が尋ねてきた。もともとは碧の夫の親戚筋から借りている医院なので、そう尋ねてくるのは当然のことだった。

「……うん、クチコミでちょっとずつ患者さんも増えてるし、悪くないよ」

「大叔父《おおおじ》さんも、葵が医院の周りの草取りとか、掃除とかしてくれるから助かってるって。あのままだと廃屋《はいおく》まっしぐらだったもの」

「それならよかった」

二人はしばらく訪問診療のやり方について話し合ったが、やがて碧が口火を切った。

「ねえ、前に付き合っていた人のこと、まだ引きずってるの？」

思いもかけない方向からの話で、葵はしばし考えた。

（章夫《あきお》のことか……）

もうずっと昔の事のようだ。ゼルテニアに行くようになってから、章夫のことはたまにしか思い出さなくなっていた。

「……もう、昔の話だよ」

「それじゃあ、例の電器屋さんの」

「それは、もっと違う」

「……じゃあ、なんでそんなに落ち込んでるの」

「落ち込んでるわけじゃないけど……」

章夫のことも、三木のことも、それとなく知っているらしい。プライベート筒抜けか、と思いつつ、葵はなんだか笑いだしたくなった。余計なお世話と言いたいところだが、碧が葵を心配しているのは伝わってきた。地元に戻ってくるようにと声をかけてくれたのも碧だった。

こうやって姉に尋ねられると、葵はなぜ章夫との別れがあんなに辛《つら》かったのかわかった気がした。

(メールで別れたからだ。せめて、最後に一目会って話したかった……)

別れはいつだって辛いけれど……。

(……マヨくんとあんな別れ方でおしまいはいやだ)

章夫のときのような、メールでおしまいよりもずっとひどい結末だ。

(もう一度、会いたい……)

葵は静かにそう思った。

頼んでいたハンバーグ定食がやってきた。お皿の上に、ドミグラスソースがたっぷりとかかったハンバーグがのっている。ソースの上ではチーズがほどよくとろけていて、見た目にも食欲をそそった。

「懐かしい……」

一口食べた葵は呟いた。碧もハンバーグを口にして、頷《うなず》いた。

「これ、子どもの頃によく食べた、お子様ランチに入ってたのと同じ味よね」

「あ、確かに……」

それは、懐かしくも幸せな味がした。

「まあ、葵が何も言いたくないなら仕方ないけど、ハンバーグ食べたら少しは元気出しなさいね？」

「……うん」

葵はハンバーグを食べた。しみじみと、美味《おい》しいと思う。ただのハンバーグとしても美味しいだろう。だけれども、このハンバーグを特別に美味しく感じられるのは、小さい頃の思い出や、葵を取り巻く人々の思いがあるからなのだ。


碧と別れてこみ歯科医院に足を運んだ。休日なので、来る必要はないのだが、ほとんど日課になっている。

誰もいない医院内に入り込み、院長室に入ると、壁に貼ったカレンダーに数字を書いた。

『120』

ゼルテニアから締め出されて、百二十日。

向こうでは、ほぼ十年の年月が過ぎているはずだ。

ふと、ぎい、という安っぽいきしみ音がした。葵は振り返った。ロッカーの扉が開きかけている。

「永田さん」

声をかけられて、葵はぎくりとした。ロッカーの扉の向こうから、声がした。

「……もしかして、三木くん？」

ばたーん、と扉は勢いよく開いた。葵がぎょっとしていると、ロッカーの中から、人影が飛び出してきた。

それは三木だった。四ヶ月前に、異世界に行ったはずの三木。しかし、あまりの面影《おもかげ》の違いに、葵は唖然とするしかない。

クレスト国の人がよく着ているような涼しげな素材の服に、長い杖を持っている。髪は伸びてひとまとめ、いつもの眼鏡は変わらずだが、ひげもおそろしく伸びているので、一瞬顔の判別がつかない。どこぞの新興宗教の教祖と言っても通じそうな感じである。

「わあっ、永田さんだ！　やった！　戻ってこられた！」

怪《あや》しさ満点の三木は、快哉《かいさい》の叫びを上げた。

「日本だ、うおおお、十年ぶりだぁああ!!　日本だ、醤油と消毒薬の匂いがする！」

葵は呆然と三木を見つめた。三木は葵に向き直ると、手を取ってきた。

「永田さん、会いたかったよ！　いやあ、もう、本当に色々ありすぎて、ここに戻るのが大変で」

「……は、はあ……」

あまりのことに、葵は少し身を引きながら三木を上から下まで見た。

「あっ、再会を喜ぶのはいいけど、向こうで時間が経っちゃうから、行こう！　詳細は向こうでも話せる」

「えっ、だって、わたし、鍵が……」

「大丈夫、スペアキーがある。これで一緒に行ける」

三木は、首にかけたひもを引っ張った。ひもの先には金色の鍵が二つさがっている。

葵は三木からそのうちの一つを手渡された。

「これ……」

「いやあ、これ、手に入れるのが大変でね。ただ、行ける時間に限りがある。あくまでもスペアだからね。でも、永田さんがいないと、あの世界が大変なことになってしまうから、マヨ王もガルスト帝も必死になって作り出したんだ」

「……マヨ王に、……ガルスト帝？」

「まあまあ、時間が経っちゃうから、早く行こう。あ、そうそう、往診の道具持っていってもらえるかな」

今日は往診に行く予定はなかったが、いつでも出かけられるように支度《したく》はしてあるので、大きな往診用のトランクを引っ張ってくる。

三木に引きずられるように、ロッカーの前に立つ。ロッカーの扉の向こうには、いつか見た、緑の草原が広がっている。サトウキビ畑の。

葵は息を呑んだ。何度向こうに行こうとしても見えなかった、ゼルテニアの風景だ。

葵は、三木と一緒に、ロッカーの扉をくぐっていた。

第七章

葵、異世界の救世主になる

つんのめるようにして、葵《あおい》はロッカーの向こうに足を着いた。ごとりと往診《おうしん》用のトランクも地面に落ちる。白い砂利石《じゃりいし》がぱっと飛び散った。湿気を含んだ熱い風が葵の髪をなぶった。

(……この空気……ゼルテニアだ)

葵は空を見上げた。青い空が広がっている。と、ぴょん、と緑色の毛玉が葵に飛びついてきた。

「わさび!?」

緑色の聖獣は、きゅう、と鳴いた。以前とまったく変わらない様子で。

緑色の犬は日本にはいない。ここは間違いなくゼルテニアだ。

「やっぱりここに出たか。永田《ながた》さんの出入り口と俺の出入り口は違うんだよな」

背後から三木《みき》が呟《つぶや》いた。

「三木くん。ねえ、計算だと、もう十年経《た》ってるはずなんだけど」

「まあね」

「じゃあ……三木くん、十年もこの世界にいたの?」

「うん」

葵は改めて三木を見返した。十年もいれば、確かに教祖じみた格好になってもおかしくはない。身体的に年は取っていないとしても。葵の考えを読んだのか、三木は答えた。

「まあ、全部話すと、とんでもないことになるから、かいつまんで説明するよ。とにかく、ゼルテニアが存続するには永田さんの力が必要なんだ」

「……わたしの？」

三木は頷《うなず》いた。

二人と一匹はサトウキビ畑を貫《つらぬ》く砂利道を歩いた。しかし、以前とは畑の様子が少し違う。以前は見渡す限りサトウキビ畑がつづいていたが、所々、耕作を放棄されたような荒れ地が見える。なんとなく荒廃を感じさせるその景色に、葵は眉をひそめた。

しばらくすると小さな村にさしかかった。その村も、何年も人が住んでいなさそうな家が並んでいる。この村だけだろうか。以前クレスト国に訪れていたときは、このような有様の村は見たことがなかった。

「……ねえ、三木くん、この世界で何があったの？　すごく……すさんでる感じがする」

三木は周囲を見渡した。

「そうだね。ゼルテニアは存続の危機にあった。一時期、この世界では魔物がものすごく発生したんだ」

葵は眉をひそめた。一度だけ、牛のような魔物に遭遇したことがある。あんな恐ろしい生き物がたくさんいた時期があったということなのだろうか。

「今はどうなの？」

「昔よりはずっとよくなったよ。でも、永田さんの力がないと、いつまた状況がひっくり返るかわからない」

「わたしが？」

葵にいったい何ができるというのか。魔物退治なんてできるわけもないというのに。三木は慣れた様子で一軒の民家に入った。その家の住人らしきおばさんが、応接間で葵に飲みものをだしてくれる。例によって甘いジュースのようなものだ。

「あのう、三木くんは……」

声をかけると、おばさんはにっこりと笑った。

「聖者ミキ様は、すぐにおいでになりますよ」

「え、せ……？」

あのひげ面《づら》で聖者？　と思っていると、ふと地面が揺れた。地震だ。おばさんが眉を曇らせた。

「地震もだいぶ少なくなったけど、まだ……」

一時期はもっと頻繁《ひんぱん》に起きていたというのだろうか。三木はまもなく民家のおばさんにお礼を言って馬車を引っ張り出すと、それでさらに北に進み始めた。馬車の荷台には旅に必要そうな荷物が載《の》っている。葵と三木は、馬車の御者台《ぎょしゃだい》に乗った。

「何から話したらいいかな」

教祖じみた格好の三木との会話はなんだか慣れない感じがした。

「……マヨくんは無事なの？」

葵が聞くと、三木は答えた。

「順番に話すよ。色々大変だったんだけどね。まず、俺が抜けた扉の出口が、クレスト国じゃなかったんだ」

「えっ？」

「ロッカーごとに違うらしい。俺が出たのは、ノンタナ共和国。永田さんと同じクレスト国に行くつもりだったから、そこからして大変だったんだけど」

三木は語る。

三木がロッカーから出た先、ノンタナ共和国では、クレスト国と違って、異世界から来た人の扱いがよろしくない。三木はいきなり捕まってしまい、ロッカーは封鎖、日本に帰れなくなってしまった。が、まあ、そこは一歩先を行く文明の力を利用して、生き残りをかけたらしい。

「文明の力って……」

「うん、まず、錠前破りで逃げ出して」

「……そこから？」

「その後、助けてもらった村の人へのお返しに、こたつを開発して」

「こたつ……なんで？」

「ノンタナ共和国って、暖房器具があまりないんだ。確かにシベリアほどは寒くないだろうけど、東京の冬くらいには寒い。商売人の国だから、冬は燃料を節約するため、厚着してしのげ、みたいなところがあって。だから、木炭を燃料にした省エネこたつを作ったら喜ばれちゃってさあ。あと、カイロも作ってみたら喜んでもらえたし、水車で粉挽《こなひ》きするだけじゃもったいないから、その水流を利用した共同洗濯機を作ってみたり。特に脱水機がウケてさ。それまでは手で絞ってから服を干してたけど、遠心分離を使った脱水機だと、水切れが段違いにいいから、乾くのが早くなったって大喜びだよ」

案外、生活に密着するものが受けるようである。そんな形で、本来の目的も忘れかけて村人と馴染《なじ》んでいった三木だったが、ガルデア帝国が、クレスト国へ侵攻を始めたのである。それも、クレスト国から、ガルデア帝国に内通している人物がいたからだ。

「テオだよ。マヨ三世の叔父《おじ》のテオが、ガルデア帝国と通じてたんだ。マヨ三世はその頃囚《とら》われの身になっていて、実権を握られていたらしい」

「囚われの身って……」

「……永田さんが日本に逃げた後に、一応助けられて、怪我《けが》の療養という名目で幽閉《ゆうへい》されていたらしいよ」

「マヨくん……！」

葵はぎゅっと目を閉じた。

結局、クレスト国はガルデア帝国に併合されてしまったという。テオは総督としてクレスト国の統治をしたが、マヨは逃亡したのか姿を消す。

一方、ガルデア帝国では、クレスト国を併合してから、謎の病《やまい》が人々を苦しめるようになったという。そう、砂糖の普及から発生した虫歯である。クレスト国の人々は、聖女アオイの長年の尽力《じんりょく》により、歯磨きと食習慣の改善から、病から解放されつつあったが、逆にガルデア帝国では虫歯が広がっていった。ガルデア帝国は、魔法大国でもあるため、魔法で治せない虫歯の存在は恐怖だったらしい。テオにとって、聖女アオイとマヨ三世は敵そのものだ。ゆえに、二人の功績である虫歯予防法を公式には一切外に出さなかった。とはいえ、クレスト国の人々は、十年の歳月をかけてすでに歯磨きと食習慣を改善していたので、虫歯の罹患率《りかんりつ》は低下したままだった。一方のガルデア帝国はクレスト国を下に見ていたので、クレスト国の人々の習慣を学ぼうとはしなかった。何より、一度知った砂糖の旨《うま》みは人々を虜《とりこ》にして離さなかったのだ。

そのころ、ガルデア帝国の片隅で、虫歯を治せると噂の医師が現れた。魔法では治せないはずの虫歯を治せる医師の存在は、人々にクチコミで伝わっていった。

「虫歯を治せるって……まさか、マヨくん？」

「俺もそう思った。それで、ノンタナ共和国を離れてガルデア帝国に行くことにしたんだ」

三木はこたつや脱水機で儲けたお金もあった。山脈を越え、国境を抜けて、ガルデア帝国にたどり着いた。ガルデア帝国は、ゼルテニア大陸では最も大きな国であり、ラムリンの葉を多く産出することから（つまり聖獣が多く住んでいる）、魔法を使った軍事大国でもある。しかし、内部に入ると、豊かとは言いがたい国の状況が見えた。もともと内陸で、食料事情がよくなかったところに、クレスト国から砂糖が入ってくるようになる。人々は砂糖に夢中で、虫歯が一気に広がっていったようだ。

「それで、その医師は……」

「マヨ三世だった。それから、ガルスト。合流してわかった。彼らは、テオを倒してクレスト国に帰還する機会を窺《うかが》って潜伏していたんだよ」

　葵は息を呑んだ。

「それで、皇帝を追い落として、ガルストが新たな皇帝になったわけだ」

「……ガルストさんが!?　や、てか……どういう理屈？　略しすぎじゃないの……？」

「まあ、あの国も制度的に色々無理があったからさ。もともと豊かな国でもないのに、軍事費が飛び抜けて高いから、庶民への負担が大きいんだ。そこに属国となったクレスト国から安価で砂糖が入ってくるようになって、ストレス解消に、みんな飛びつく。ところが、砂糖を急激に消費するようになるから、虫歯が蔓延《まんえん》するようになるだろ。そこにガルデア帝国に潜伏していたマヨとその仲間が、それはガルデア皇帝が引き起こした呪いだ、と喧《けん》伝《でん》するわけだ。庶民の不満や、貴族たちの不安が皇帝に向かったところに、ガルストが戻って、皇帝を追い落として、自分が新皇帝に即位したわけだ」

「……はあ……」

「で、新皇帝ガルストは、クレスト国で行われていた虫歯予防策をただちに国中に広めて、呪いを解呪したとして、がっちり人心を摑む。その上で、虫歯予防策をガルデア帝国に伝えなかったテオと一族郎党を追い出して、マヨ三世をクレスト国王に復位させた。もちろん属国としてではなく、独立国として」

「……なんか、大河ドラマね……」

「まあね。色々あったよ、マジで。ガルストは最初の頃は皇帝になんてならないってぶうぶう言ってたし、クレスト国を再独立させるのにも一悶着《ひともんちゃく》あったし、小説にしたら全二十巻ぐらいかなあ……」

「誰が読むの……？」

葵のツッコミを、三木は華麗にスルーした。葵にとってはたった四ヶ月だが、三木にとっては十年だ。その間に、以前三木が纏《まと》っていた自信のなさというか、落ち着きのなさのようなものが消えていた。代わりに感じられるのは、どっしりとした芯のようなものだ。どれだけのことがあったのだろう。

「でも、それなら、全て丸く収まってるし、わたしがここに来る意味、なくない？」

「いや。テオが、とんでもない置き土産《みやげ》をしていってね……」

三木は、はあ、とため息をついた。

「それが、さっきの地震と魔物の出現？」

「そう。ガルデア帝国とクレスト国の間でいざこざが起きてる間に、どんどん魔物が発生するようになった。それから、地震も。正直、戦争なんてしている余裕ないってことで、クレスト国が独立できたのも大きい」

「……今は、少なくなったの？」

「一時期よりはね。でも完全に収まったわけじゃない。ゼルテニアの存亡に関わる問題だ。

永田さんにしか解決できない。だから、永田さんを呼び寄せる『鍵』をなんとか作り出したんだ」

葵は、首からさげた鍵を握りしめた。

「スペアキー、って言ってたよね。作れるの?」

「普通は作れない。けど、永田さんをどうしてもこちらに呼び寄せる必要があったからね。ゼルテニアの魔法の基本は『移動』だ。その最終形態とも言えるものが、この『鍵』でもある。なんといっても、異世界の人間を呼び寄せることができるんだからね。まあ、そもその発端《ほったん》は『門』の事故から起きた偶然の産物ではあるけどさ」

三木は少し息をついた。

「で、なんとかするために、ガルスト帝が、『鍵』の未来の影を具象化して、こちらに移動させて一時的にスペアキーにしたらしいよ。それなら所有権が決まっていないから、永田さんでも使えるらしい」

「……なんか、言ってることがよくわかんないんだけど……」

「俺だってよくわからないよ。ただ、時間制限ありで一時的にしか使えないスペアキーだってことがわかれば十分だ」

「そこまでしてわたしを呼び寄せるって、どういうこと？」

葵が聞き返したとき、三木が前方を指さした。

「あ、見えた。移動の『門』だよ」

道の真ん中に、大きな石造りの塀のような建物が鎮座していた。徐々に近づくにつれ、それがかなり大きなものであることがわかった。中に入れるようになっているが、入り口にはクレスト国の兵士が二人、立っていた。三木が二人に声をかけると、すぐに通してくれる。顔パスというやつらしい。

「三木くん、出世したのね……」

「一応聖者になったからね」

三木は、葵の往診用のトランクを受け取って引きずる。

「永田さんには感謝している。この世界に来るきっかけを作ってくれたのは永田さんだ」

「聖者になったのは、三木くんの頑張りのおかげでしょう?」

三木は歩きながらひげの下で笑ったようだった。

「……そうなのかな。異世界ってものにあこがれてた。特別なナニカになれる世界に。今の俺じゃないナニカになれるかもしれないって。でもまあ、来てみれば、いきなり捕まってしまうし、帰るに帰れないし、結局十年も居座ることになっちゃってさ」

そう言う三木には、ひげ面のせいだけではない、ふてぶてしさのようなものを感じる。

「少しアドバンテージがあるとすれば、家電の知識があることだけで、結局俺自身が動かないと何も変わらないんだってことがわかったから」

「……都会にいるときに気づければ……」

三木は苦笑したようだった。

「結果論としてはそうだろうな。でも、日本のように、良くも悪くも社会が出来上がっているところで、道を外れるのは、こっちで聖者やるよりも勇気がいるのは永田さんもわかるだろう？　厳しい状況もあったけど、俺はこっちに来れて良かったと思ってる」

葵はふと、三木の父親のことを思い出した。三木を信じて、帰りを待っている父親を。

「……じゃあ、三木くんは、これからもこっちにいるの？」

三木は首を振った。

「違う。これは最後のミッションなんだ。こっちで生き延びられたからこそ、今なら向こうに戻ってできることがあると思えるんだ」

建物の中は窓のない空間となっていた。広さは三十畳ほどはあるだろうか。ただ、暗くはなかった。内部に、直径三メートルはありそうな、薄紫色に燃える、火の輪のようなものが浮かんでいたからだ。輪には、シャボン玉の膜のようなものが張っていて、向こうを見ることはできない。

「……これが、『門』？」

「そう。ゼルテニアの魔法の一番の軸となるものだ。空間を移動することができる」

昔、ノエに説明を受けたことがある気がした。

「どこに繋がっているの？」

「今は、ガルデア帝国のお城だ。そこに、永田さんを待っている人がいる」

「わたしを……」

葵は三木を見た。往診用のトランクを持ってこいということは、治療が必要な人がいるということだろうか。抱いているわさびが、きゅう、と鳴き声を上げる。

「行こう」

三木は葵の手を取った。葵は三木に導かれるまま、『門』をくぐり抜けていた。


貧血を起こしたときのような、目の前がくらくらするような感覚がして、葵はへたり込んだ。空気がすうっと冷たく感じる。クレスト国にいたときのような蒸し暑さはそこにはなかった。目を開けると、そこは建物の中だった。教会の内部を思わせる重厚な建物だ。クレスト国のものではない。建物自体は石造りのようだが、壁一面に、重たげなタペストリーのような布が垂らしてある。床石も黒く、足下から冷気が漂ってくるような気がした。

部屋の真ん中には白い寝台があるのが見えた。そこに、緑色の生き物が丸くなっている。そのすぐそばに、白い服を着た人も立っている。葵の腕の中にいたわさびが、ぴょん、と飛び降りると、その緑の生き物のところに駆けていく。

と、ごとり、と背後で音がした。往診用のトランクを手にした三木が、中空から飛び降りてくるところだった。門での移動は、こういうものらしい。

三木は、葵にトランクを渡した。

「ここは……？　それに、あの生き物は」

「ここはガルデア帝国の聖堂。そして、あれは、聖獣王だ。ゼルテニア大陸の祖とも言える、聖獣。本当はクレスト国にいたんだけど、あそこでは弱った彼女を助けられなくて」

葵はまっすぐにトランクを引きずりながら歩き出した。その先には、緑色の大きな生き物がいる。わさびとよく似た毛を纏った、大きな犬のような生き物。ただし、そのサイズは象ぐらいありそうだ。ふと、その横にいた白い服を着た人物が振り返った。葵の姿を見て、その表情が大きく揺らいだ。

「……マヨくん……」

声が漏れた。葵にとっては四ヶ月前に別れたばかりのはずだったが、彼の中では十年の時が過ぎている。少年らしさの残っていた面差《おもざ》しからは甘さが抜け、過ぎた歳月にくぐり抜けたであろう苦難の影が漂っている。けれども、そのまなざしの奥にある、彼の魂が宿す純粋さや、優しさといったものを、葵は確かに感じ取ることができた。

「葵」

彼は葵の名を呼んだ。低く呼ぶ声に、葵の心は懐《なつ》かしさと慕《した》わしさが溢《あふ》れるのを感じた。

「葵……本当に葵か……？」

葵はトランクを置くと、マヨの目の前に立った。マヨは、葵を見下ろしていた。その肌を見ると、少年の頃のつやつやふわふわしたものに比べれば、くすみがあるし、しわもわずかながら刻まれている。今、目の前にいるマヨは、葵と変わらない年齢だった。

マヨは葵に手をさしのべた。その指が葵の手に触れた。存在を確かめるように。葵は何も言わずにマヨを見つめた。

（……無事だった。マヨくん。わたしを助けてくれて、それからも生き延びて、ここにいる……）

もう二度と会えないと思っていた。だから、こうやって見つめ合っている、それだけでも奇跡なのだ。いや、葵がここにいる、それすらも、本来ならばあり得ないはずなのに。

「……また会えたね」

葵はかろうじてそう言った。するとマヨの腕が動いた。気がつくと葵はマヨに引き寄せられ、抱きしめられていた。

「葵……！　もう会えないと思っていた。葵……！」

突然のことに、葵は驚きで息がとまるかと思った。けれども、それが現実のマヨの腕の中だと実感できると、心に満たされる喜びがあった。

葵はようやく理解した。この時を長く待っていたのだと。彼が幼かったときから、葵はずっとマヨのことを求めていたのだと。葵の心がそれに気づかなくとも、魂はわかっていたのだ。

「マヨくん……」

葵が呟《つぶや》くと、マヨの腕が緩《ゆる》んだ。目と目が合うと、マヨも同じ思いであることがわかった。二人は自然と微笑みをかわした。

「立派になったね」

「やっと、葵に釣り合える年になった。葵は変わらないね」

そうか、と葵は気づいた。初めて出会ったときから、マヨの中では二十年が過ぎたのだ。

「三木に任せてよかった。葵を連れてくると言ってくれたんだ。困難なことだったと思う。でも、彼にしかできないことだったから……」

「三木くんが？　三木くんと一緒にいたの？」

「三木には随分《ずいぶん》助けられたよ。長く一緒にいた。ガルストが皇帝になるときも、クレスト国を取り戻すときも、彼の力がなければ無理だったと思う」

「……随分出世したのね……」

葵は思わず呟いた。

と、緑の獣が口を開いて呻き声を上げた。それは地を轟《とどろ》かすような低く大きな声で、同時に地面が揺れた。わさびが、巨大な獣のそばをうろうろと行ったり来たりしている。

葵ははっとして聖獣を見た。

「これは……」

マヨが表情を引き締めると、葵に告げた。

「……彼女を助けてほしいんだ。私たちには助けられない。葵の力が必要なんだ」

そうして、マヨは事の次第を話し始めた。

……かつてヨルンは葵に語った。

聖獣は、大陸と同じ生命体であり、聖獣が滅びるときは、大陸も滅びるときであると。

マヨの叔父であり、かつてクレスト国で権勢を振るったテオが、その財力を誇っていたのは、領地内でのサトウキビの集約生産と、ラムリンの葉が採《と》れたからである。ラムリンの葉は、聖獣の抜け毛から芽が出る。つまり、テオの領地には、聖獣がいたことになる。

これは事実だ。今、葵の目の前にいる聖獣は、砂糖の多く採れるテオの領地に住み着いていたのだ。

テオの領地でのサトウキビ生産は、他の地域の牧歌的な生産法とは違った。サトウキビは、刈り入れてからいかに短時間で砕いて、原液を絞り出すかで、収穫量が大きく変わる。クレスト国の多くの地域は、米の農閑期《のうかんき》に、村々で一斉にそれを行うことで砂糖を作り出していたが、その効率が最高によいわけではない。それでも、十分に利益をもたらしてくれるものだ。

テオの領地では、全ての耕作地をサトウキビだけに集中して農耕がされていた。働く人々の多くは債務を抱《かか》えた人々で、厳しい条件の下《もと》、砂糖精製工場やサトウキビ畑で働かされていた。

以前、三木と砂糖精製場について話したものだが、資本の蓄積が難しいクレスト国で工場を作るのはまだ難しいのではないか、という結論に至った。しかし、それは『民営で』という但《ただ》し書きがつくのだ、と葵は理解した。当然だが、『領主様』は治める土地の利益を蓄積することは可能であり、やろうと思えば工場だって作れるのだ。

そういった形で砂糖を大量に生産していたところに、聖獣は時々やってきた。聖獣にとっても砂糖は好物だったのだ。

テオはそれに目をつけた。聖獣を捕まえて、支配下に置くという暴挙に出たのだ。

ヨルンがかつて言ったように、ゼルテニアの一般的な常識では、考えられないことだ。

けれども、テオはそれを成し遂《と》げてしまった。砂糖をエサに、何年も聖獣を囲い込んでいたのだ。そして、抜け毛はラムリンの葉を生み続け、テオの資金源となっていた。

「えっ、砂糖だけで？　それはいくら何でも……」

葵はついつい口を挟んだ。

「聖獣は、太陽の光と水があれば、生存可能らしい」

「……やっぱり光合成してたんだ……」

わさびの緑色を見ると、なんとなく納得してしまう。

「もっとも、それは非常時だ。私が国を取り戻してテオの領地で彼女を見つけたときには衰弱していたよ」

「マヨくんが助けてあげたの？」

マヨは頷《うなず》いた。聖獣は、赤い眼《め》をマヨに向けた。そこに両者の信頼関係を見た気がした。

「それから、ずっと一緒にいるんだ。私には懐いてくれたから。他の人に任せるのも不安だったし……」

葵は大きな聖獣……聖獣王を見た。

「……国の荒廃……。もしかして、魔物の発生も、地震も、この聖獣が弱っていたから起きたことなの？」

だんだん話が飲み込めてくる。

「ガルスト帝の魔法での治療で今はとてもよくなったけど、ある部位において、ものすごく苦しみだしたんだ。魔法では治せないものだ」

葵はそこでようやく自分が呼び出された理由を察した。

「……虫歯があるのね」

マヨは頷いた。

葵は大きなオオカミのような聖獣に向き合った。寝台の上にわさびが乗って、聖獣のそばに寄り添っている。わさびが葵にまとわりついていたのは、もしかしたらこの大きな聖獣を助けるためだったのだろうか。

聖獣と目が合った。赤の眼は、知性を感じさせる澄んだ色をしている。ふと、葵は思い出した。この世界に来たときに、雨の中で初めて見た空飛ぶ緑の獣。

（……あのときの……？）

そうだ。葵がゼルテニアに来るようになったあたりから、地震が起き始めたとも、魔物が出るようになったとも言われている。では、その後くらいから、この聖獣王が捕まったということなのか。

緑の獣は、頭だけでも一メートルぐらいは大きさがありそうだった。口を開ければ、葵など一飲みにできてしまうかもしれない。けれども、葵は恐怖は感じなかった。

葵がその頬を撫でると、聖獣は口を開いた。以前わさびの治療をしたときと同じように、不思議なことに、人間と同じ種類の歯が並んでいる。大きな虫歯が、下顎《かがく》右側第一大臼《だいきゅう》歯《し》にあった。咬合面《こうごうめん》の中央の裂溝《れっこう》にかけて、黒い穴が空《あ》いている。透けて見えるその下には、う窩《か》が広がっているのがわかった。

「どう思う？」

「マヨくんのときと同じね。根管《こんかん》治療が必要だと思う」

葵はふうっとため息をついた。聖獣の歯は、見た目は人間と同じ解剖形態をしているけれど、内部も同じなのだろうか？　まして、人間と同じ薬剤で効果があるのだろうか。

葵が考え込んでいると、また聖獣が呻き声を上げた。痛みがあるのだろう。と、同時に地面も揺れた。葵はふらついてマヨにしがみついたが、揺れているのは、聖獣の周りだけではない。建物や、地面そのものも揺れていた。

ようやく揺れが収まり、葵がマヨから離れると、事態が飲み込めてきた。

「聖獣と大陸が同じ生命体って、こういうことなの？」

「おそらく」

聖獣の病《やまい》は、大陸の病。聖獣が泣けば大地は揺れるし、もしも亡くなるようなことがあれば……。

「でも、この聖獣以外にも、わさびみたいな聖獣もいるわけでしょう？　どうしてこの聖獣だけ、大陸の致命傷になり得《う》るの」

マヨは静かに答えた。

「彼女は、聖獣の王だ。かつてこの大陸に流れ着き、悪《あ》しき獣たちを抑え、この大陸を人が住めるようにした聖女ゼルテニアが姿を変えた、聖獣の末裔《まつえい》なんだ。もちろん、彼女自身が、ゼルテニア本人ではないけれど」

「……それじゃあ、本当に伝説通りの……」

言いながらも、聖獣の口の中が、人間のそれとまったく同じであったことに、妙な符号の一致を感じる。元が人間であるならば、そういうこともあり得るのかもしれない。

葵は聖獣ゼルテニアを見た。長くテオのようなひどい人間にいいようにされて、どんなに辛《つら》かっただろうか。それでも、こうやって、マヨや葵の前でおとなしくしているのは、まだ少しでも人間を信じてくれているからなのか。

（……治せるはず。もしも、この聖獣が人間と同じ歯の構造をしているというならば）

そして、それは、葵にしかできないはずなのだ。

葵たちは聖獣の寝ている部屋から別の部屋に移った。

聖獣のいる場所は、ガルデア帝国の帝都からは離れた聖地にある聖堂である。聖獣は、魔法の先進国であるガルデア帝国の力で体力を維持させているらしい。

皇帝となったガルストは帝都にいて、ヨルンやノエたちは、クレスト国で、マヨの代わりに政務を執《と》っているという。一国の王であるマヨが聖獣のそばから離れられないのは理由がある。助け出したマヨに聖獣が懐いてしまったからであり、彼の言うことしか聞かないのだ。それに、マヨは、歯科治療についての知識が誰よりも豊富だからである。葵が消えた後も、教科書を読み、研究を重ねて、治療方法について学び続けていたのだ。とはいえ、治療だけに専心できていたわけではない。マヨにとってこの十年は、国を追われ、王位を取り戻すための苦難の歳月だったからだ。

こんな事態になっているとは、ゼルテニアの人たちはまだ知らない。けれども、聖獣の虫歯は、国どころか大陸を揺るがす事態となっており、なんとか治さなければどうなってしまうかわからない。

葵は、マヨと三木に聖獣の治療計画を話した。

「わたしがここにいられるのはスペアキーのおかげだって話だけど……、あとどれくらいいられるの？」

「ガルスト帝によると、そんなには長くない。せいぜいあと一日か二日だろうね」

三木が答えた。マヨが葵を見てくるのがわかる。

（……思ったよりも短い……）

葵は考え込んだ。普通に考えれば無茶な話だ。虫歯の治療はそんなに簡単ではない。一回で終わらせることなど、環境が整っていても難しいことだ。だけれどもやり遂げなければ、聖獣が泣くたびにゼルテニアは地震に見舞われることになる。

「あの虫歯は、これまでも痛かったんだと思う。けど、虫歯がさらに進行しちゃったのね。レントゲン写真が撮れないから断言はできないけど、症状からすると、急性化膿性歯髄《しずい》炎《えん》」

「僕が小さい頃葵に治してもらったのと同じだね」

マヨが言った。葵は懐かしく思う。痛くて泣いていた十歳の少年の姿を。

「そう。でも、以前マヨくんの治療をしたときは、日本とこちらを行ったり来たりして治したけど、そんな時間はない。幸い、マヨくんのものよりもう少し進行が手前。歯髄は炎症を起こしているけど、感染はしていない。だから、感染させないように注意しながら歯髄を取って、即日根充《こんじゅう》すればなんとかなると思う」

三木はきょとんとしていたが、マヨは意味がわかったようだ。

通常、根管治療は、歯髄を取ってから、何回か貼薬《ちょうやく》を繰り返す。それから空洞になった歯随腔《くう》に、歯髄の代わりとなる樹脂を詰めるのだ。それを歯髄を取ったその日に充填するわけだから、何かとハードルが高い。

「葵はそれができるの?」

「やるしかないでしょう、わたしがいられるのは一日だけだもの」

マヨは事実を受け止めるように頷いた。

「まあ、でもね、人間の歯よりもずっと大きいから、見えやすいし、やりやすくはあると思うのよね。問題は、道具のサイズが合わないことよね……」

葵が持ってきた機材は、あくまで往診用で、もちろん人間用である。対する聖獣はその四倍はあろうというサイズであるから、全てに対応はできない。マヨが提案する。

「マヨくん、以前話していた歯髄を魔法でとっちゃうっていうのは、もう実用化されたの」

「できる」

マヨは即答した。

「ガルデア帝国で一時期診療所を開いていたときに、何人もの人を治療することができた」

歯髄を除去した後は、通常、ガッタパーチャと呼ばれる樹脂を充塡する。これも、葵が持っているものでは小さすぎるが、マヨたちが開発した天然ゴムのものを使えば大丈夫だった。

（うん、イケる！）

葵は確信した。ゼルテニアでは、小さい頃のマヨを治したときよりも、歯科治療を行う土台が揃いつつある。葵は、これまでにマヨやクレスト国の歯科チームと重ねてきた努力が結実しているのを感じた。これは、二十年の歳月をかけて開発してきた異世界での歯科治療法の集大成だ。

といって、道具がここに全てあるわけではない。三木がクレスト国へと『門』を使って取りに行くことになった。

葵とマヨは、聖獣の前で、待つことになった。わさびが、丸くなっている聖獣のもとで、励ますように行ったり来たりしている。

マヨが口を開いた。

「葵は本当はクレスト国とは関係ないのに、関わらせてしまって……済まないと思う」

「そんなことないよ。わたしもこの国で随分楽しい思いさせてもらったしね」

聖獣の前で二人きりで話していると、不思議な気分だった。虫歯が痛くて泣いていた少年は、今では葵と年の変わらない、一人前の男性になっていた。

計算が合っていれば、今マヨは三十だ。葵とほぼ変わらない。ふと、葵の中に一つの疑問が浮かんだ。

「マヨくん、この十年間大変だったんだね。……もしかしてもう結婚してたりするの？」

マヨが驚いたように葵を見た。

「まさか。それどころじゃなかったよ」

その言葉に、なぜかほっとしている自分がいる。

「……マヨくん、あの夜のことだけど……」

葵は、マヨにプロポーズされたことを思い出していた。マヨは覚えているだろうか。彼にとってはもう十年も前のことだけれど。

マヨは緩く微笑んだ。

「……懐かしいね。あの日から、私の本当の王としての道が始まった気がする」

「……アリーンさんは、あれからどうなったの」

テオの一族は、マヨを幽閉して専横《せんおう》を極めたという。マヨは首を横に振った。静かな厳しさの交じった声で答えた。

「テオの一族は、もうクレスト国にはいない。クレスト国どころか、ゼルテニアを滅亡させかねないようなことをしたのだから」

マヨは、緑の聖獣を優しく撫でた。大きな獣は、赤い眼でマヨを見る。

「葵のいない世界を生きるのは辛かったよ。私が葵を異世界に戻したのだから、どこにもいないのはわかっていたのに」

マヨはささやくように続けた。

「……たくさんのことがあった。本当にたくさんのことが。テオに囚《とら》われ、そこから逃れるために国を出て、ガルデア帝国で雌伏《しふく》することにもなった。もしかしたら、その中で、私はクレスト国の王であることを捨てることもできたかもしれない」

葵は、マヨが常々、王にふさわしいか気にしていたことを思い出した。

「でも、私は、結局国を捨てることはできなかった……。あの国は、私の故郷だから」

「……マヨくんは、いつだってクレスト国の王様にふさわしかったよ。わたしは知ってる」

葵の言葉に、マヨは微笑んだ。けれども、その笑みには、今にも泣きそうな切なさが含まれているように、葵には思えた。

「以前とまったく変わらない姿の葵が私の前にいるのが、どれだけ嬉しいかわかるだろうか」

マヨの手が伸びて、葵の頰に触れた。その指が、葵の存在を確かめるように優しく輪郭《りんかく》をなぞる。

「私の手は、葵が知っていた頃のようにはもう清くない。そうでなければ、もう一度クレスト国の王として在《あ》ることはできなかったから。だからこそ……」

マヨは、言葉を探すように、一度口を閉じ、それから言った。

「……葵が、私のそばにいてくれた幼い頃の時間が、どれだけ私を救ってくれていたか……」

葵は目の前のマヨを見た。幼い頃の面差しを残しながらも、黒髪に縁取《ふちど》られた顔は、厳しさと静けさを宿している。そこには、二十歳《はたち》のときに葵に求婚してきた性急さはない。

それがゆえに、葵はマヨがこの十年で多くのことを経験してきたのだとわかってしまった。

そして、マヨはすでに葵を追い抜いているのだと。王として国を取り戻すために、きっと多くの人と出会い、力を合わせ、時に戦い、裏切りを知り、同時に信頼に助けられたのかもしれない。その中には、たぶん、葵の見知らぬ誰かを愛したことさえも含まれているに違いない……。

それは同じ時間を過ごすことのできない残酷さだ。東千晶《あずまちあき》が、日本を捨てて、ゼルテニアで生涯を全《まっと》うしたのは、このせいなのだろうか。

葵は、目を閉じた。マヨの手の温かさを頰に感じながら、考える。

もしも、このままゼルテニアに残り、マヨと共に過ごすことができたとしたら。

（今なら、二十歳のときのマヨくんが、わたしに結婚しようと言ってくれた理由がわか

る)

クレスト国で、あの眩《まぶ》しい日差しの下、湿気を含んだ空気の中を、マヨと手をつないで生きてゆく。ときに驟雨《しゅうう》に降られることもあるかもしれないけれど、共に生きる時間を過ごすのは、砂糖のたっぷり入ったお菓子を味わうように、甘美なものに違いない。なぜなら、マヨと葵は互いの魂に触れ合った、唯一無二の存在だから。葵よりもずっと先に、マヨはそのことに気づいていたのだ。

「葵……葵と同じ時間を過ごすことができればよかったのに」

マヨの声が聞こえる。

「マヨくん、あなたに会えて、わたし、よかった」

葵は目を開いて、すぐそばにいるマヨにささやいた。

「ここに来る前、わたし疲れてたの。わたしの存在意義ってなんだろうって思うぐらいに。そして、怖がってた。誰かに心を開くことが。でも、マヨくんがわたしを必要としてくれて、一緒に歯を治すにはどうすればいいか考えて、すごく楽しかったし……嬉しかった。自分の国が、歯医者として診療するには恵まれていたのもわかった」

マヨは葵の言葉を黙って聞いている。

「あのね……、わたし、この間、姉と百貨店にお買い物に行ったの」

唐突な話の変化に、マヨは葵を見た。

「百貨店っていうのは、まあ、大きな建物の中に、市場《いちば》があるような感じかな……。小さい頃は、時々家族で休日に行くのが、楽しみだった。ルートはだいたい決まっていて、朝一番に百貨店に入って中を見て、お昼は近くの洋食屋さんでごちそうを食べるの。今回、姉とのお買い物は、小さいときのお出かけルートとほぼ同じで、ランチもその老舗《しにせ》洋食屋さんだった。食べたのはハンバーグ定食。ハンバーグが、小さい頃にお子様ランチに入っていたものと同じ味がしたの。すごく懐かしくてね、幸せな気持ちになった」

お皿の上に載った熱々のハンバーグを思い出しながら、葵は続けた。

「でもね、その洋食屋さんで、わたし、わかっちゃったの。わたしは、このハンバーグを食べられない世界で生きることはできないって」

マヨは何も言わなかった。お子様ランチもハンバーグも、マヨは知らない。でも、葵の言いたいことはわかっただろう。マヨがクレスト国を捨てられなかったように、葵もまた日本を捨てることはできないのだと。

「マヨくん、わたし、マヨくんのことが好き」

マヨが小さく鼻をすする音が聞こえた。

「本当に、好きよ。あなたは、わたしの心に触れてくれたから……」

「葵……」

マヨの目が、潤《うる》んでいるのがわかる。

「マヨくん、いつか、キゼール教の神殿で聞いた言葉を覚えてる?」

マヨはささやいた。

「……魂を触れ合わせた人間は永遠の絆《きずな》で結ばれ、それは遠く離れていても死が二人を分かつときですら変わることはない……」

葵は微笑んでマヨにキスをした。突然の口づけに、マヨは驚いたように顔を離して、葵を見つめた。見つめるうちに、今度こそマヨの目から涙がこぼれた。小さな頃に歯が痛いと泣いていた、少年の面影がそこにあった。

そうして、二人はもう一度キスをした。これが最後だとわかっていた。たぶん、お互いに。大人同士の口づけだったけれども、それは初めてのもののように甘い味がした。

クレスト国で採れた、砂糖のように。


その後、しばらくして、三木は、歯科材料と、ラムリンの葉と共に、ノエとヨルンも連れてきてくれた。ノエは葵とほぼ変わらない年頃になっていたし、ヨルンも齢《よわい》を重ねていた。

「わーっ、アオイー、本当にアオイだあ！」

ノエは葵を見るなり歓喜の声を上げた。すっかり大人の女性となったノエは、しかし以前と変わらぬ屈託のなさで、葵に手を振ってきた。一方、老《ふ》けたのはヨルンである。思えば初めて出会った頃は、葵と同い年ぐらいと思えたが、今は渋いおじさんと化していた。

「アオイ殿は、なかなか美味《おい》しいところに現れますな。これまで我々がどれだけ苦労したか……」

「ヨルンさん、そうやってイヤミ言うのやめましょうよ。永田さんがこっちに来られなかったのは俺の説明でわかってるでしょ」

ヨルンは複雑そうな顔をした。まあ、ヨルンらしいと言えば、ヨルンらしい。

ヨルンとノエは、ラムリンの葉をどっさり持ってきていた。マヨがこれから魔法で歯科治療をすると聞いたからだろう。

ヨルンやノエやマヨたちと、三木がわちゃわちゃと話している姿は不思議な気がした。が、彼らは葵などよりずっと密に、クレスト国を再興するために手を取り合ってきたはずだった。

「じゃあ、マヨくん、始めよう」

マヨは頷いた。先ほどのことなど、覚えてもいないように。

マヨは聖獣に優しく声をかけた。聖獣は、少なくともマヨの言葉は理解できるようで、おとなしく口を開いてくれた。

これはもう獣医の領域なのではないか、と思いつつも、聖獣の口の中に生える歯は、サイズこそ大きいものの、解剖学的形態は人間のそれと同じものであった。

普通に根管治療を行おうと思えば、狭くて暗くて小さい人間の口の中で、指の感覚を頼りに治療を進めなければならないが、聖獣の治療であれば、がっつり開いた口で、サイズの大きな歯を治すわけだから、とてもやりやすいのである。おまけに口が開いた状態で、唾液《だえき》が患部の歯に当たらない位置なのもありがたい。ある意味歯科医師にとって夢の治療であった。それは葵の治療をアシストしてくれたマヨにとっても同じだったようだ。

葵が聖獣の歯の虫歯を削り、軟化象牙質を完全に除去した後は、マヨが魔法を使って歯髄を取り除いた。これには大きな利点があった。ピンポイントでしっかりとれるため、出血がほとんどないこと、それから聖獣の反応を見る限り、痛みがないらしい、ということである。

痛みも出血もなければ、唾液による感染のリスクもない。葵はマヨが開発した樹脂を用いて、即日根充を行った。本来ならば、根管の長さと太さを正確に計測した上で、ぴったりサイズのガッタパーチャを充塡しなければならないが、今回はそれができないので大体のサイズの針状に形を整えた樹脂を根管内に入れた上で、魔法で熱し、上から押した。樹脂は熱を加えることで一時的に液状となり、根管内にぴったりと入り込む。奇《く》しくも、垂直加圧根充と呼ばれる手技《しゅぎ》とほぼ同じ状況を作り上げることができたのだ。

（……すごいな）

葵はマヨの姿を見ながら思う。

思えば、無理矢理やらされた幼い頃のマヨの根管治療は、日本から材料を持ち込んでなんとかやりとげたものだった。

けれども、二十年の時の流れの中で、材料の発見と、魔法の使用で、一通りの治療が行われるようになった。これから、この世界では、日本とは違う歯科治療の発展が起こっていくのかもしれない。

一連の治療が終わると、聖獣は安堵《あんど》したように口を閉じた。

葵は聖獣に声をかけた。

「上手くいったわ。よかったね……」

すると、聖獣の眼が開き、葵を見てきた。

『感謝します、異界の人間よ』

脳裏に直接響く声に、葵はハッとした。聖獣が、声ではなく、直接葵の心に語りかけているらしい。それは、葵にしか聞こえていないようだった。

『声に出さなくても大丈夫。あなたの考えは私に伝わります』

葵は目をぱちくりさせて聖獣を見た。わさびがいつの間にか葵の足下に来ていた。

『彼らに囚われて以来、自由に動くこともできず、あのままでは、大陸と共に滅びるしかなかった。だから、助けを求めることをその子に託したのです』

葵はわさびを見た。わさびは、それではこの聖獣の使いだったのだ。テオやアリーンが現れるたびに姿を消していたことが思い出される。それにしても……。

（大陸と共に滅びる……。マヨくんが言っていたように、やはり、聖獣は大陸と繋がっているの？）

『……かつて聖女ゼルテニアが、この大陸に跋扈《ばっこ》していた魔物を駆逐《くちく》したのは聞いたのではありませんか。実は、彼らはまだこの大陸にいて、聖女ゼルテニアの祝福を受けた我ら聖獣が、それを抑えているのです』

（その中でも、あなたは特に力の強い聖獣だったのね）

『……そうですね。ですから、私が弱れば、それだけほころびが生じて、魔物も出てくる可能性が増えることでしょう』

（そういうことか……。だから、魔法でも治すことのできない虫歯に弱ってしまって困っていたのね。もう、これからはゼルテニアは大丈夫なのね）

『感謝します。初めてあなたを見かけたときに、このような世話になるとは思いませんでした』

葵はふと思い出す。

ゼルテニアに来たばかりのとき、雨上がりの空を優雅に翔《か》けていった緑の聖獣の姿を。あのときの聖獣こそが、いま葵の目の前にいるのだ。自由に空を翔ける獣を、葵は羨《うらや》ましく思った。けれども、結局はこの聖獣ですら、捕らえられてしまうことがある。

（当然のことなの。わたしは、わたしの本分を果たしただけ。でも、それが結果として世界を救ったのなら、これほど嬉しいことはないよ）

『なにか、お礼ができればよいのですが』

聖獣の申し出は、妙に人間くさくて、なんだか微笑ましかった。

（じゃあ、マヨくんを守ってあげて。誰よりも幸せになれるように。わたしはもうマヨくんのそばにいられないから）

葵の思いは通じたのだろうか。聖獣は、赤い眼を瞬《またた》かせた。

『その約束、必ず守ります。あなたこそ、……幸せであるように』

葵は微笑んだ。

（……大丈夫。わたしは、マヨくんにたくさんのことを教えてもらったから）

「上手くいったのか？」

葵と聖獣が話しているとは気づかないのだろう、ヨルンが尋《たず》ねてきた。葵は振り返ると答えた。

「これ以上ないくらい、いい条件で治療できたと思う」

葵はマヨと目を合わせた。

「後のかぶせものは、マヨくんに任せるわ。わたしじゃなくても、きっと、これ以上なくいいものを作れると思うから」

葵は、この世界で自分がしなければならないことは全て終わったことに気づいていた。

エピローグ

ロッカーをくぐると、葵《あおい》はいつもの院長室にたどり着いていた。

振り返って、味も素《そ》っ気《け》もない、安っぽいスチールロッカーの扉を開けてみたが、もうその向こうに、サトウキビ畑の緑が見えることはなかった。

首からさげた『スペアキー』がなくなっていることに気づく。

(もう、本当にあっちには行けないんだな……)

けれども、事故のように締め出された前回と違って、今回は心の準備があって戻ってきた。それだけでも、心のありようは全然違う。

最後は、みんなに見送られての帰還となった。もうマヨとは二人きりで話すことはなかったけれど、彼の堂々とした姿を見れば、クレスト国がよい方向に進むだろうことは明白だった。

「頑張ってね、マヨくん……」

葵は呟《つぶや》いた。

と、隣のロッカーの扉がガタガタと動いた。と思うと、扉が開いて、三木《みき》が飛び出してきた。衣装はクレスト国のものだったが、髪を人並みに切り、ひげも剃《そ》ってあった。何かの教祖のような怪《あや》しさはなくなっていたが、以前の三木を思うと、雰囲気は別人のようだ。

「三木くん、戻ってきたの……」

「俺の役目も終わったようだからね。そもそもは、マヨ王を助けるためのものだったし」

それで、一応身だしなみも整えて戻ってきたということか。

「それにしても、四ヶ月前とはまったく雰囲気が違うよ？　周りは怪しまないかな……」

「インドにでも行ってきたってことにしておくよ」

三木はどうということもなくさらりと答えた。

と、三木が、院長室の机の上に置いてあったコースターに目をとめた。葵が、三木の父親に預かったものだ。

「なんでこれが……」

「……三木くんがゼルテニアに行った後に、お父様から預かったの」

三木はアニメ絵の描かれたコースターを手に取ると、懐《なつ》かしさの交じったような複雑な表情をした。

「親父め……」

「……それ、三木くんに返すね。わたしが持ってるのもどうかと思うし」

三木は苦笑交じりにコースターを懐《ふところ》に入れた。そして、何かに気づいたように、首からさげた金色の鍵を葵に渡した。

「じゃあ、俺はこれを返すよ」

葵は金色の美しい鍵を手渡された。ゼルテニアへの鍵。

「これは……わたしが持っていても使えないよ。今は三木くんしか使えないはず……」

「だから、永田さんに持っていてもらいたいんだ。俺が持ってると、また異世界に行きたくなってしまうかもしれない。でも、今はもう一度親父とこっちで頑張りたいと思ってるんだ」

葵は、みきやの店主を思い出した。あの父親は、三木を理解し、信じることで、もう一度息子を取り戻したのだ。

葵は三木に話しかけた。

「じゃあ、帰ってきたばかりで悪いけれど、できたら乾燥機の点検、してもらってもいいかな。ちょっと調子が悪くて。直らないなら、明日の診療で使うタオルを干さなくちゃいけないし」

葵の言葉に、三木は笑った。

（明日からも、きっと頑張っていける）

葵は金色の鍵を見た。

これは異世界への鍵。

今は開けることのできない、マヨのもとへと続く道と繋がっている。

葵も三木も、そこに行って、再びこちらで生きる道を見つけた。

時間の流れさえ違う世界の向こうにいるマヨとは、もう会えないかもしれないけれど、この鍵があれば、信じることができる。

本当に理解し合えて、魂に触れた人間がいることを。

集英社オレンジ文庫をお買い上げいただき、ありがとうございます。
ご意見・ご感想をお待ちしております。

● あて先
〒101-8050　東京都千代田区一ツ橋2-5-10
集英社オレンジ文庫編集部 気付
森　りん先生

異世界歯医者はいそがしい
～運命の患者と呪われた王国～

集英社
オレンジ文庫

2024年10月22日　第1刷発行

著　者　森　りん
発行者　今井孝昭
発行所　株式会社集英社
〒101-8050東京都千代田区一ツ橋2-5-10
電話【編集部】03-3230-6352
【読者係】03-3230-6080
【販売部】03-3230-6393（書店専用）
印刷所　TOPPAN株式会社

ISBN 978-4-08-680583-4 C0193